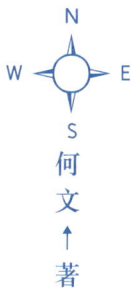

梦回

南极·北极

何文 著

成都时代出版社
CHENGDU TIMES PRESS

图书在版编目（CIP）数据

梦回南极·北极 / 何文著. — 成都：成都时代出
版社，2024.3

ISBN 978-7-5464-3330-1

Ⅰ. ①梦… Ⅱ. ①何… Ⅲ. ①游记－作品集－中国－
当代 Ⅳ. ① I267.4

中国国家版本馆CIP数据核字（2023）第221480号

梦回南极·北极

MENGHUI NANJI·BEIJI

何 文 著

出 品 人　达　海
责任编辑　兰晓銮銮　蒲　迪
责任校对　敬小丽
装帧设计　四川众亦知文化传播有限公司
责任印制　黄　鑫　曾泽乐

出版发行　成都时代出版社
电　　话　（028）86742352（编辑部）
　　　　　（028）86615250（发行部）
印　　刷　成都市兴雅致印务有限责任公司
开　　本　170 mm×240 mm
印　　张　16.75
字　　数　310千
版　　次　2024年3月第1版
印　　次　2024年3月第1次印刷
书　　号　ISBN 978-7-5464-3330-1
定　　价　68.00元

前言

南极——不适宜人类居住的冰雪王国。1985 年，中国科研人员突破艰难险阻，在极其恶劣的条件下，于南极建立了第一个科学考察站——长城科考站。之后中国又在南极建立了中山站、昆仑站、泰山站，以及恩克斯堡岛在建的第五个中国科考站"罗斯海新站"。

继南极长城站、中山站之后，中国在挪威斯匹次卑尔根群岛的新奥尔松建立了黄河站。

取道北美，奔赴遥远南美路。

秘　　鲁：马丘比丘——迷失之城，寻觅古印加帝国历史深处的文化回响。

亚马孙河：见证地球母亲的河流脉络。

哥伦比亚：听马尔克斯讲解马孔多小镇。

巴　　西：18 世纪的巴西帝国。巴西利亚，独特新颖的一架"巨型飞机"正驶向东方。

阿 根 廷：探戈舞发源地，乐声悠扬与街头曼妙的舞步……

乌 拉 圭：探寻"坎东贝""探戈"和非洲音乐交响。

智　　利：复活节岛上石像"摩埃"之谜。

北欧五国行：

挪　　威：看"挪威的森林"，去斯匹次卑尔根·新奥尔松道访北极·黄河站。

冰　　岛："冰·火之国"，看 1000 年前最古老的山间"议会谷"和极光。

芬　　兰："千湖之国"俯览星云密布的湖泊。

瑞　　典：去市政厅感受诺贝尔奖的氛围。

丹　　麦：古城堡中寻找莎士比亚笔下的"哈姆雷特"。在童话王国，品着丹麦曲奇饼干，聆听安徒生讲"海的女儿"和他的"中国梦"。

2022 年 6 月 1 日

代序　把风景还给眼睛 ◎ 凌仕江

法国雕塑艺术家罗丹有一句美学名言：生活中不是缺少美，而是缺少发现美的眼睛。

我想说，热爱旅行的人，心里装的全是美的风景。日常生活中，大多数人都具备远走的理想和善良的愿望，只不过他们不曾使用选择的权利与出行的勇气。之于上路者，他们能否说出自己一路领略的美，这又将上升到另一个层次。大千世界，美的风景无所不在，太多人注定还未真正体验过就别过人间，无法"触景生情"，这看起来有些遗憾，然则是人间常态。

不是每个人都能发现眼中的美，尽管有些人一生去过不少绝世风景的国度，罗丹所言中的"发现"二字，不单指用眼睛，更多的是心灵的同频共振，这就十分需要人的智慧，而智慧的基础则离不开人的灵性生长。在我们身边不难发现，有一种人眼中存在的不是美，更多的是丑，这样的内外失衡，无不导致焦虑。

美具有强大的穿透力、号召力、吸引力，人们常常不远万里去追寻美、膜拜美、赏析美。在我看来，余秋雨先生笔下的《文化苦旅》，对于美的"发现"，已经抵达了个体与历史契合的境界，他沉思中的千年一叹，让不曾行千里路的读者产生掩卷之后胜过读万卷书之感。

人们常说的随便出去走走、看看，其实也是在寻找能愉悦自我的美。它所反映出的另一面，则是人的孤独。

时下，自驾游、徒步游、一日游盛行，但除非路途上发生了什么惊天动地的大事，旅人关心的只有到达某个感兴趣的地点，然后举起自己手中的相机、手机，或让旁人协助，摆个美美的造型，来一段让飞鸟惊诧而起的音乐，咔嚓咔嚓一通，便就成了日后炫耀的资本。在我看来，这都算不上坏事，至少它产生了对美的发现能力，并且渴望将美好的旅程或心情记录下来。

殊不知，我们过于碎片化的当代生活，让再美的风景都可能成为记忆碎片，云烟不会为往事永久停留。由此，想起多年前我在拉萨收到王宗仁老师对我的忠告：你在西藏，一定要多写日记！

当时还年轻，不以为然，之于日记，总是想写就写。现在想来，真是莫大的损失。毕竟记忆的流失挡不住，需要锁定某个地方某一年某一节时光时，却突然断电式的找不到任何痕迹。

所幸，我从何文女士即将出版的《梦回南极·北极》书稿中找到了时间的痕迹，看到了她探寻美的行踪，感受到了她笔记中零星的异域风情。这当然可以视作时间的一次伟大见证，她笔下有太多的"飞"，似乎一次比一次猛烈，一次比一次迅速，看得人内心有一种挡不住的激情。这简直就是一个在空中不愿停下来的飞行机灵，神秘莫测。

实际上，生活中的何文女士身上也弥漫着神秘气息，当然，这样的神秘无须解读。比如，她在我的文学公益课上总是出现在第一排的"C"位，她谦逊好学，具备职业素养。有一回，我在课堂上讲一株曼陀罗的故事，并且将工作园子的花匠与那株曼陀罗如何形成的交叉文本，分享给大家。没想到，下节课何文同学就带来了她的笔记本，上面字迹工整，直接从《散文》杂志里全文摘抄了我的《曼陀罗》。这还不算什么，关键是她带来了她在海外生活所拍下的各种色彩的曼陀罗，真令人喟叹！

有心的人，不仅会发现美，还会记住美、留住美、分享美，何文女士就是这样的有心人。

之于写作上的聊天，何文女士曾对我直言不讳，在报告文学领域她最崇拜的作家，是写下《哥德巴赫猜想》的徐迟，而旅行途中，她的果敢则受到了徐霞客的影响。

何文《梦回南极·北极》的笔记，始于2019年从北京到美国达拉斯的航班。

在登陆南极冰雪大陆之前，智利籍探险向导宝拉还会扮演在寒风中瑟瑟发抖、被冻得擦鼻涕的旅行者，而在南极寒冷的冰雪大洋巡游时突遇冰山坍塌的一刹那，她临危不乱，驾驶冲锋艇躲过险情。

在世界最北端的斯瓦尔巴群岛这个"禁止死亡"之城，回到房间，用热水暖手，也要一刻钟左右才勉强缓过来的恶劣条件下，她却坚持以开朗乐观的心态，坚持记录着自己所见所遇、所思所想，不曾懈怠，生怕美妙的感觉刹那消失。

在南美，在北欧，她又以女人特有的细腻与敏锐，去探索进入自己内心世界的那个"点"。

古老的挪威阿克斯胡斯城堡、千湖之国芬兰的露天集市，小到哪怕是花草树木、一名垂钓者、一个牧羊小姑娘，甚至飞机上与一名男孩换座这样一件小事，她都将其客观地记录下来。真所谓目光所及皆为美景。

这种闪电式的笔记，给人留下的是一串串信息时代的联想密码，需要读者去取舍和感应。人不管处于哪个年龄段，都可以试着勇敢一点，因为美总在未知的地方等着你去发现，当你决定把自己交给自然的同时，千万别忘了先把风景还给眼睛！

是为序。

（凌仕江，中国作家协会会员，国家一级作家，四川省作家协会全委委员，作品曾获第四届冰心散文奖、第六届老舍散文奖、第十届四川文学奖。）

自序

时光珍贵，年华如水，有机会出去走一走、看一看是件好事。

友人让我将去南极、北极旅游时记录的见闻发给她看看，借以打发寂寞、无聊的时光。

我说那些记录不过是随笔日记而已。

她却说就是想看我的日记，写得太文艺的也无心看。待日后，她出国时能借鉴。

朋友的话语，是促使我完成这本书的最大动力。

2019 年开年，我站在家里悬挂在墙上的世界地图前，望着南美洲、南极洲，反复思考着 1 月 25 日即将启程的为期 37 天的南美六国·南极之旅。这趟旅程会有多远？南极，究竟有多冷？这趟旅程会见到怎样的风景？

2019 年 8 月，我又加入了北欧五国·北极之旅。我在出行前同样思考着这些问题，既是疑问，也是期待。

若想参加出国远程旅游团，对参加的旅行社资质一定要了解清楚，切不可轻信低价旅行团的宣传，别因一点小便宜而上了大当。微利、低成本，还得冒风险的事谁也不愿去做，低价团可能会有强制消费和各种套路。我参加的南极之行旅行团，旅友在行程中突发疾病返航，耽误行程 30 小时，旅行社兑现承诺赔付了损失。

能有志同道合的旅伴十分不易，找个相处三五天或一周的同伴，大家可能客客气气相互谦让共度旅程。但若找个好的要相处十天、半个月、一个月以上的远程旅行伴侣，出去后需要朝夕相处，真不是件容易事。选择旅伴应看双方性格、成长背景、经济状况等。大家几十年养成的生活习惯不同，长时间的旅程中，容易产生分歧，可能导致同伴之间不欢而散甚至终生不再往来……

无论你要去哪个国家，最好提前查到中国驻所在国家大使馆的电话号码（正规旅行社会提供）、所到国家的报警电话和你参团旅行社的电话号码。

了解清楚你所到国家与中国北京时间的时差，计算好时间，便于在恰当的时间与家人联系、与单位沟通。

抵达住宿的酒店后，最好到酒店前台拿两张酒店名片保存好，若与团队和旅伴走散，可以在打出租车时递给司机，司机会帮助你安全归队。

我习惯在出国前准备一些小便签随身携带，在旅途中看到的山川地貌、风土人情、奇闻轶事、动物植物等我都尽可能记下来，哪怕记个大概，当然，拍照也是不可少的，只是照片不能完全地表达出当时的心境。

在无纸的情况下，我会在左手"大鱼际"、大拇指内侧和手腕内侧记下上百字（别记在手心上，出汗后会不知所云）。

登陆南极，我望着雪原苍穹、伟岸冰山，泪渗双目，冰雪为桌、雪团当凳，隔着厚手套，记录下歪歪斜斜的"激昂文字"。在大自然冰天雪地现场，没时间去细想，也不允许你逛个够，什么华丽的辞藻都不如真实、质朴、本原的记录。

记叙吃食，有助于了解所到国家的物产，鱼、肉、蔬菜、瓜果及国外的饮食习惯。

出门在外，别指望别人帮助你，尽可能做好准备，带好必需品：证件、生活用品、急救药品、衣物等。"行者"们每个人都不容易。

行前的"攻略"，在远程旅行中大都派不上用场，因为下一分钟会发生什么突如其来的变故无法预测，更多的是考验个人的应变能力。

旅行最大的意义并不是你遇见多少人，看见多少美的风景，而是只有在旅行时，才听得到自己的声音，它会告诉你，这世界比想象中更宽阔！

2022 年 5 月 6 日

目录
CONTENTS

001 南 美（上）

002 秘鲁篇
025 哥伦比亚篇
037 巴西篇
057 阿根廷篇

075 南 极

129 南 美（下）

130 重返南美
137 乌拉圭篇
145 智利篇

159 北 欧（上）

163 挪威篇

171 北 极

205 北 欧（下）

206 冰岛篇
218 芬兰篇
234 瑞典篇
242 丹麦篇

252 后 记

南　美

South America

（上）

秘鲁篇

Peru

中国·北京→美国·达拉斯

2019 年 1 月 25 日

2019 年 1 月 25 日下午 6:00，从北京出发，带着既期待又好奇的心情，开启了我的南美六国·南极之旅。

第一段航程，北京到达拉斯（转机）。

达拉斯位于美国得克萨斯州，是该州第三大城市，位列美国第九大城市（美国内陆城市）。达拉斯市的沃斯堡机场是通往北美各州及南美洲诸国的交通枢纽。

登记后，我坐在 18 排，仅两人坐，旁边是一名来自郑州的 19 岁留美大学生。年轻人果然觉多，很快，他便酣睡入梦。

与我一板之隔的是卫生间。我好不容易有了睡意，打个盹儿，突然空中抽水马桶宛若大河决堤般轰响，没戴耳机的我顿时睡意全无。夜半三更，我只能瞪着眼睛盼天明，这是难熬的空中不眠夜。六个多小时后，我身旁的男孩去了趟卫生间，回来后他又呼呼大睡。有这等好瞌睡真让人羡慕。

机舱中部的服务台聚着几个不能入睡的中国人。一名中年华裔男服务员忙前忙后，幽默风趣，自称"村长"，说要照顾好飞机上这一"村子里的人"。轮到他休息了，他离开前在食品柜上摆满了膨化小食品，告诉旅客随便吃！可我既无睡意，也无胃口，不过"村长"让失眠的人们感到挺暖心。

实在坐不住了，我起身在过道散步，顺便将脖子、四肢分别左三圈、右三圈地活动活动。

13个小时后，当地时间1月25日凌晨5:00，飞行6985千米，达拉斯终于到了。达拉斯的时间比北京时间晚13小时。安检后我们团在自助机上凭护照换去秘鲁利马的机票。在达拉斯转机有5个小时的时间，我好想有张舒适的床能躺一躺，哪怕睡一会儿也好啊。蒙眬中，我跟着大家的脚步前往转机的登机闸口。我的上眼皮沉得快抬不起来了，赶紧在登机口找了座位坐下，闭目养神。

当地时间1月25日上午9:50（后文中未做特殊说明，均为当地日期、时间），机场广播通知：前往秘鲁·利马的旅客请登机。

第二段航程，达拉斯到利马。

上午10:35飞机起飞。我的邻座是一位可爱的金发碧眼的白人姑娘。她还帮我放随身行李，转递饮料。女孩对中国、对北京流露出崇敬与向往，对我说："China is good！Peking is great！"（中国真好！北京真棒！）

美国·达拉斯→秘鲁·利马
2019年1月26日

在空中飞行4076千米后，我们于2019年1月26日上午9:00抵达秘鲁首都利马的豪尔赫查韦斯国际机场。

由于我们来得太早，无法入住酒店（中午12:30才能入住），华裔导游黄女士带领我们去到一家秘鲁餐馆，她说："大家从北京到美国达拉斯，再飞到秘鲁利马，连续两段长途飞行非常辛苦，我知道大家一定非常疲劳。大家先用餐，补充体力，这家餐厅的药膳鸡汤是一绝，既滋补又提神。"继而讲："在亚马孙雨林中生长着占全球20%以上的植物、药材，挑一些加入这种鸡汤里，正好为身体加油。"不一会儿，热腾腾的鸡汤、面包端上桌，浓郁的鸡汤香味弥漫着整个餐馆，秘鲁的第一餐称得上是美味佳肴，余味久久不散。

用餐后，我们穿过几条热闹的街道，参观了市政广场、武器广场、总统府、圣马丁广场。拥有明黄色外墙的建筑给我留下了深刻印象，那是殖民者留下的西班牙风格建筑的杰作。

1533年，秘鲁沦为西班牙殖民地。秘鲁人民奋起反抗入侵者。侵略者们在驻地安放、陈列各种武器，以震慑当地人民和武装力量。历经 295 年前仆后继的浴血奋战，1821 年 7 月 28 日，秘鲁宣布独立。如今，眼前早不见当年"武器广场"的踪影，只有来自世界各地熙熙攘攘的参观人群。

广场上，一名警察牵着一条戴着笼式口罩的黑色警犬在人群中巡逻，那警犬温顺地跟着主人走走停停。征得警察同意，我们与警察和他的爱犬合影（许多国家不允许），那警犬在主人的口令指挥下或昂首，或卧地，变换着姿势配合游人拍照。

总统府内的换岗仪式，引得游人隔着铁栅栏好奇地观望。

圣马丁广场，是秘鲁最具代表性的广场之一。利马老城区，被联合国教科文组织列入世界文化遗产名录。老城区人流涌动，车流在单行道上行驶。有的游人在观光车内隔窗欣赏，将周边的景色看得一清二楚；有的游人在敞篷观光大巴的车顶，手扶栏杆观景。

下午入住利马喜来登大酒店，宽敞的房间，加宽的床，整洁明亮的卫生间，设施不错，却偏少了一把烧水壶。房间仅免费供应五瓶矿泉水。我将身体摊在床上却毫无睡意。

马路对面——利马高级法院、检察院，统统是西班牙风格的建筑。

广场上，几支青年舞蹈队跳着不同的舞蹈，看着他们热情奔放的舞姿，我恍若年轻了许多。

秘鲁·利马→秘鲁·伊基托斯
2019 年 1 月 27 日

今天将迎来国际航程中第三段飞行，虽疲惫不堪，但一想到就要去亚马孙河、亚马孙雨林，我内心深处那种迫不及待压过了疲惫。

5:00，叫早的铃声让我似触电般从床上弹起，用军训的速度梳洗穿衣（昨晚折腾到凌晨 2 点多才睡着，忙着收拾行李箱、背包），刚到秘鲁我就感受到南美的"热情"，今天轻衫薄裤再启程。

5:30—6:00，早餐。6:30 准时开车，前往利马的豪尔赫查韦斯国际机场。我们将从利马飞往伊基托斯——秘鲁亚马孙丛林地区最大的城市，位于亚马孙雨林上游——再换乘汽车。

9:09 开始登机，坐到我的 26L，取出出发前搜集来的关于秘鲁、亚马孙河、亚马孙雨林的资料"预习"……飞机凌空展翅，很快冲过云层在太平洋上空翱翔。秘鲁是南美洲西部国家，作为亚马孙河的源头，是探秘亚马孙雨林的好地方。秘鲁境内的亚马孙雨林是整个亚马孙流域的缩影。

经2小时零5分钟，空中飞行1168千米后，伊基托斯到了。这个在秘鲁地图上都难找到的小城市，却有一个长长的机场名字——弗拉西斯科塞卡达维内塔机场。

天空格外晴朗，在蔚蓝的天幕上白云变幻着不同的模样。停机坪与葱郁、成片的树林勾画出雨水丰沛、绿树成荫的景象。

旅客急于取下行李，又不得不站在机舱过道等待下机。我不着急，我的目光，从舷窗望下去"看稀奇"。一架飞机旁停着一辆行李车，卡车放下右边围栏，飞机传送带将行李运进机舱，只见一件件红的、蓝的、花的行李爬坡似的爬进飞机"肚子里"。远远地，一辆油罐车开过来了，加油工人扛着一架梯子走到这架飞机翅膀下，那师傅从油罐车下拖出长长的油管，油枪插入机翼下的油箱为飞机加油。眼前的场景从未见识过。

伊基托斯是亚马孙雨林上游小城市，距亚马孙河下游120余千米，以"热烈"的气温欢迎外来的客人。地接导游温和地讲："前几天下过暴雨，今天天气不错，36摄氏度。"

我们坐的汽车在路上缓行，前方被电动摩托客运车流阻挡。这种客运车近似中国20世纪80年代初的人力三轮车改装款。驾驶员背后是两人座，仔细数了一下，最多的挤了6个人，妈妈抱着婴儿，爷爷（可能）抱个幼儿，女孩抱着弟弟。另一辆车的一个女乘客背过手扶着车斗后面的四口行李箱。真为乘客担心。

我问地接导游："你们这儿不查超载吗？"

"没这说法。"

我又问："没有出租车吗？"

"没有，这种车最受欢迎，价格实惠，还凉快。"

我在车上看到前方可见密密麻麻的遮阳大伞，汽车拐弯不成，堵得水泄不通。街道两侧人流如织，下货上货的，背包扛物的，像极了中国20世纪七八十年代的"物资交易会"，更像乡镇"逢场天"赶场。那时候中国物资不丰富，很多人结伴骑自行车来回几十公里，甚至骑上百公里去"赶场"买鸡蛋、家禽、山乡土特产，如干笋子、干腌菜、脚板苕等。赶场的情节至今留在我们老一辈人的心里。赶场，成为一代人抹不去的乡愁。

路过一家超市，有团友嚷着让停车，理由充分：早上5点过吃的早餐，飞机上只发了一瓶矿泉水，早饿了。导游同意给大家20分钟，团友七嘴八舌，表示时间不够。

"最多半小时。"

我虽不想买东西，但还是与大家同行去了超市。逛超市可了解与秘鲁百姓生活息息相关的必需品，能很大程度反映当地民情、人民生活状态。我找到蔬菜区，顺着品种仔细观看。黑色的玉米颗粒饱满，如刷过油一般黑得发亮，价格为每千克8.50新索尔（秘鲁货币，当时1秘鲁新索尔=1.9867人民币），每千克折合人民币16.88元。玉米有白的、黄的、棕的、麻的……（后来听说，秘鲁玉米有300多个品种）。翠绿的豌豆荚，快把荚壳撑破了。辣椒上红下绿，挺逗人爱。但土豆，每块都发芽了，仍有人买。芹菜、叶子发黄发黑，服务员摘了坏掉的叶子照常卖。服装专柜，各类款式服装挂得满满当当，缺肢的假模特仍展示着衣服，模特脸上那涂鸦式的妆容让人忍不住想笑……

最后我在超市买了3个百香果，主要目的是用美元换秘鲁新索尔币。收银员死活不收美金，找来经理，按当日汇率帮我兑换成新索尔币。

这里的百香果与我在国内吃过的不同。它外壳比鸵鸟蛋壳还厚，去壳后有似柚子一般的袍衣，内侧长着颗颗果牙保护着果肉，那灰色的果肉像四川人喜食的松花皮蛋，灰色透明的果肉包着一粒粒籽仁，入口又甜又香。与之前品过的酸溜溜的百香果非常不同，尝过后唇齿久留奇香。

我们的汽车开了没多远就到了亚马孙雨林的一处较好的码头，听导游说，我们将乘船游玩一段亚马孙河。

狂荡亚马孙河
2019年1月27日

在伊基托斯市，我们主要参观主广场、大教堂、铁房子。

在火辣辣的阳光下，将身体原地转动一圈，视线扫过360度，主广场的外观尽收眼底。主广场像个小游园。在广场旁边有个豪宅——铁房子，是一个玻利维亚企业家的住宅。它是秘鲁历史最悠久、保存最完好的民居。铁房子是由法国著名设计师古斯塔夫·埃菲尔设计的，他曾设计了享誉世界的铁塔，法国政府为纪念设计师对钢铁的妙用，将铁塔命名为"埃菲尔铁塔"。埃菲尔将铁房子各个部位做成若干的零部件，编上号，运到秘鲁伊基托斯市组装成房子。烈日下，房子外壁摸着烫手。

港口、码头，一般来说游人如织，而在繁华港口伊基托斯这时主街道上的酒吧、咖啡馆、歌厅外不见游人，我们几十个游人一分散，街道上就更清静了。大中午就这般萧条，夜晚会热闹吗？

拐过街角，亚马孙雨林湿地展现在眼前，湛蓝的天际之间，满目青翠，树林、草滩不同的绿色相互渲染，从高高的堤岸远眺，"世界之肺"可见一斑。望不到边际的巨长的墨绿色植被带，便是神秘的亚马孙雨林。岸边的棕榈树、树干中间挂着红红绿绿的果子，远看犹如一个个大花篮。微风拂面，飘过水、草的潮湿和清香，十分宜人。

下午 1:30，乘机动船游览亚马孙河。我们穿上救生背心，导游让大家坐稳。船速加快后，河水向两岸荡漾而去，黄色且浑浊的河水与绿树长廊形成强烈的色彩对比。没一会儿，黄黄的河水变为蓝灰色。头顶，有湛蓝的天空和洁白的云朵，阳光洒在水波上形成不一样的灰蓝色调。一会儿，河面又变成绿色，接着是墨绿色。河道越来越宽，偶尔经过一座绿岛，船马上驶入更宽的河道。我从没见过这么宽广的河，没见过这么多的水，更没见过多种色彩的水并流。亚马孙河如同毛笔画在宣纸上的泼墨画卷，气势磅礴。亚马孙河起源于秘鲁安第斯山脉冰川，出秘鲁，流经巴西，再横跨南美大陆。它绵延 6500 千米，是世界第二长的河流，也是世界上流域最广的河流，支流有 15000 多条。我默默地欣赏这条神圣伟大的河流，想将它不同于一般河流的宏姿英态印在心里。

河风中，飘过馥郁植物和河水混杂的气味，偶尔夹杂着鱼腥味。船行风大，

亚马孙河——"地球之肺"

听见导游大声地说："亚马孙河有 15000 多条支流，鱼类与河中生物有上千种之多，鱼多的流段，河水会散发鱼腥味，随时可见跳出水面的鱼。鱼类总量超过大西洋。全世界超过百分之二十的淡水资源在亚马孙河。河水、雨林的水分蒸发到炽热的空气中，聚集成积雨云，再把雨水洒向大地，滋养着人类赖以生存的地球……"

我们航行在亚马孙河的支流上，听导游说亚马孙河的入海口有 200 千米宽，我半信半疑。

远处，茂密的树如城墙一般向远处延展，看不到尽头。

丛林拾趣
2019 年 1 月 27 日

几小时后，我们来到雨林中的一家丛林宾馆。原始风情展露无遗：木门、木窗、树叶盖的房顶。导游指着一栋房子说这是新修的房。我看了看，只是树叶顶上加盖了玻纤瓦。领到房间钥匙，我抓紧时间回房沐浴。一路上汗流浃背，皮肤被太阳炙烤得火烧火燎一般。

房前屋后，盛开着花瓣重叠、色彩艳丽的花朵。我拍照时总是小心翼翼，唯恐一不小心破坏了这幅花卉图。那鲜红，红得好正，红色的花瓣上还镶着白色的边儿，显得十分精致；还有那些鹅黄的、紫红的、肉色的、粉色的……各种叫不出名字的花，在茂盛的草、厚绿的叶衬托下展示着娇艳欲滴的美。热带雨林的花卉，在国内少有见过，据说有的离开亚马孙雨林就会浓颜褪、花容衰。那盘根错节的大树，树冠入云，加之树与树之间枝枝相接、叶叶相拥，密集到叶下难见日月交替。张开嘴，喝口风，空气中似有细水珠润泽我的肺腑。秘鲁，没有冬天的寒冷，便造就了这郁葱葱的植物王国。

雨林潮湿，刚换的衣裤已有些湿润，我回到房间打算更换衣裤，看见一只壁虎趴在纱窗外侧一动不动，我用一个衣架轻轻划拨纱窗，可它的四只脚紧紧抓着纱窗缝。我又对着它使足劲吹气，同样没吹走它。没办法，我便对它说："十八年前，我在非洲就与你们打过交道，知道你们消灭害虫，有益人类，但是我还是不希望你造访我，你不走也无所谓，只要不进屋就行。"后来，它在窗上待了好长时间才肯离去。

南美鲜艳的曼陀罗花有粉红色、橙黄色、红色

猴岛

2019 年 1 月 28 日

　　黎明时分，房顶上沙沙作响。我竖起耳朵仔细听，又没声音了，过了一会儿，这种声音重现。莫非房顶有蛇？吓得我从床上翻身速起。昨天，当地人讲过，在这里可能会遇上蛇，不要动，不要跑，它会慢慢爬开。我强装镇静，迷迷糊糊睡着了。好不容易天亮了，我壮起胆子出门望向屋顶，原来是吹断的树枝落在房顶上，风吹过，树叶发出沙沙声。

　　亚马孙丛林空气湿漉漉的，十分清新，让人神清气爽。

　　早餐后去亚马孙河边的猴岛参观。虽称为"猴岛"，却是座私人野生动物园。

起初，居住在河边的几位秘鲁兄弟收留了几只生病的老猴子，后来有人陆续把伤残的、生病的猴子送到兄弟们的岛上，几年后猴子越来越多，已经有30多个品种，百十来只猴子。政府拨给少量资金，慈善家和游人也捐了钱财，几兄弟艰难地维持着动物们的生计。

刚上岛，随身包被统一保管，防止猴儿们哄抢。岛上一小兄弟招来一只色彩鲜艳的大鹦鹉站立于他大拇指上。"Good morning（早上好）！"鹦鹉向大家问候两声，主人就要喂它吃几颗玉米，否则，它会扭头不说，引得大家笑声不断。猴子们早就跳到树上，后腿倒挂于树梢上，前爪子伸来拍人的肩，主人们早给我们准备好猴子爱吃的果子。我们把水果放在手心，大个儿的猴儿们会精准地抓走三两口吃掉后又来，而那些小一些的猴子跃跃欲试却总抢不到吃的。

土著部落
2019 年 1 月 28 日

中午，换船参观亚马孙河沿岸的土著小村落。我们的船还未停稳，就看见一个上身披着草蓑，下肢裹着一块红布的小孩奔跑的背影。后面紧跟着两个赤裸上身、穿着草裙的小男孩，他们赤脚在泥水中奔回部落报信，大概叫着"来人啦"！

一个圆形尖顶大草棚是用宽厚的干树叶扎成的"迎宾大厅"。两个小男孩怯生生地望着我们，大家踩着泥深一脚浅一脚地朝部落走去。"头人"将众人迎进大厅，从两扇小门透进来一些微弱的光线，好一会儿我才看清整个房间。大厅空无一物，"千脚泥"地面凹凸不平，当地人手牵手转着圈，跳起部落的迎宾舞，仪式感浓浓。

出大厅，我好奇地打量这个从未见过的群体。部落首领和二当家盛装迎接，头上戴着亚马孙的一种金丝干草编制的长假发，一条草蓑挂在前胸后背正中，颈、肩、手臂、前胸、腋下、背脊裸露出古铜色的肌肤，庄重地安排部落成员为远道而来的贵宾吹长管。这种乐器是部落族人在丛林中发现猎物时使用的，吹响"集集号"，召唤族人围而攻之。我们团里的男子铆足了劲去吹那长管，却吹不出声，部落男子轻轻一吹便能吹出雄浑深远的响声。

一个男孩捉住一只黑壳虫让我们看，这是他们用来补充蛋白质的自然资源。一个小姑娘拿出一块硬壳红瓤的果子，用手蘸取那果心后在我面颊上画上印记表示欢迎。我抱过小女孩怀中的一只小动物，这家伙有浅驼色长毛的头，身上是浅

亚马孙雨林的土著部落

驼色与白色花斑毛，黑眼睛滴溜溜地盯着人看，黑嘴唇似笑非笑。导游问我知不知道这动物叫什么，我摇头。她说，这是南美特有的动物——树懒。一米远的距离它可以爬上几天或一个月，真够懒的，我抱起它就没动一下。我想将这种感觉记住——平生第一次将树懒亲密地拥入怀中。

接下来部落的人请大家品尝特色美食——水煮香蕉，这是部落人家赖以生存的主食。男人们砍下树上生的青香蕉，女人们负责到亚马孙河边汲水，一口大铝锅架在由湿木材搭起的火炉上，加入树枝吹燃未灭的火种，锅中放入水和香蕉。待香蕉煮熟，妇女用一截刀片（废物利用，锯条断了的其中一截）顺着香蕉皮划开，撒上盐，在手中斜切成香肠片让游人品尝。甜咸中带着涩味，天哪，这味道可真怪。部落人家主要靠食香蕉果腹，生存实属不易！

来到草厩，众人参观购买工艺品。看着当地人编制的工艺品，真不敢恭维，编制手艺太拙劣了，但部落要靠卖这些来买盐。

部落有110人，由10个家庭组成。往后面望，房屋搭建为两层，亚马孙河涨水时人们爬上楼，河水穿流过楼下，水退后人们又忙于生活，采药、砍香蕉、编织等。

部落里没有电，没有自来水。他们直接从亚马孙河取水饮用，水中有人畜排泄物、清洗器物的污水，河水未经消毒、过滤处理，部落人就直接食用。病了，他们就找草药自己医治；病重了，特别是儿童，死了就死了，一切顺应自然。他们是印第安人的后代，一代代生长在亚马孙河边。随着拉美旅游业的发展，旅游公司将部落人家开发为景点，他们买盐的钱也有了着落。

再游亚马孙河
2019 年 1 月 28 日

换船参观亚马孙河沿岸的土著小村落之后，再游亚马孙河另一支流。

当地人讲，从这里几百千米后，亚马孙河就流出了秘鲁境内，流向巴西，流向被人们称为"热带巴黎"的马瑙斯——拉美货物集散地。

河上不时漂浮着树枝、小树。导游告知，被亚马孙河常年淹泡在水中的树，为适应生存，有的把根部旋转钻入水下十多米，有的小树树根在泥土里扎得太浅则会被淹死。但有的树枝上会长出胡子一般的须，有的须会长成根，又生长成树，这便是亚马孙植物的魅力。

问当地人，来这里两天了怎么就没看见亚马孙河上有桥呢？

"没桥，也没啥坝，亚马孙河性情桀骜不驯，想用大坝阻碍她、驾驭她，保准会遭殃。"秘鲁人爱亚马孙河，爱这片热带雨林，因为她们具有气势恢宏的天赐于地球的力量，能造福于世界人类。

我依依不舍地离开丛林宾馆，突然一团友停下脚步，惊叫："蛇！小蛇！"仔细一看，当地人笑道："什么蛇，是蚯蚓。它伸展爬行约 30 厘米，蜷缩着也有 10 多厘米长。"

雨后的热带花木——凤凰树，花朵娇艳欲滴。到盛花期，繁花聚簇，红肥绿瘦。在非洲，南非、赞比亚、津巴布韦、埃及的凤凰树的花都没亚马孙河岸的凤凰树的花如此美艳动人，毕竟非洲无法给这种花树足够的水分。

香蕉晚宴
2019 年 1 月 28 日

乘船重返伊基托斯市，去到一家中国餐厅——御香楼。老板是中国人，来自广东省，到秘鲁十多年了，餐厅生意不错。

这里的菜品多与香蕉有关，沙拉香蕉（沙拉酱拌香蕉丁配香叶）、凉拌香蕉（香蕉段洒上橄榄油）、水煮香蕉、蒸香蕉、油炸香蕉、拔丝香蕉、溜香蕉等，单价为 14～20 新索尔，每份会搭配些鱼肉或鸡块，大众消费。也有高档价位的食物，单价为 20～50 新索尔，但消费的人群就少些。

就餐中，导游电话响起，通知飞机晚点 3 小时。这种远程团队，一般提前半年左右预订舱位，几个月后，航空公司会根据乘客流量调整航线以及舱位需求量，误机或提前是常态。

有的团友拉来几把椅子拼拢，躺下睡觉；有的伏桌或仰靠着打盹儿养神。我正打算利用这个时间记今日见闻，可发现眼镜丢在了部落里（我用它看过编织工艺品）。于是请老板帮忙，看附近有没有眼镜店。老板很热心，直接请餐厅伙计骑摩托车去帮我购到一副老花镜，折合人民币 42 元。秘鲁没有制造业，靠进口，这个价格也合理。

我们等到晚上 22:30 才离开餐厅，乘汽车前往弗拉西斯科塞卡达维内塔机场。

到了机场，航班却再次延迟……

一方一俗

2019 年 1 月 29 日

从伊基托斯起飞已经是次日凌晨 00:07。这是从北京出发后的第四次航行，从秘鲁首都飞往皮斯科。

飞行时间 1 小时 41 分钟，空中飞行距离 975 千米，待机、候机却耗费 6 个多小时。

3:00 抵达秘鲁首都利马，入住酒店时已过 4:00。收拾行李，将穿过的服装用丝巾包好，一套加厚衫裤叠好不带走，留给需要的人。

6:00 起床。我见天空雾蒙蒙的，真怕会下雨。导游说："放心吧，利马是世界上的无雨之都，五六百年未下过雨。"我震惊了！

6:30 准时出发。从利马乘汽车前往皮斯科，行程大约 230 千米。车厢里鼾声起伏，我虽一夜无眠却难入梦境。

10:30 左右，汽车在一间加油站停下，旅客上卫生间或在超市买补给。

我看见一座待开业的货亭用黑布遮店招文字，心想着黑黢黢的一片多不吉利，下一秒反应过来这里不是中国。在中国，店铺开业前图个吉利，一定是挂红布遮店招，若是大型场所开业，还会将狮子兽首用红绸包好，择吉日开业剪彩。正是一方一俗。

汽车前行途中，不时看见路边摆放着如模型般的小木屋，有的屋前还摆有鲜花、水果。我曾在日本见过此景。在日本，若是亲人死于交通事故，每年亡者的亲人会用鲜花、水果路祭逝者，不过却未曾见有房子。求证导游得知，就早年间日本人来秘鲁谋生，带来路祭民俗，从什么时候起祭祀有了小木屋说不清了。有钱人家的小木屋精致美观，不过大多数看上去一般般。

纳斯卡大地画之谜
2019 年 1 月 29 日

13:00 左右我们到达皮斯科，直接驱车前往 FAP·雷楠艾丽亚斯奥利维拉上校机场。虽然提前预约过，同样要求排队候机，我们乘机时间安排在 14:20。

我抓紧时间逛逛附近的小商店。没走几家，一位典型的秘鲁美人儿吸引了我。

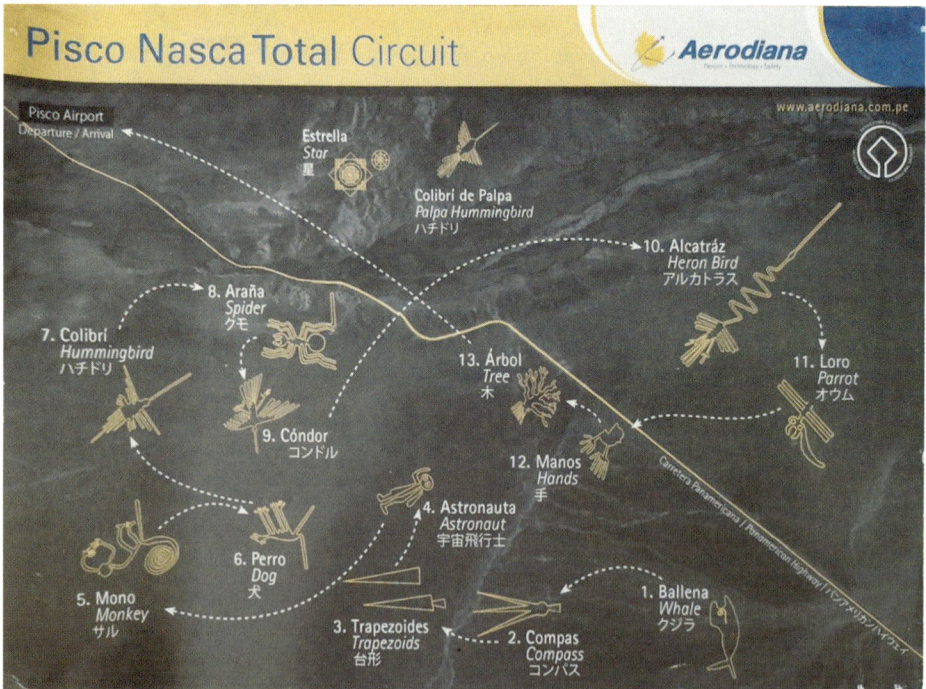

乘直升机参观"世纪烛台"岩石画和大地画

这姑娘漂亮优雅，我在她的店里买了 10 个袖珍驼羊毛冰箱贴，她不会英语，我不会秘鲁语，没法交流，却买卖愉快。

登上直升机，我从舷窗望出去能看到沙岩土质的陡峭山体，还能看到刻绘了人形、猴子、蜘蛛、狗、马、鹰、树等内容的 13 幅地画。史学家研究多年难解地画之谜，至今仍属世界之谜。

飞行员为让乘客观察得更清楚，机体时而左倾贴近山体，时而右斜靠近画面，很多人忍不住恶心呕吐，幸而时间不长，我经受住考验挺过来了。最让我兴奋的是，机长拔去钥匙，让我当了一回"飞行员"，这感觉终生难忘。

皮斯科海滩
2019 年 1 月 30 日

昨天，看完世界之谜纳斯卡——大地画后，驱车到达秘鲁伊卡省，入住一家海景酒店。一天一夜连轴奔波，即便我喝了三杯咖啡都难以提神。车上，我闭目养神。到酒店，领到房卡，速奔房间。踏入房间，有宽敞的卫生间，还带阳台。我赶紧开箱，拿出浸过汗的行装清洗起来，用行李打包带做晾衣绳，阳台被我挂了个旌旗招展。收拾好后我倒头便睡，睡到红日东升。

红日冲过地平线，床头阳光明媚，我看看时间还不到 6:00。阳台上，我的劳动成果全干了。收拾心情，惬意而轻松地打包好行李。

海景酒店餐厅设在一楼，海鸥、海燕闻香一群群从海边飞向餐厅，在餐厅外盘旋。

一排排蓝色躺椅，一把把蓝色的遮阳大伞与蓝色的海水，搭配着周边藕荷、浅紫、花蕊是洁白的小五星，大红色或紫红色的艳丽的三角梅，这画面十分治愈。肥厚的绿叶，那叶尖儿恰似唇印，三角梅花儿不大，但在绿色的簇拥下特别动人。我意犹未尽地拍着视频，让拉美之花在相机里秀色永恒。

信步踏上沙滩，沙滩上布满垃圾、包装袋、衣物，甚至鼓囊囊的枕头，俨然一个垃圾场，让人心情顿时变得糟糕，不想再多看一眼。前一段风景还如油画般引人入胜，而眼前的"风景"真叫人反胃……

游玩内海
2019 年 1 月 30 日

上午乘汽艇前往伊卡省内海参观著名的海洋野生水鸟，还有洪堡小企鹅、海燕、海鸥、海狮等。这条水路上可观赏到古老的山体画——世纪烛台。

长长的栈桥伸入碧波荡漾的海洋中，桥的一侧如大镜子般明亮，一阵阵翻滚起白色浪花，强烈的阳光为这片海增添上无穷浪漫的魅力。

等待出票的时段，码头围过来很多秘鲁小贩，卖冰冻矿泉水的、卖太阳镜的、卖 T 恤和帽子的……一位中年男性残疾人拄着双拐来到我面前，他手里举着帽架，嘴里不停地对我说："Mrs to one（夫人来一顶）。" 20 多新索尔一顶，折合人民币 38 元，见价格不贵，我便买了一顶。

乘汽艇，破浪不久便到第一个鸟岛附近，导游指向海岸岛屿介绍："这里聚集的是洪堡小企鹅，最多时有上万只。"有人问："太远了，看不清，能上岛看吗？"回答："不可以，真让你们上岛，你们在路上就会被烤成'熟人'了。"

看得最清楚的是油光水滑的海狮，懒洋洋地躺在岩石上晒太阳，偶尔昂起头打个哈欠换个姿势又睡去。这片内海是它们的家。人，是过客，与它们共拥天水之间。

从皮斯科乘车返秘鲁首都利马，需翻越安第斯山脉，要行驶 230 千米，用时约 6 小时，沿途青纱帐般的玉米林、蚕豆田、各色曼陀罗，茂密到不见尽头。

利马→库斯科
2019 年 1 月 31 日

2019 年 1 月的最后一天（北京时间已进入 2 月 1 日）。

上午从利马飞往秘鲁南部的高原城市——库斯科（世界最高的城市之一，海拔 3416 米）。为预防旅客出现高原反应，导游要求我们尽量保持安静、少语、慢行、心情放松，多喝水、多吃水果，禁止喝酒，禁服安眠药（怕有人因缺氧抑制呼吸而窒息）。

从利马飞到库斯科，飞行时间 69 分钟，空中飞行距离 669 千米，这是从北京出发的第六段航行。飞机的正常飞行速度在每小时 800 千米左右，因安第斯山脉阻隔，飞行难度较大，飞行时长增加。舷窗外烟雾缥缈。候机花了 5 个小时，降落又花去一个小时有余。倘若开汽车，车程虽在六个多小时，但客人的高原反应会很大。

中午抵达库斯科机场。眼前的国际机场属袖珍型。一出候机厅，我们又迅速返回穿防寒服，推上行李跑步奔向停车场，罡风凛冽扑面，乌云笼罩涌动，大雨即将来临，车厢成了避风港。

库斯科曾为古印加帝国的首都，是帝国政治、经济、文化与宗教中心。1533年西班牙殖民者攻破了这座城市，随后这里沦为西班牙殖民地，长达二百九十多年。但西班牙人并没有把印加人的神庙、城墙完全销毁，而是在此基础上修建自己的教堂等，所以在这里保留着两种风格的建筑，能感受到两种文明在此水乳交融。

彩色玉米
2019 年 1 月 31 日

到了酒店后，行李统一存放在酒店大堂，待餐后分房。大堂有 6 张大茶几，我被茶几玻璃板下的各色玉米粒吸引。每张茶几有 36 个小木格子，格子中存放着颜色各异的玉米粒，有白色、黑色、黄色、金色、棕色、紫色，白中带黑麻点、黑中带白点、黄中带红点……看花眼睛都没数过来有多少品种。玉米不仅是秘鲁食材，还扮演了装饰角色。

我们的午餐在库斯科一家特色餐厅，距离酒店不远。顺着招呼声从侧门进入，有一个特制的大盘放置在一张雕刻精美的木几上，盘中玉米更有特色，有白色带红边的，有棕红色带深棕色条纹的。也许是为让观赏者看到玉米棒，店家抹掉了大部分玉米粒，留下少部分，裸露出米色、浅黄色或棕红色的玉米棒。其中一种玉米很不一样，接近玉米尖部的玉米粒如缩小的莲花瓣，玉米苞尖宛如莲台，十分罕见。我正数着盘中的玉米品种，地接过来用不流利的中文对我讲："出入境不允许带种子哦。"他还说，秘鲁有 300 多种玉米、上百种土豆，这里的山地最适宜这两种作物生长。

太阳神殿
2019 年 1 月 31 日

库斯科是古老的印加帝国的摇篮，印加帝国曾是南美洲最大的国家之一。

这一站我们参观古印加帝国时期举行盛大庆典的场所——太阳神殿。

这座古老的太阳神殿，是整个印加帝国最重要的地方。据说曾经的它不仅荟萃了众多金色的雕像，神殿的墙壁和地板也都装饰着金箔。神殿的窗户上窄下宽，形状独特，当初也是用金银制成。如今，所剩下的神殿又是个巨石结构。因为西班牙殖民者拆毁了它，在其遗址上建造了圣多明戈教堂。太阳神庙的辉煌早已荡然无存。

导游以印加帝国的文明进程与发展，讲述着一部恢宏的异域"石头故事"。石刀、石斧、石凿、石锅……石头王国中不断演绎着人类生存文明发展史。

16 世纪，西班牙派军队经大西洋、太平洋入侵遥远的秘鲁。库斯科有大量的金矿，印加帝国修房建舍喜用金矿砌墙。远在南欧西部的西班牙侵略者来到秘鲁向印加帝国首领捧上圣经，首领以贵宾礼节接待，不识西班牙文字的印加帝国首领将圣经扔掉，于是，招致西班牙人的屠杀，印加帝国消亡。秘鲁沦为西班牙殖民地，这里的金矿被源源不断地运回西班牙冶炼成金，又运回秘鲁建造宫殿、教堂。

突然有人喊："要下雨了。"抬头一看，乌云在上空翻涌。没一会儿，滂沱大雨夹杂一阵闷雷轰隆隆地撞击心扉，一波又一波大雨如瀑泼向大地。我们无奈只能到教堂屋檐下避雨。等雨稍小些，我们便要离开太阳神殿，却被几个卖一次性雨衣的印第安人拦住，我突出"重围"来到阿马斯广场上。雨渐渐小了，仍能感觉到雨水落在脸上，轻轻地擦了擦，哇，手上有血，我流鼻血啦！这是高原反应，我平复心情，不急不慌。回到酒店，我赶紧烧水泡上提前准备的红景天，闭目养神。明天要去马丘比丘，海拔更高，若鼻血止不住，在半道上倒下就麻烦了。

按计划，早餐后前往迷失之城——马丘比丘古遗址。

此番行程是秘鲁之行的重头戏。此行因路况特殊，我们需要由长途汽车转乘小火车，再徒步登山。

天色未晓便起床，烧了壶开水，泡上红景天赶紧喝上两杯。

5:15，叫早铃声响起，餐厅已为我们准备好面包、果汁、水果。

一小时后准时发车。库斯科山路云缭雾绕又蜿蜒崎岖，有人经不住东簸西颠已开始向窗外呕吐。偶遇山民走动，他们见车紧贴峭壁让汽车优先经过。记得有好几次，颠得我整个人从座位上腾起，导致头与车顶"亲吻"。

8:00，导游大声催促："快下车，下车了！睡觉的赶快醒醒！汽车要返回，下午另有车来接。"

在导游的指引下，我们徒步经小路前往火车站。步伐加快，甚至得跑起来，行与不行都必须紧跟团队，否则会错过我们预定的火车班次。20分钟后终于到达火车站。我紧按胸，张口深呼吸，喘气，平息。导游点名后便逐一发火车票。

"533号"小火车，是中国淘汰多年的绿皮小火车款式，大伙儿抓紧爬上车头，摆造型拍照。

8:30，小火车发动。火车提速之后，能看到车外的山势越来越陡峭，高耸入云的山涧峭壁，火车紧贴岩壁慢慢缓行。山下，一条奔腾汹涌的河流许是从森林中流出，残枝败叶被卷入旋涡，阵阵激流泛起白花花浪头奔向远方。多好的碧水，多美的河！沿河是密林，远处峰峦叠嶂，极目远眺，未见人烟村落……

"马丘比丘就要到了，山地气候较冷，请着秋装。"车内广播提醒道。

"马丘比丘"在印加语里指的是古老的山巅。它是秘鲁南部古印加帝国的一座古遗址。这座神秘的印加古城建在群峰之中，在陡峭的悬崖峭壁之上。拜谒者不经磨砺周折难睹真容。进入古遗址石头城郭，必须翻过一座山。地处高原，爬坡上坎是对自我体能和毅力的挑战。路窄坡陡时，双手扣住上面石头缝才能上行。爬上山间一块缓冲憩息的平坝，放眼对面"迷失之城"被群山怀抱其中。

只见一群白人围着一位老太太，老太太脸色发青，嘴唇发紫，背靠在土坎上喘着粗气。有人为她搓胸口，有人往她头上浇矿泉水。我在猜想，老太太是体力不支，还是高原反应？过了十分钟左右，老太太终于缓过来了，嘴唇和脸色变得

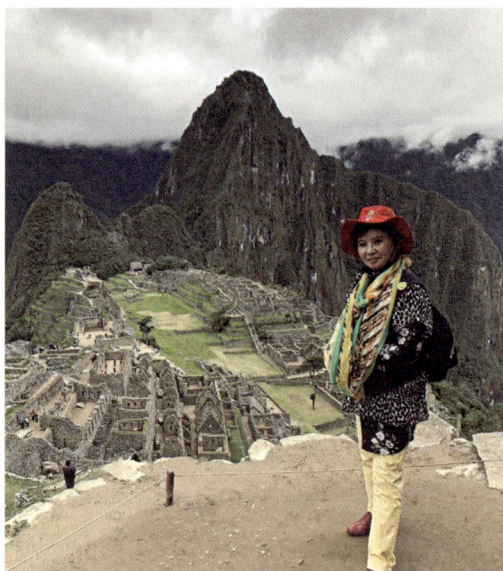

马丘比丘印加帝国古遗址，又称：山巅间的"迷失之城"

红润了一点。他们一起聊了几句，白人老头转身观景，几位白人老太太让刚恢复神色老太太换上干衣服，有准备继续登山的架势……

停留片刻，我又迈开步伐朝山上攀爬，但在心中叮嘱自己，已不是蛮干的年龄了，要多观察地形，借力攀登，安全为上。盯准石头间的缝隙和植物藤蔓，双手扣紧石缝，不但可减轻膝盖腿脚压力，攀爬速度还有所加快。不一会儿我已大汗淋漓，口干舌燥，嘴唇有烧灼感。石头上苔藓青翠欲滴，我紧闭双唇亲吻它们，有清凉的作用，但不敢吸食露水，怕引发不测。眼前一块又一块的石头，印加古人们是怎样把它们错落有致地堆砌整齐的？在没有任何黏合物的年代能建造这样古石头城群落，真是人间奇迹。

苍天不负有心人，经过一个多小时的努力，终于到达马丘比丘的山门前。我眼前的第一幕是一位秘鲁美女正在山门口摆造型拍照，她犹如迎接我胜利登上马丘比丘的天使，我希望与她同框合影。美女欣然同意并拥抱我合影留念。

经过峭壁天梯，导游讲当年印加古人就是从这里如同蜘蛛人一般滑到山下寻找食材、取水。再往里走，梯形房屋建筑合理有序地排列，有单间、套间集中的生活小区，屋中摆放各式石头用具；再往前，有祭祀的神殿区域，有监区；再后面是墓园。重要的区域之间，由巨石垒砌分割，考古学家考证：马丘比丘的石头城已经 2000 余年，在没有黏合材料的情况下，还能排列如此整齐且竟能屹立山巅千年不倒。马丘比丘不愧为世界文化与自然双遗产！伟哉！壮哉！它犹淡出红尘隐居深山的高士，拜谒高士不劳其筋骨，磨心励志岂能见到？又怎能见证古印加王朝的盛世辉煌？

从马丘比丘下山，走另一条出山的路。路前方人头攒动，有人兴奋地叫着，是一个中国人的声音："羊驼！羊驼！"羊驼乃秘鲁国宝，秘鲁民间流传，山中见羊驼必为有福之人。一只羊驼正悠闲啃食石缝冒出的青草。另一只，在远远的云雾缭绕的山间，犹如天宫下凡的神物，看它那气场，那傲视人间的表情，我抓紧将这一景装入镜框。

导游说，西班牙入侵，战火吞噬，古印加帝国消亡。多年之后，一个外国人飞机在安第斯山脉上空受气流影响，飞机在盘旋中偶然间发现了深山中的"迷失之城"，然而它早已没有人烟，石头城却风采依然。

山林路径两边奇花异草，色泽艳丽，特别是那红色的、金黄的曼陀罗花朵吸人眼球，还有紫色的鹤望兰昂首优雅地向游人示美。

下山后吃午餐，既有中餐又有西餐，还有秘鲁烧烤。我端上食物坐在露天的餐吧品尝。旁边遍布着各色曼陀罗花林，我从未见过如此强势生长的曼陀罗。

离开时，在河边看到了绚丽的七色彩虹，每种色彩都那么亮丽迷人。有彩虹送别，旅途定会吉祥好运。

悬崖宾馆
2019 年 2 月 1 日

在从马丘比丘返回库斯科的途中，导游与司机嘀咕一阵后告诉大家："征得师傅同意，我们增加一个景点。"

司机开过一段坎坷的山路，半小时后在公路一处弯道停下。公路上汽车速度超快，为保证安全，众人不允许下车，只能从车窗仰头观看。

导游介绍："这是秘鲁享誉南美洲的悬崖宾馆，深受登山和攀岩爱好者喜爱，想入住悬岩宾馆并不像住其他酒店那么容易。第一，必须提前几个月网上预订房间；第二，不允许开车去，只接纳攀登而上的'勇士'。"

仰望着陡峭突兀的灰白和断壁露出的一块块砖红色山石，高耸的山间没有一棵树，岩缝中长出的稀疏小草顽强地扎根缝中。

"啥景点，除了光秃秃的石头没啥可看的。"一个睡眼惺忪的团友瞄了一眼后又打盹去了。

悬岩宾馆

"快看，3点方向，"当过兵的团友兴奋地喊，"1个、2个、3个、4个。"另一团友也兴奋起来，喊着："一共5个，不，是6个。"顺着他们指的方向看去，几个攀登者正撅着屁股抓着石头，一个背着大背包的攀登者弯曲前腿用劲攀登，一个攀登者如蜘蛛人般直直地挂在如刀削过的峭壁上……

当过兵的团友又发话了："朝11点方向看，建在悬崖的四座建筑物，弯月形的那幢建筑应该是大堂、娱乐、餐厅等综合设施，另外三幢长得一样的建筑应该是客房。"房屋紧贴在岩石上修建，左右如双臂插入岩缝，每幢房屋后半部都垒在岩石上，前楼底部悬空，一根像汽车的千斤顶的设备支撑着屋底。

回到酒店，我放下行李洗手，竟然火辣辣地痛。抬手看，两手中指、无名指已乌紫瘀青，这算是登马丘比丘的"抠石礼"吧！

萨萨瓦曼
2019年2月2日

上午，去库斯科城外，游览古印加帝国时期的军事要塞——萨萨瓦曼。

萨萨瓦曼是南美洲最早的历史文明之一的小北史前文明，以及前哥伦比亚时期美洲最大国家之一的印加帝国。秘鲁拥有12项世界文化遗产，萨萨瓦曼、马丘比丘位列其中。

木质草顶牌坊上横刻着"TAMBOM ACHAY"，这里连栅门都没有，却进不去。待当地领队递上门票才能依次入景区。一条小河淙淙流淌，河水清澈如滤，河边密密的红树林近水而翠。石头路坡度越来越高，硌得我的脚生疼。石头群，最小的石头估计也有百十来千克，还有上吨的巨石，它们堆砌成层层叠叠的奇异群落，军事要塞，石垒城塞。

古印加帝国祭祀太阳神的广场更加让人瞠目结舌。这里每块石头均以吨为单位，历史学家考证，当年修建巨石石垒要塞时，每天动用三万余人，历时多年才完成。这里，令现代人叹为观止，也成为难解之谜——没有大型建筑机械，石缝间不见黏合物，古人是用怎样的智慧完成如此浩瀚工程的？

祭祀广场，是古印加人祭祀太阳神的地方。他们信奉太阳神，称自己是太阳神的子民。每年6月21日至24日，印加人早早做好准备，组织庞大而隆重的、具有庄严仪式感的祭拜太阳神的活动，祈求太阳神保佑印加帝国风调雨顺，栗粟丰登，人畜兴旺。祭祀后，人们游行、狂欢，载歌载舞，据说仪式长达100多小时，仪式结束后人们仍久久不愿离去。

为避开硌脚的石块路，我沿着田地边一溜土路走下山。成垅的蚕豆在田里长势喜人，粉红、紫色的豆花如飞翔的彩蝶爬满豆秆。成都人称蚕豆为"胡豆"，我也一直喜食蚕豆，却未曾有机会看到它们开花。

正举着相机，牧羊小姑娘闯入我的镜头，小女孩挥鞭赶羊，身披手织披肩的妈妈游走花田，秘鲁乡间，原生态的景象让我喜出望外……

秘鲁→哥伦比亚
2019年2月2日

从石垒古塞萨萨瓦曼到阿玛斯广场，为期8天的秘鲁之旅即将结束，下午将飞往哥伦比亚。餐厅打来电话，我们的午餐已准备好。汽车正经过一段狭窄的山路，坡陡弯急，一旁是悬崖，车上气氛十分紧张，大家都屏住呼吸闭上眼……终于，汽车在一座山坡旁停稳，大家穿过石块铺砌的小巷，不远处就是就餐的饭店。小巷中游人熙熙攘攘，咖啡店、小酒馆、服装店、手工艺店等鳞次栉比。有几家卖服装和手工织的毛衫、台布、工艺驼羊的店，其中一家店的布置可谓一绝——一条鲜艳的条花长裤挂于店门上方正中，顾客进店购物就必须从"裤裆下穿过"，让人忍不住发笑。我想，这在中国有失风雅，对顾客也缺少尊重。

重返库斯科的机场。15:30登机，16:59飞机才起飞。飞越安第斯山脉，飞过高耸入云的山川，挥别古印加帝国力量和文化的象征。没多久，看到舷窗之下墨绿的冠顶下流淌着弯弯的河流，密密麻麻的河流，时而汇聚，时而分流。亚马孙河及其支流犹如滋养地球的脉络血液，蔓延远方。

哥伦比亚篇
Colombia

　　一阵阵热烈的掌声将我从迷糊中唤醒。飞机穿越了气候复杂多变的安第斯山脉，飞机平安着陆，机舱里掌声雷动！

　　这是旅程的第七次航程，从秘鲁的库斯科到哥伦比亚的首都波哥大，历经 3 小时 36 分，空中飞行 2095 千米，舷窗外，灯火阑珊。拉丁美洲第二段旅程哥伦比亚之行即将开始。

　　到达哥伦比亚的波哥大国际机场，是 20:35。

　　这大机场如迷宫般四通八达，一不小心就容易掉队。上舷梯、进电梯，一路小跑到行李提取转盘，我趁着行李未到赶快找推车。

　　地接是位男士，瘦高个头，干净利落，戴着一副眼镜，显得文质彬彬。他介绍说："我姓吴，口天吴，旁边这位是小李，我们共同负责大家在哥伦比亚的行程。"

　　停车场到机场出口之间，大型商场的霓虹闪烁着耀眼光芒，好一派繁华景象。大巴车接我们去波哥大第五区的四点时尚大酒店，到酒店时已是 2 月 3 日凌晨。

盐教堂
2019年2月3日

"哥伦比亚·盐教堂"前的矿工雕塑

刺目的阳光让我从睡梦中醒来，光线从没闭合的窗帘缝正好射到脸颊。拉开窗帘，灿烂的阳光即刻洒满房间。窗外的公园绿草如茵，隐约能见个别晨练的人影，清晨的波哥大还沉浸在静谧中尚未苏醒。

简单梳洗后，我便到底楼餐厅用早餐。时间尚早，食客稀疏。来一杯咖啡、一杯牛奶、一小块玫瑰蛋糕、一个煎鸡蛋、几颗坚果，端上杯盘走向隔街，清晨的街道，人迹可数，道路洁净。我在玫瑰栅栏旁坐下。纵观铁艺雕花栅栏，约三米一隔，栅栏中栽种的不同颜色、不同品种的玫瑰花在晨风中摇曳生媚。玫瑰总能营造出浪漫迷人的氛围，为早餐平添一丝惬意。

哥伦比亚盛产鲜花，有"鲜花之国"的美誉，花卉出口仅次于荷兰。哥伦比亚的阳光周期长，各类鲜花超5万种，其中兰花300余种，"五月兰"被尊为哥伦比亚国花。香蕉、咖啡出口占重要地位，绿宝石储量居世界第一。

9:00到大堂集合，5分钟后准时驱车前往今天的目的地——盐教堂。盐教堂在距波哥大四五十千米的锡帕基拉，行程需一个小时左右。

途中，导游介绍了哥伦比亚国家的更迭、变迁。16世纪，哥伦比亚沦为西班牙殖民地，1810年7月20日独立。哥伦比亚曾与委内瑞拉、厄瓜多尔、巴拿马（北美最南端）于1819—1831年共同组成"大哥伦比亚"，首都为圣菲波哥大。后又分别建立国家。四个国家官方语言至今仍为西班牙语。哥伦比亚支柱产业为石油，鲜花出口也占不少的财政收入。

导游告诉我们波哥大的华人没有夜生活习惯，晚上九点左右睡觉，早上五点多起床，事业心强，家庭观念很重。

前往盐教堂的路上，经过波哥大附近的一小镇，只见小镇车水马龙。小镇烤肉非常有特色，有烤牛肉、羊肉、猪肉。半爿猪肉用多种香料腌制后，插入钢钎，放入烤炉，直径约3米的烤炉下面的果树木段从外围慢慢烧到树心，猪肉烤熟上桌需8小时以上，客人需预订才能享受到美味。星期天，哥伦比亚人一般不做饭，举家出门享受生活。

锡帕基拉在波哥大西南方向，小吴指向西边隐约可见的山峦讲，西部山区种植各种奇花异草，由于安第斯山脉地势曲折多变，管理难度极大，毒王保罗·埃斯克巴在山里种植罂粟提炼"古科金"，2017年生产毒品就多达40多吨，流向世界各国，其中还不包括用曼陀罗花提取的莨菪碱——一种麻醉神经的迷药。毒王养的私人军队装备精良，手段狠毒，政府千方百计追捕多年，他们都多次脱逃。后来埃斯克巴为躲避追击而翻越安第斯山脉，其女因寒冷生病，埃斯克巴烧掉200多万美元为爱女取暖。最后，埃斯克巴在联系儿子前来接应中被政府军队击毙。

到了盐教堂，在等待取票的空隙，我浏览了汽车商店——一辆废弃的大货车，里外挂着油画、明信片，旁边还堆放了几口颇有年代感的破旧皮箱。另外的小店售卖有毛线帽子、手套、围巾等。一位老妈妈正将一团团羊毛捻成毛线，旁边是她用钩针钩的帽顶。除了冰激凌店铺外有排队购买的孩子，其他店无人问津。

盐教堂在哥伦比亚著名的盐矿基地的矿井深处。矿井主要挖掘工业用盐，用于化工行业及制造洗涤用品的添加剂，如洗涤剂、消毒液、肥皂等。

进入盐矿的坑道路面凹凸不平、光线昏暗，还需要上阶梯、下石坎，但来自世界各地的参观者却络绎不绝。盐教堂分很多区，各矿区结构不同，造型各异，是矿工们在地下艰苦劳作中寻求精神寄托的地方。分矿区建立起来的教堂，有的十字架高大，有的复杂深邃，改造开放前安装了赤、橙、黄、绿、青、蓝、紫各色光柱，变着色彩照向十字架。无论是冷色调还是暖色调的灯光，都难以温暖矿工们的心，他们背负着沉重的十字架，是矿工们血泪的见证。迷宫一般的地下盐教堂，我参观了六七座才走出来。

寻找马孔多小镇
2019年2月3日

在入口处见到导游，我加快语速，向他表达诉求："能否帮助我去马孔多小镇？就是加西亚·马尔克斯《百年孤独》中的马孔多小镇。"我告诉导游："我之所以选择哥伦比亚这条线，就是想到马孔多小镇上走一走、看一看，看看二十座沿河岸排开的民居。如果不为这个，我就选择去玻利维亚看'天空之镜'啦。"

导游微笑解释道："你这份心情我非常理解，不过我办不到，其他人都办不到。因为眼下并不安定，为了女士你的安全，我绝对不能让你脱团！另外，没有马孔多小镇。"团友已陆续走出盐教堂集合，我也不便再说下去，心里却并不甘心。

上车后，导游问我："你喜欢读《百年孤独》？"

加西亚·马尔克斯于1967年出版的《百年孤独》，在15年之后才获得诺奖。15年间，他又有5部小说问世：《世界上最美的溺水者》《蓝狗的眼睛》《族长的秋天》《一桩事先张扬的凶杀案》《番石榴飘香》。他称得上是高产作家吧，就在1982年，一部新作问世，另一部15年前的《百年孤独》获得诺贝尔文学奖。连作家自己也不曾想到。

加西亚·马尔克斯不仅是哥伦比亚文学界的骄傲，也是拉丁美洲文学界的骄傲！其实，我与很多哥伦比亚读者一样，更爱读马尔克斯的《霍乱时期的爱情》《迷宫中的将军》。

我惭愧地对导游说："《百年孤独》曾读过几次，但都没有从头到尾读完过。"

文中布恩迪亚家族的复杂关系及难记的人名让我兴趣骤减，再有，全文无分章排序，始终未能阅读完就将书搁置了。

闻言，导游捂鼻掩口，忍住笑倾听我对这部世界名著的阅读困扰。

一个多小时后我们回到波哥大，一路上堵车堵得一塌糊涂。街边上，车流中有卖毛巾的，卖日历、台历、挂历的，卖耳机、墨镜、帽子的，卖花的……长途大巴车前甚至还有表演杂耍的。看了表演若是敢不给钱，一声口哨，便会有一群人围住汽车。纸币有100、200、500、1000、2000、5000、10000比索，司机一般会给500比索（人民币1.096元），不给可走不了路。

有的小贩是带着孩子做买卖，在路边树荫下，小孩子守着货物，爸妈卖掉后再去拿。更多小贩得自己抱着或背着一大摞货在太阳下售卖，一个个汗流浃背。这些小贩绝

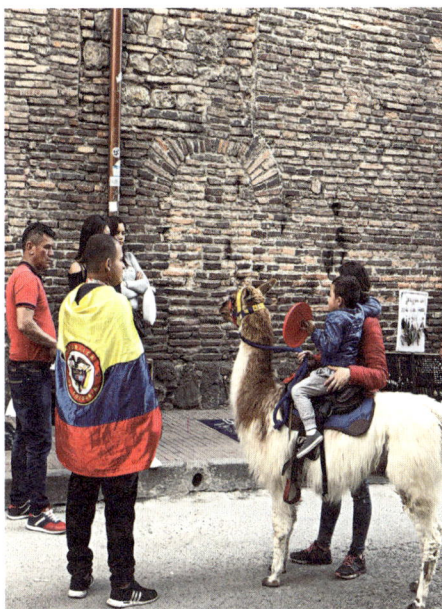

小商贩

大多数是委内瑞拉来的难民，他们居无定所，晚上在街边或剧院台阶下露宿，日子过得相当艰难。

宠物寄养中心

途中多次看到几种名犬的巨幅广告。哥伦比亚有许多人视宠物为家庭成员，遇休假出国或出差，主人会事先与宠物中心联系，安排寄养。宠物寄养中心的宠物寄养别墅区价格昂贵，一般性寄养也不便宜。

我却突想起秘鲁土著部落的无毛狗，它们用香蕉皮果腹，瘦骨嶙峋，看起来十分可怜。

午餐

我们来到波哥大一家叫"德信人家"的中餐馆用午餐，店家早已准备好饭菜。

因为堵车，13:30才到餐馆，我们早已饥肠辘辘，实在顾不得其他，大家一坐下，就大快朵颐。

在秘鲁八天的旅程里没好好吃过中餐，这顿中餐特别对胃口。老板还送上一份炒莲花白（哥伦比亚的蔬菜价格有的比鸡和海鲜还贵），对大家说："欢迎中国老乡来到哥伦比亚这个拉美小国，小店很难得一次聚集这么多的中国人，真的很高兴大家光临！"

黄金博物馆
2019年2月3日

匆匆用完午餐，我们前往世界上规模最大的黄金博物馆。博物馆始建于1939年，馆内展品琳琅满目、富丽堂皇，都是古代印第安人的装饰品和举行各种宗教仪式用的器皿，如耳环、鼻环、项链、别针、手镯、脚镯和各种壶、杯、碟、碗、盘、面具、香炉等。

主展厅的玻璃柜中陈列着一件件金光闪闪的黄金祭祀品。令我印象深刻的有一只大型金海螺；二十幅神态各异的金面具；一条古王室首领佩戴的项链；由72块上似兽头，腹如金砖，下如子弹头，后项由百来颗如中国清朝的翠玉扳指共同组成的一串项链；还有曲曲弯弯摆在柜中两米多长形同钱币的金砖串，金虎符、黄金蟾蜍、黄金鸟兽、金手镯和金簪。博物馆里的金簪可不是中国妇女发簪，而是从鼻孔中穿过的鼻簪。这里有太多奇形怪状的金挂件，灿烂夺目。

波哥大黄金博物馆真实地记录了黄金在古印第安人生活中的重要地位，凸显了印第安金匠精湛的冶金技术。这是一场视觉盛宴，有的古朴粗犷，略显稚拙，有的精致典雅，美轮美奂，有些文物上甚至还印着金匠的指纹。从某种程度上讲，黄金博物馆展出的是一段缺少文字记载的古印第安人历史。

　　傍晚，我们参观了波哥大一个小型的宝石展览。专业的华人接待兼解说为我们介绍了哥伦比亚的宝石文化。哥伦比亚这家集原石采掘、切割、加工、设计、雕琢、制造为一体的著名珠宝品牌公司，致力于推广哥伦比亚宝石文化。

　　相传，老板的远祖曾居住在哥伦比亚第一大河马格达莱纳河畔，因河水泛滥、家财损失殆尽，于是举家迁往安第斯山脉的科迪勒拉山山区河谷地带，靠耕种打渔度日。安第斯山脉顶峰终年积雪，气候恶劣，暖季雪水冲刷山川、平原（哥伦比亚东部，约占国土总面积的 1/2）。经历很多代子孙后，老板祖上无意中发现河岸沙砾中夹杂着晶莹剔透的绿宝石，从此开启了宝石开发生涯，从卖矿石到深加工，经历岁月变迁后，最终发展成哥伦比亚甚至拉丁美洲知名的绿宝石系列品牌。

　　宣传屏幕上，展现了安第斯山脉顶峰的皑皑白雪，以及冰雪消融后的葱郁叠翠。在碧水扬波的河谷，采石工人穿着长筒靴辛劳地在水中作业，打捞起一筐筐石头，运上河坝。有经验的验石工用钉锤敲打、观察，将有价值的石头装入斗车，再运往工厂。

　　旅行团中的一对夫妻十分恩爱，几天后是他们的结婚纪念日，丈夫决意要为爱妻买一枚戒指。妻子心仪那枚祖母绿的心形戒指，接近 130 余万比索（折合人民币约 6000 余元）。此时已 18:00，而且今天是星期天，哥伦比亚金融业规定大额资金流通需要多层审核，但越是这样，夫妻越加坚定要购买。一个多小时的等待，其他 28 人都困倦难耐，终于团里的一位银行家出面"解围"成交，众人方回酒店休息。

　　明天，将离开哥伦比亚，需要在 8:30 退房，离开酒店前往机场。又是一次跨国飞行，今晚必须收拾好所有行囊。

不可多得的几小时
2019 年 2 月 4 日（腊月三十）

6:00，太阳明晃晃的，我再次清点行李，将大件托运行李送至大堂。此时，已是中国的大年三十，除夕夜。我已离开北京 10 天了！拨通电话，打开视频与亲人们互致新年贺词！

9:00 前接通知，原 11:05 从波哥大起飞的航班延迟到 18:45，这样便要在哥伦比亚多待 7 小时 40 分。导游考虑大家来一趟拉美国家不容易，想让大家看到更多哥伦比亚景观和异域文化，又为大家安排了两个景点——蒙塞拉特山的山顶教堂、波哥大美术馆。

退房，离开酒店，汽车拐弯开上街区。没一阵子，整洁的街道映入眼帘，两侧缓坡如丝绒般的碧绿，细瞧，草丛中还有晶莹闪烁的露珠儿。草丛中鲜花争奇斗艳，极其养眼。一棵棵树冠丰满的大树，绅士般挺立却保持着距离。如巨伞般枝繁叶茂的凤凰树，红花苞已密聚……

导游问："大家感觉怎样？"

众人异口同声："太漂亮了。"

这是波哥大第六区。转过坡，道路两旁更加漂亮，但大巴车是进不去的，后面有各国使馆，以及大使、驻外使官、政府官员、少数成功人士的居所。

第五区的街边有装饰异样的房屋建筑，不同于哥伦比亚风格，有异域建筑风貌的教堂，居住区之间有大片玫瑰园，绿化中偶见雕塑喷泉，环境优美，清幽静雅。

第四区和第三区，街道两侧的建筑明显陈旧了些。第一区、第二区的民居建筑则是墙面斑驳脱落，有的甚至已露出砌墙的砖体。那些变形的窗户都安装了菱形铁护栏，我猜想这个街区应该是存在安全隐患。几条老街，锈红墙的居民楼，鼓形的铁花架栽种着桩头植物和鲜花，颇有中世纪的怀旧感。

山顶教堂
2019 年 2 月 4 日

  乘坐小火车来到蒙塞拉特山顶教堂，好在今天是星期一，游客和上教堂做礼拜的人不算太多。我坐在一排三号，视线极好。山腰，小火车驶过砖砌的拱形隧道仅够其穿过。下车，登上百余级台阶方能达山顶教堂。每上三十多级台阶有一段平路，路旁花丛中，花岗石平台上是一组组耶稣故事的雕塑，工艺精湛，生动形象。

  红色、橙色、粉色、黄色的曼陀罗花如一只只吊钟风铃，多彩而艳丽，装扮着山间。

  登上山顶，凭栏远眺，波哥大尽收眼底，红顶房在蓝天白云下炫目夺彩。

  山顶教堂又称白教堂，圣洁的白色，彰显着一种贵气。

  教堂后面是拉美小商品一条街，挂满秘鲁手工织线帽、台布、披风、拎包、背包和各种小手工艺品，我买了几个哥伦比亚冰箱贴做纪念，便乘坐小火车下山。两辆小火车会车时极缓，互为风景。

波哥大美术馆
2019 年 2 月 4 日

  临近中午，我们参观了波哥大美术馆、刘易斯·安吉尔·阿伦戈图书馆。这是哥伦比亚及拉美文化的中心。展厅正中央一只巨大的铜制左手手掌五指张开，挡住楼梯上的全部视线。我抓紧时间进入展馆，欣赏着在国内不曾看到过的艺术品。报以一种平和、安详的心态去理解，怀着一种文化使命感去学习，以填补艺术空白。但缺乏系统文化知识也就只能按传统的认知方式囫囵吞枣地观看。

  最让人看不懂的是：身体矮胖，身首如异的人类油画，无从得知是拉美何宗何派的艺术作品。寻找导游咨询，原来是哥伦比亚著名具象艺术家、雕塑家 Fernando Botero 的作品，这些作品在 1958 年曾获得哥伦比亚艺术沙龙一等奖。他的雕塑——肥胖的人物、夸张的体态、圆柱风格成为艺术另类，他在 2012 年获得国际雕塑中心的当代雕塑终身成就奖。导游告诉我，那些横向肥硕的肉体，是

哥伦比亚雕塑五指与掌

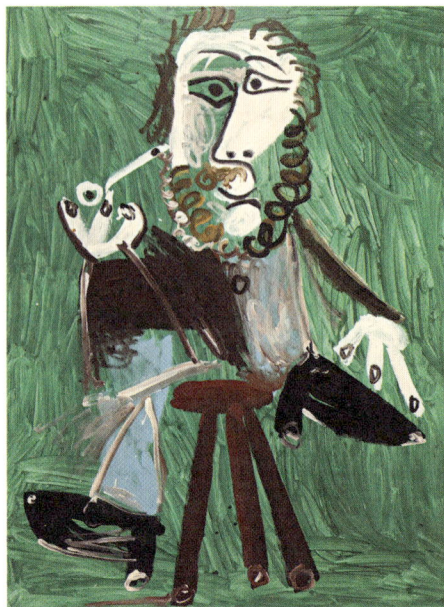

毕加索作品

雕塑、绘画大师用后现代风格批判人性的贪婪无度、放纵欲望，四肢膨胀却思想缺失……

馆外，地摊上摆着项链、手链、各种仿古董、古玩、帽子，这情景，称得上"世界大同"。不同的是摊贩的面孔，有哥伦比亚的叫卖者，但更多的是委内瑞拉的难民。

哥伦比亚的团年饭
2019年2月4日

13:45，我们来到波哥大德信中餐馆午餐。旅居拉美国家的中国人早早张罗着中国大年三十的团年饭。菜品丰富，年味浓烈，店里店外都挂着红灯笼、红福字、祝福窗贴、红鞭炮串等。

店家端上清蒸全鱼、红烧猪手、烧鸡块、油焖大虾、丝瓜肉片、鱼香茄子、什锦肉馒头、米饭，特别加了中国北方人过年必吃的饺子。

现在是哥伦比亚时间 14:00，根据时差计算，中国已进入大年初一了！

四川人的大年初一少不了要吃汤圆，我请老板帮我到超市买速冻汤圆，打算请全团团友吃，团友一阵热烈的掌声、欢呼，增添了别样的年味。

老板回复有些遗憾，哥伦比亚超市根本不卖汤圆。失落之际，一个团友热心地为我夹了两个饺子说："往年汤圆今年饺子，吃饺子交好运。"

登机手续
2019 年 2 月 4 日

15:30，到达波哥大·埃尔多拉国际机场。

大家在导游的指引下办理好了登机手续，仅我还没办理。其实我是有意拖到没人才去办理的。

我走向柜台，值机人员微笑且礼貌地向我问好："Good afternoon Ms！"（小姐下午好！）

我和值机人员进行了简单的交流："Excuse me. Could you help me？（打扰，你能帮助我吗?）Please give me a seat beside. （请给我一个靠过道座位。）I am old, I need to go to the Toilet. （人老了，随时需要去厕所。）"

值机人员依然微笑着礼貌地说："I'll be glad to do. （很高兴为您服务。）"

"Thank you. （谢谢您!）Today is the Chinese New Year. （今天是中国新年。）I hope you will be able to help me！（希望你能帮助到我）"

女孩微笑离开，示意让我等待一会儿，她打电话请示去了。

大约 10 分钟，那姑娘接过我的护照仔细查看后，告诉我行李超重 1.5 千克，并递给我登机牌，座位在 3A。

升舱轶事
2019 年 2 月 4 日

领队看了一眼我的登机牌说："好运，您升舱了。"

17:45，商务舱优先登机，我很快找到座位 3A。座侧放着几样东西——一张写着我英文姓名的贺卡，一个鼓鼓囊囊的大红色绒面小包，内装眼罩、耳塞、牙膏、牙刷，左侧有 3 个窗口，右边是过道，这属于头等商务舱。

飞机开始滑行，埃尔多拉机场灯火阑珊！

空姐走过来，指着右侧一排按键为我演示如何调灯光、手机充电、呼叫、调整椅位；正常坐姿、微躺、垫上小腿部、卧式、收、放、起、落。接着为我端上一碟坚果和什锦拼盘——两只虾、半只鸡蛋、两片糕点、黄瓜丁、菠萝丁、洋葱、香菜、柠檬和一枚红珍珠番茄，一小杯奶酪、两个小面包、一杯果汁、一小瓶橄榄油和红酒。没一会儿又端来盘意大利蝴蝶面和一个蛋挞。我指着红酒，示意她不用了，请她端走。

19:50，空姐为我调好"卧铺"，送来枕头，并为我打开毛毯，调到低光线，让我睡觉。正月初一能享受到这无微不至的服务真的很暖心！

身在几千米的高空，思念起国内美味的汤圆、除夕的春晚、跨年的钟声，异口同声的"新年好"！正月初一，是中华民族最具仪式感的节日，一年仅此一天！

此时此刻，从哥伦比亚首都波哥大飞往巴西圣保罗。我试着调整较为舒服适体的姿势。但再舒适也比不过自己的家，无论身在何处，吾心安处才是家。回味小时候吃的汤圆，那香味在一家人心里，任何珍馐佳肴都无法替代，想着想着便睡了过去。

一觉醒来，时至 2019 年 2 月 5 日了。

待机，等候跑道放行，见到三位升舱的团友，互道新年好！一位说："恭喜姐，猪年好运！"

"彼此彼此！"

其中一位升舱的团友说话了："我们升舱补交了 385 美金，折合人民币 2660 多元，还夹在中间位置。你可是免费坐了最好的座位。正月初一，哥伦比亚给你封了个 2660 元的大红包。你猪年行大运哦！"

空姐收走毯子、枕头，我一再用英语、中文致谢！

来自哥伦比亚的馈赠、礼遇，难以忘记。

短暂的哥伦比亚三日行，带给我难忘的记忆！

　　从哥伦比亚首都波哥大经过 8 小时飞行，跨越 3287 千米，于当地时间 2019 年 2 月 5 日凌晨抵达巴西的圣保罗。下飞机正是三四点钟人最想睡觉的时候，只想赶快去酒店睡一会儿。

　　取行李，办理入境手续，疲惫地等待着。终于入关。有别于其他机场，圣保罗机场通道上隔 10 余米有自动门，关闭再开放，后面的大行李、小包裹不得已要加快脚步闯过这道门，森严中透着某种不安。

　　进入大厅静候团队集合，领队与另一北京团友却迟迟都未露面，听旅友讲，北京那位，行李有可能"迷路"了，上了另一航班（这种事常见，不足为奇），我们除了等待别无他法。

　　我找了一角落，欲睡却不能。

　　又一航班旅客入港，只见数十人接机，一个个上前拥抱，行贴脸礼，笑靥如花的宾主热情拥抱真不多见。每一位仪式感十足，没一点敷衍、故作姿态的表情。受一组组热烈场面感染，等待时的烦躁消除了许多。

　　我找出随身资料，开始了解巴西。

巴西联邦共和国位于南美洲东部，东临大西洋。16 世纪 30 年代起沦为葡萄牙殖民地。至今，官方语言仍为葡萄牙语……

近一个半小时，领队和团友才出来。经海关查证，行李确认在另一航班上，今晚二人必须再去圣保罗机场领取。巴西官方语言为葡萄牙语，领队与海关交流必须英语、葡萄牙语并用。

下大巴车时，领队和地接导游神情紧张地小声催促大家："快，一个紧跟一个，别说话，别惊了路边睡觉的难民。"

酒店在近郊，乘车半个多小时就到了。登记护照，分配房间，此时，差 5 分钟到 6 点。领队通知：6:20—6:45 用早餐，找到房间后再去餐厅。巴西导游介绍，这家酒店特别重视中国人的旅行团，派厨师专程到巴西中餐馆学习熬粥，据说中国人早餐好喝粥，还准备了榨菜、辣酱。当我充满期待揭锅盛粥时，天哪，"粥"就是干米饭加水！还好，总比吃干面包强。

我回房间抓紧冲洗，缓解一下疲劳。好想好想躺一会儿，睡上一觉，可惜没时间了，赶到前台找到这几天的《南美侨报》，抄下圣保罗市应急电话：匪警 190、急救 192、火警 193、举报 181，以防万一。

昔日皇家花园
2019 年 2 月 5 日

今天的第一站是皇宫博物馆和 IPRANG 十八世纪皇宫花园。参观博物馆，了解巴西文化发展史，这是我在旅游中钟爱的项目之一。历经半小时车程，博物馆却闭馆，仅能参观建筑外观。橘黄色的外墙，欧式建筑的构造，与秘鲁首都利马的西班牙建筑如出一辙。公园绿意盎然，灌木丛油绿整齐，草坪氤氲，树冠高耸入云，多个鸟窝能见雏鸟待哺。

大街对面是伊比拉布埃公园，导游介绍："这曾是皇宫花园的一部分，四五座喷泉此起彼伏，湖面静谧幽美，微风吹动涟漪，远远能见游人漫步湖滨，不过时间有限我们不能过去。"

不远处是开拓者雕像和护法英雄纪念碑，纪念巴西开国英雄，群雕工艺精湛，栩栩如生。原计划游览圣保罗市区，导游却让大家在大巴车中"车游"。"圣保罗四处可见流浪汉，都是从委内瑞拉逃难来巴西的难民。我也不想这样，但确实街头巷尾又很多躺着或睡着的男子，万一有事我负不起责任……"

皇家花园一角

蝙蝠侠胡同
2019年2月5日

圣保罗有一处隐秘的经典——一条涂鸦小巷，又称"蝙蝠侠胡同"。

这里是圣保罗·维拉马达莱纳区深处一条数百米长、藏在闹市区后面的小巷，近年来成为世界涂鸦者的天然画廊，墙上、街沿、地面涂满五颜六色的涂鸦，吸引了全世界的涂鸦爱好者和艺术家前往。在这里游览，不亚于参观一场不错的画展。巷口墙壁上绘有一大幅蝙蝠侠，目光炯炯直射观者，让人过目不忘。巴西华人最先为小巷命名为"蝙蝠侠胡同"。

在小巷墙上，能见到各国的奇花异鸟，抽象夸张的人体，少儿卡通，东、西方神话交融，无论看得懂还是看不懂，都不重要，觉得好便拍下来，没准，明天再来，新的涂鸦已盖住往日画面，没人追究版权归属。

一个小时，于涂鸦艺术氛围中意犹未尽。全团到巷尾一户人家门前集合。偏僻的小巷深处，竟藏着一家私家小铺（店铺后面不对游人开放）。小铺没有刻意装修，就是家庭模样。若无导游带领，也许当地人都少有光顾这家店的。在这里，导游给了大家喝杯咖啡的时间，可以排队上卫生间。店里亚麻衬衫、草帽挺有特色，小幅油画充满着浓郁的拉丁美洲风情。

不愿把时间花在排队上，我返身到服装挂架前。两位青年正迈进商店，其中一位穿着13袋款的中长裤（前贴袋左、右各一；后臀袋贴袋，袋上袋共6袋；左右胯袋，袋上袋共5个袋），胯袋插着3筒涂鸦颜料，裤子上也有涂鸦。

另一位提起一件亚麻衬衫，右手穿进衬衫袖子，我瞥见衬衫左摆缝内侧一块衬衫的面料，待他付款时我赶忙上前一步，对他讲："帅哥，你可以把这一小块面料送我吗？"

"Sorry, I'm so sorry."（抱歉，我真的抱歉）。

听他一口纯正英语，外貌却像中国青年，拉开衬衫指着小布块赶快补充："Can you give it to me？"（能把这个给我吗？）

"So so."（可以）。

只见他用打火机迅速烧断穿过衣服摆缝的胶针把小块面料递给我。

蝙蝠侠胡同

我抽下一根纱，示意他用打火机帮我烧燃纱头，纱头燃起浅蓝的火苗，用手捻灭，有淡淡的麻质味和麻棉的细细颗粒感，纯正的麻棉，纯天然面料，我宝贝般将其收好。

耳边，响起《斯卡博罗集市》，莎拉·布莱曼演唱的歌曲："……亚麻衬衫，鼠尾草、迷迭香……"

隐隐可见亚麻衬衫的身影，飘逸的衣袂消失在蝙蝠侠胡同，他又将会留下什么样的涂鸦在蝙蝠侠胡同呢？

拉丁纪念馆
2019 年 2 月 5 日

拉丁纪念馆有 300 多平方米，门口是玻璃钢铺地，埋头往下看是沙盘，山峦、河流、土地，缩小的人、牛、羊等各种模型，有耕作、放牧、炼矿等。导游背教科书似地说："某年从巴西北部边境的圭亚那高原迁徙到亚马孙平原。某年，另一支从中南部的巴西高原迁徙到亚马孙平原的马瑙斯，再后来迁徙分支……"讲解人声音越来越小，聆听者越来越少，有的团员到纪念馆另一边看拉美服饰、生活用具，有的团员干脆到馆外透气。毕竟不是自己的民族文化史，大家听得就不那么认真了。几乎一天一夜无眠，团员一个个的双目像兔子的红眼睛，布满血丝。

终于参观结束，我们草草地在圣保罗的一家中餐馆吃了午餐。

康戈赫斯圣保罗机场
2019 年 2 月 5 日

13:45，兼职导游送我们一行人到康戈赫斯圣保罗机场后匆匆离开，有人说这兼职导游太不称职了，接着话茬又有人道："凌晨 3 点过到圣保罗机场，住店、洗澡、早餐、参观、路游，简直是军训。10 个小时游一座城市，太高效了！"

领队无可奈何地解释："哥伦比亚多占用了 7 小时，多参观了两个景点。那占用的是巴西圣保罗的时间。再有，巴西各行业时有罢工、罢课发生。导游送女儿上课，老师们罢课一周，一周前答应带我们团，又找不到会中文的翻译替工，夫妻俩轮流请假照顾和辅导女儿，都不容易，多些理解。"各自无语，在这小机场找地方席地而坐候机。康戈赫斯圣保罗机场，是巴西国内航班候机厅较小而简陋的，连座椅也寥寥无几。我抓住边上一把椅子扶手试着滑坐到地上，我这身老骨头可没那么灵活啰。

机场里的巴西故事
2019 年 2 月 5 日

"阿姨坐这儿。"这乡音好亲切。

"你是中国人？"我好奇地问。

女子爽朗回答："我是巴西人，中国媳妇。"一个六七岁的小女孩走过来，穿一件漂亮的中国提花福字旗袍，如小精灵般活泼。

"我女儿。"女子一脸幸福地指着小女孩说，"来，坐行李上。"

她给我讲起了巴西故事。

圣保罗机场遇灾受损

巴西多地酷暑，一周前，圣保罗遇特大狂风暴雨，树木被连根拔起倒在路上，造成道路被淹，混乱不堪。市政府发出警报，救援忙不过来。这狂风暴雨导致圣保罗北部有座坎普·马蒂机场 8 架飞机以及 3 座飞机库受损，其中 1 座全毁，机场跑道完全淹没在雨水中。有急事的乘客因此只能改道去另外的机场。

百年高温

1 月 31 日里约热内卢气温高达 42 摄氏度，1 月份平均气温 41.2 摄氏度，这是 1922 年至 2019 年不曾有过的高温。

酷热导致电力紧张，巴西国家电力中心接到指示：向邻国巴拉圭、阿根廷进口电力。

西红柿在枝头上被"烤熟了"，掉地上，大片大片的如红色颜料。高温造成西红柿歉收、涨价。在巴西的华裔家庭、中餐馆、西餐厅过年时对西红柿的需求量很大，即使价格上涨也得买。马上就要到来的巴西狂欢节，西红柿更是不可或缺的。

我好奇地问导游狂欢节是几月几号。

3月5号，盛况空前，不同于其他节日。好几个月前，酒店早早订出。狂欢节期间，不少年轻人从这家酒店出来又进入其他不同酒店……狂欢节结束，离婚的多、怀孕的多、年底生孩子的多，又增添不少单亲母亲。几乎每年都这样。

手织毛衣编织者

中国媳妇指着下面小卖店挂的毛衣让我看，我顺她指的方向朝一楼望去，有几款毛衣色彩、花型都不错，只是不知质量如何。

她说那些毛衣出自里约热内卢监狱重刑男犯人的手。囚犯经培训后按样衣花纹图案一针针编织，不同于社会毛衣编织工人，犯人必须头戴针织帽和细纱线手套和口罩工作，防止头屑、唾液沾到产品上。囚徒编织毛衣，可根据毛衣款式的难易程度换取减刑时间。据说是一位监狱长对那些抢劫、杀人、贩毒等重刑犯人想出的"创意"，是为磨炼犯人性格，迫使他们安下心来接受改造的"激励机制"。悟性较高的囚犯脱颖而出，成就了几位针织高手和设计师，织出了比样衣更美观时尚的毛衣、帽子，深受市场欢迎。

中国媳妇讲述的故事比导游传递的巴西信息更丰富多彩。

最后她说道："阿姨，如果你喜欢喝咖啡可以在这里买点，巴西是咖啡王国，盛产的咖啡味道醇厚。"

耶稣山印记
2019年2月6日

里约热内卢的耶稣山是闻名遐迩的旅游胜地。身着白色长袍的耶稣雕像位于里约科科瓦多山顶，总高度38米。因耶稣雕像是该市地标，耶稣山也成了世界各国游人的"打卡"地。

我早早起床，到酒店前台用美金换点巴西货币备用。巴西流通货币为雷亚尔，一共分为七种面值的纸币，面额有1元、2元、5元、10元、20元、50元、100元。

8:30启程前往耶稣山。一路上空气清新宜人，经过几条河，从车窗望去，河岸绿树成荫。巴西全年分旱季、雨季，森林覆盖率达62%，随处见绿，满目青翠。

大巴车行驶50分钟后到了耶稣山，导游到团购门票窗口购票。一张门票29

雷亚尔，折合人民币 53 元多。我们分成 10 人一组，乘电梯，再乘扶梯，然后徒步爬上山顶。在山顶，里约热内卢整个城市的景观基本尽收眼底，郁郁葱葱的青山，满目翠绿，让人心旷神怡，太美了！

山顶上的汉白玉耶稣雕像伸展着双臂，一手庇护着过往的船只，一手护佑着里约热内卢的子民。站在这里眺望远方，16 千米长的尼特罗伊跨海大桥静卧海上，海湾千帆万影摄人心魄，如一幅巨幅的油画。

雕像下的阶梯坐满来自世界各国的各色人群，他们见缝插针，只为能与耶稣同框合影。

热心的我帮人们拍了一张又一张照片，令我印象深刻的是一对白人小情侣，女孩脱掉鞋，男孩猫着腰让女友站立在其双肩上，男孩再紧紧抓住女孩小腿，女孩伸展双臂状如飞翔。这对小情侣笑得那么开心、迷人，我为他二人的合影情不自禁尖叫出来，他们却拿回相机到别处观景去了，全然不顾我撑地多次才站起。我不恼他们，因为他们会收藏好这张照片。人在旅途与人生一样，谁能说没被人帮过。

在一位黑人保安的指引下我去了另一个观景台。眼前是天上的白云如滚滚的海浪，涌流于参天大树间，我心中感叹道："此景只应天上有，人间难得有几回。"巴西里约热内卢、耶稣山，是大自然的馈赠。

马拉卡纳足球场
2019 年 2 月 6 日

马拉卡纳足球场是里约热内卢的足球圣殿，最多可容纳 20 万观众入场。在国际足球比赛中，巴西队曾在这里赢得辉煌。

球场外，塑有一尊贝利尼的雕像，他左手掌执一足球，右手高举冠军奖杯，双脚踏在一个大圆球上，球上刻着 BRASILIA（巴西利亚，巴西的首都），再下面是 1958、1962。1958 年，贝利尼是巴西国家队第一次捧起雷米特金杯时的队长，在场上司职后卫。1962 年，为了巴西国家队，贝利尼将队长袖标和主力位置让给毛罗，再次跟随巴西队夺得世界杯冠军。

今天，球场不见往日的盛况与巴西队的辉煌。一位年纪不小，身着黄色球衣、黄球袜的黑人男子，在我们前面秀起球技，头顶足球，变换着身姿，动作娴熟，也许他曾是一名球员。另一旁，几位外国游客手持球场纪念品的"冠军奖杯"与雕塑合影留念，表情激动。这些人中无疑有足球迷或巴西足球队粉丝。

天梯教堂
2019 年 2 月 6 日

里约大教堂，又被称为"天梯教堂"，建筑设计构思不同于其他富丽堂皇的教堂。它的圆形穹顶如同水泥筑成的一级级阶梯，朴实无华却具有莫名的震撼力。教堂正中是用巨木雕成的十字架，耶稣受难像钉在十字架上，左右两旁各站一男一女教徒，三尊镀金雕像形象逼真。教堂里共有 6 幅超高大玻璃屏幕变换着光彩。

科帕卡巴纳海滩
2019 年 2 月 6 日

科帕卡巴纳海滩，被巴西人评价为最性感的海滩。晴天，在这里可欣赏洁净的蓝天白云，天水间的浪漫，美到让人心醉；阴雨天，乌云下的海韵、波涛、椰风摇曳也别具一番风情。

穿过用黑白小石块拼筑的海浪形石子路走向沙滩，米白色的细砂里高大的椰树林被海风吹过时发出一阵阵沙沙的声音，远处一块状若山峰的巨礁挡住视线，海浪时而掀起波涛而后流向大海深处，海边不少人穿着多彩泳装为海滩平添了几分活力。

里约热内卢的迷人海滩

塞勒隆台阶
2019年2月6日

到巴西里约热内卢，无论你是来自哪个国家的游客，塞勒隆台阶是必去的"打卡"地。这条室外台阶的特别之处在于，从上到下或从下至上以特有建筑格调连接着里约热内卢拉帕街道和圣特雷街区。

智利艺术家乔治·塞勒隆痴心于瓷砖、陶片和彩喷镜片，他认为这些构图精美、凝固在特殊材质上的装饰品比油画、水彩画等诸多艺术品更能经受住风雨的考验，且更具生命力。艺术家强烈地再创造（不做大手笔破坏性改造，又能最大限度地立体展示建材功能），最终造就了向世界各地游客全天开放的屋外"画廊"。

从1990年开始，乔治·塞勒隆向全世界艺术团体甚至收藏家征集五颜六色、图案各异的瓷砖、陶片、镜面。功夫不负有心人，经过10余年不懈的努力，他收集到各种独具东西方特色的，甚至宗教信仰的、民间故事的瓷砖、陶片。之后，塞勒隆通过分选、拼图、做方案，几经修改，终于，一条色彩斑斓、宛若彩虹，如万花筒般，甚至能根据天气折射出不同颜色的光的一条250级花花台阶建造成功。这些瓷砖等材料来自60多个国家和收藏家，只要你有足够的时间和耐心就能找到你所喜爱的瓷砖或你祖国具有代表性的图饰。

听地接导游说，起初我并不完全相信，上下两次后，终于找到来自中国，又特别契合中国新年的那幅用三块瓷砖拼成的吉祥画面。底座是一只青花瓷鼓形花盆，一个童子与一个寿星抬着一只巨大的寿桃，盆中是五朵盛开的牡丹花，上半瓷砖上的两只彩蝶翩翩起舞，顶部雪白的砖底四个鲜红的大字"富贵延年"既喜庆祥和，又光彩夺目。

2019年，中国新年正月初二，找到来自祖国的瓷砖镶嵌的"富贵延年"

倘若能了解到乔治·塞勒隆的收货地址，我会去我们四川夹江县（瓷砖名县），挑选高品相瓷砖寄给他，让具有四川特色的"峨眉山景""八仙过海""麻姑献寿"等瓷器画作展现在巴西塞勒隆台阶上。

巴西冰箱贴
2019年2月6日

塞勒隆台阶每天游人如织，也为当地人带来了商机。居住在台阶两侧的一户人家，售卖着具有巴西特色的小商品——钥匙串、发卡、啤酒起子和冰箱贴。每到一个国家，我都喜欢那些有该国风情的冰箱贴。没有充足的时间挑选，我相中一款横条形冰箱贴——左上角是巴西国旗，中间是张开双臂的耶稣，右下角是马拉卡纳足球场，背景是亚马孙河流及南美热带雨林风光。因汇聚着巴西诸多文化元素，它比一般冰箱贴大一倍有余。

印第安小贩一再劝我多买划算，在他翻弄物品时，我无意间见到一本损坏的画册，有巴西相关旅游景点介绍，想要。

我对小贩讲再买一个这个画册。

他用手比画着"3"，示意我买三个冰箱贴才给我那个画册。因急着要他那本旧画册，同样的冰箱我贴买了 3 个，才在导游的催促下离开。

巴西烤肉
2019 年 2 月 6 日

巴西烤肉，是舌尖上的美味，也称得上是巴西一绝。

今天的晚餐，订在里约热内卢最负盛名的百年老店。

巴西时间 17:00 我们来到餐厅，一楼的厅堂并不算太大，却密集地摆放着可坐 80 余人的桌椅。我们是在两天前预订的，被安排到预留席桌就座。我抓紧餐前时间，了解了一下这家店的特色。

店家主打的猪肉和牛肉均来自自家农场，就连腌制肉类除膻味的料酒都出自本家窖藏。

蔬、果、饮料和调味品整齐列在柜中，食客自取。约 20 分钟后，只见两位主刀师傅右手持一把明晃晃的 30 多厘米长的刀，左手钢钎上插着烤熟的、香味扑鼻的猪肉、牛肉，那酱红锃亮的皮肉，引诱得我垂涎三尺。食客指向哪样，师傅便刀起肉落于盘中。那闪亮的刀一挥，我条件反射似的斜身避开，这锃亮刀尖让我心有余悸。

团友们各自大快朵颐，品尝着南美洲美食——烤猪肉、烤五花肉、烤牛排、烤雪花牛肉块……

邻桌女士突发一声尖叫："花椒！"

我调头望去，只见她张口喘气，并用一只手不停往口腔里扇着风。

隔着几桌的女导游走过来问缘由后笑道："恭喜你，在巴西被中国的花椒给麻到了！"接下来她介绍店家烤肉所用到的几十种秘制香料，其中花椒来自中国，八角大料、肉豆蔻、丁香、肉桂、香叶等几十种香料来自印度，还有各种叫不上名的……

从中国进口的花椒价格不菲。几百年前因为香料，15世纪加勒比海盗在海洋上拦截商船，杀人越货，抢劫的第一目标就是香料，那时香料与黄金同等价值，为了香料不知多少人付出生命。导游童年时期曾听当年下南洋的祖辈们讲过，家族在巴西几十年也曾经营过香料生意。

这家店烤肉所用的木材有安第斯山脉的松木、果木，细细品味肉质在口中有种天然的醇香。

我想来杯白开水，却迟迟不见服务生动手。原来白开水要收费，3雷亚尔一杯（折合人民币5.55元），不含在团餐内，食客需自掏腰包。这让人有点不能理解，这家店是缺淡水吗？几种饮料，免费；白开水，收费！

这顿正宗的巴西烤肉，让我不仅品尝了具有南美风情的美味佳肴，更聆听到关于香料的故事。

伊瓜苏

2019年2月7日

因半夜要离开里约热内卢，晚上回到酒店我赶紧收拾行李：将所有暂不穿戴的衣物整理好放进行李箱；再把零碎的巴西风情、简介、几份南美侨报、门券、卡片等宝贝小心翼翼地装进文件夹，标注上国名、省市，并将日期贴上；最后将介绍阿根廷的资料放进随身背包，便于在飞行中"预习"。

手机振动铃声提醒我，午夜12点已过。检查了三次行李，确定无遗漏后索性关上房门踏入酒店走廊，对着走廊上的图画、陈列的南美特色工艺品一阵拍摄，却稀里糊涂地找不到回房的路了。所幸，我出门前拍下了房间号，这个习惯帮了我的忙。回到房间，我和衣靠躺以解困顿之苦。

叮叮当，叮叮当，房间铃声将睡梦中的我惊醒，这时刚凌晨3点。我为托运行李打上"十字架"，等待服务生查完房后去大厅领取简餐。

4点，一件件行李被推入大巴车"肚皮里"向机场方向而去，约半小时后，我们到达机场。毫无睡意（是不敢睡）的我第一个跳下汽车寻找我的花外衣行李箱。

例行公事般安检、托运，然后望眼欲穿地等待登机口闪亮登场。

一个多小时的期盼，我们一行人的航班终于在千呼万唤中亮相于屏幕。我并不紧跟随行团友，但可视范围不离大部队。果然，最先到达登机口的团友又向后转，这在国际航班司空见惯——登机口变幻莫测。

清晨 6 点左右，B26 登机口反复滑动着我们的航班，静待。

看着长蛇般的候机队伍，倦意突袭，取出我的秘密武器——风油精，抹了太阳穴、鼻孔，取出护照。

10 分钟后，乘客行色匆匆涌入机舱。窗外的雨丝丝飘过，快起飞了，雨大得模糊了天空，我在心里默念：可别延误飞行哟！

幸而，6:50，机头上扬，稳稳地冲上云霄。

在飞机上我抓紧时间，开始阿根廷课程预习。

阿根廷与巴西共同拥有世界上最大的瀑布群，位于南美洲南部，水资源丰富，东濒大西洋，港口造就了活跃的进出口贸易。纵横如网的巴拉那河、乌拉圭河，蜿蜒汇流成拉普拉塔河（阿根廷国内最大的河流）河道网、湿地，使该国常年气候温湿，占极大地理优势，也因如此，16 世纪被视为西班牙囊中之物，至 16 世纪中叶沦为西班牙殖民地……

迷糊间，我疲惫入梦。

舷窗外，安第斯山脉峰峦起伏，电视讯态显示文字 Dugue-de-Catias（杜克卡西亚斯），几分钟又到了贝尔福罗舒 Belfroche，瞬间已飞行在阿根廷新伊瓜苏——Nova Iguacu。一种莫名的兴奋席卷着情绪，云朵包裹下，芝麻、豆粒般的建筑群，田园画卷似的自然风光，机舱外的伊瓜苏市如一座巨大、美丽的多彩沙盘妙趣横生，生机盎然！

广播响起了英语、西班牙语、汉语，伊瓜苏市到了！

我赶快提笔记录：阿根廷时间上午 9:35，飞行 2 小时 45 分，飞行距离 1040 千米。

一阵热烈的掌声在机舱回荡，礼赞平安着陆，充满仪式感！

阳光照进机舱，窗外蓝天白云，全机一百多位游人沐浴在阳光里。

地接导游用粤语、普通话安排大家入住早已订好的酒店，不容商量地说："给大家半小时，行李放到房间后大堂集合，参观巴西属段的伊瓜苏瀑布。"

伊瓜苏大瀑布国家公园
2019 年 2 月 7 日

  大巴车停泊在巴西国家公园，位于巴西与阿根廷交界处，当地人称为"伊瓜苏大瀑布公园"。这里不仅是巴西国家公园，同时也是阿根廷国家公园，更是世界自然文化遗产。

  多年前，地壳变化，冲积出上千米的峡谷，伊瓜苏瀑布分布于峡谷两岸，巴西和阿根廷两国以峡谷为国界，瀑布源头到峡谷以东属巴西，峡谷河西属阿根廷。

  伊瓜苏，当地语意为"大水"。

  80 年前的大瀑布片区，是私人领地的部分。1938 年，巴西国家经过努力，征用了巴西源头到瀑布 1200 多千米，开发了大瀑布，继而联合阿根廷政府共同规

伊瓜苏大瀑布

划，逐渐扩展到目前伊瓜苏大瀑布公园，也成为世界三大瀑布之首，号称"世界第一大瀑布"。

世界第二大瀑布——维多利亚大瀑布，位于南非洲中部的内陆国家，赞比亚与津巴布韦共和国共同拥有。庆幸2002年8月4日在非洲工作之余，恰逢赞比亚丰水期，目睹了瀑布的壮美风光。

世界第三大瀑布——尼亚加拉瀑布，位于加拿大与美国交界处。2014年因工交流，意往观瀑，却逢枯水季未能如愿。

迫不及待地到公园门口的世界自然遗产的巨幅微缩瀑布群图拍照。进入公园后，我以小跑的速度跟紧导游，以便了解更多的知识。

导游的父辈下南洋后将生意迁往香港，母亲是广东人，精明的父亲在与巴西开发商合作时瞅准商机，举家迁往阿根廷伊瓜苏市，该市当年仅10多位华人，现在有300多位华人。

导游说，游客来源原来以白人为主，近两年华人有所增加，不得不说，南美洲确实离中国太远，要来旅游，一睹南美洲的风光，不仅要有一定的经济基础，还必须有个好身体，更重要的是需要较长的旅行时间，否则难圆"南美梦"。目前从中国来的游客也不多，仍属小众旅行团。我个人特别赞同导游的观点。

难以设防的海狸鼠
2019年2月7日

进入瀑布区必经道路，必须避让"热情、贪婪的海狸鼠"。起初我并不理会它们，两三只蹲出路边树丛在草中觅食，那些累了歇脚的游人若打开小食品或给小孩子喂食，海狸鼠马上会招来成群的同类抢食，往往由一只头鼠先吃掉在地上的，其他的海狸鼠才开始分食。娃娃们遇此突袭吓得哇哇大哭，再转而大笑。海狸鼠受巴西和阿根廷国家保护，只能驱赶，不能伤害它们，否则会遭到不同额度的罚款。

瀑布之魅
2019 年 2 月 7 日

导游与领队把大家集中在咖啡厅前，对大瀑布做了简介："瀑布区共有大大小小 275 条瀑布，流速约每秒几立方米至 3500 立方米，最大的流速是 2014 年的 4 万立方米每秒，瀑布数量因水位变化而变化，真正多少条其实很难有准确定论。看点是——魔鬼咽喉瀑布，科学家探明瀑布高 82 米，宽 120 米，雄伟壮观，全球第一，叹为观止。"

观察瀑布全景，乘直升机航拍最佳，其次是乘游轮，但二者有时间和人数限制。徒步观瀑，对感观及精神会极有冲击力。

导游介绍完毕，离去前提醒我们两小时之后在珍稀鸟类植物园集合。

我匆匆前往栈道，一道又一道的瀑布有截然不同的风韵，水汽如雾，一段段随风飘过迷了双眼，恍若误入仙境。

河岸边，每隔一段路搭有观景台。人头攒动，原来，对岸阿根廷境内分布着无数道错落有致的大小瀑布群，在阳光不同侧射下别提有多美！难怪导游说："瀑布发源于巴西，流向阿根廷，观赏瀑布的最佳位置在阿根廷。"

再进入一条栈道，不同肤色的游人穿梭在水雾中，不少好似从水中上岸，全身湿透，他们是在巨瀑群下拍摄嬉戏时被淋成"落汤鸡"的。

我不甘人后，奔向巨瀑前方的栈桥，置身在"飞流直下三千尺，疑是银河落九天"的实景中。汹涌奔泻的波涛，发出震耳欲聋的巨响，气势磅礴，彰显着巨大威力。

之后我乘电梯下到巨瀑群下游，水流舒缓轻柔，清波下可见树枝、水草，踩在石头上，清澈的水流能倒映出伊人容颜，美至心间。

中国饭店
2019 年 2 月 7 日

经 3 小时玩水、观瀑，13:30 我们去到一家中国饭店，这是伊瓜苏唯一的中餐馆。

5:00 在酒店吃过简易早餐后就没再就餐，现在的我早已饥肠辘辘。中式风味的饭菜已上桌，八人一桌，七菜一汤——碎肉粉皮、白菜木耳炒鸡蛋、豆角烧肉、卷心菜炒肉片、炒绿豆芽、炒菠菜、卤牛肉和萝卜排骨汤。

30 多年前，一对中国上海夫妻来到巴西开饭店，几年前老先生过世，老太太将饭店交女儿女婿打理，老人家闲不下来，每到午餐总会到店里帮忙。也许源袭上海人口味，开饭之前老太太嘱咐给各桌上一小碗酱油调味。

导游讲："老太太说，中国人大老远来一趟南美不容易，菜的分量不能太少。"店里的灯笼、爆竹和福字，大门两旁的红柱子，布置得很喜庆的中国饭店充满了中国年味。

吃完午餐在等待上车时，只见红绿灯下面一位满身涂着金色颜料的"金人"，另一边是一位满身涂着银色颜料的"银人"，红灯亮时，二人玩起杂耍，之后取下帽子向司机要钱。这些街头艺人讨生活也实属不易。

百鸟园
2019 年 2 月 7 日

百鸟园中的一个区域是羽毛鲜艳的鹦鹉，其中 10 多个品种是巴西和南美特有的珍稀鸟类，它们的眼睛、头顶、颈部、翅尖及长尾巴羽毛如彩色的丝绒般华丽，有的"穿着"孔雀蓝外衣，还有翡翠绿、嫩绿、鹅黄、红配绿好多种颜色。电影《里约大冒险》中的主角金刚鹦鹉，因创下高票房，身价自然不同，住在鹦鹉别墅区。它毛色鲜，块头大，全身多色相间，难以用笔墨描述它那出彩的羽毛层次。

有一种容貌似孔雀却非孔雀的不知名的鸟，矜持地昂着头，瞪着大眼睛，像是目空一切般傲娇地踱着绅士步。

| 大嘴鸟 | 珍稀凤头鸟 | 金刚鹦鹉 |

　　突然有朋友指向一棵树叫道："国鸟、国鸟。"导游介绍说，这是巴西的国鸟，名叫大嘴鸟，非常漂亮，橘红色的长嘴壳，尖部一段黑亮如漆，黑鼻子，黑眼睛，黑头发，黑外衣，颈部一圈雪白羽毛。当地人认为，只有幸运的人才能清楚地目睹到大嘴鸟的全貌。我算走运，清晰地看到3只。那特有的尊容不愧于国鸟称号。

　　火烈鸟成群结伴，鸟群如火焰、如彩霞，不由得吸引了很多人驻足观望。火烈鸟有一双又长又细的腿，可以在水中悠闲地行走寻找食物。火烈鸟身上覆盖着红色的羽毛，有些火烈鸟的羽毛是粉色的，或者红色羽毛上带着黑斑。它们看起来确实很漂亮。

　　这里有很多美丽的鸟类，如全身有多色羽毛的长嘴翠鸟，有头顶红羽毛、拖着彩色长尾巴的中国锦鸡，有飞行速度快、难以观察到它全貌的美丽小精灵蜂鸟，还有猫头鹰、五彩山雀……

植物园
2019年2月7日

　　植物园里有着奇花异草，姹紫嫣红。巴西与阿根廷交界的伊瓜苏市，在亚热带气候滋养下，有充足的阳光、丰沛的水源，各种南美花卉在这里竞相开放，打造出万紫千红的百花园。

　　眼前一丛丛芭蕉林中挂着许多娇艳的红黄色花串，这是我喜爱的蝎尾蕉，因其花序形状酷似蝎尾，故名蝎尾蕉。大红的花朵错落有致地排列在"S"形的大红色花茎两侧，紧贴鲜红花茎，从上往下吊着。步入芭蕉林，我充满爱意地打量它们俏丽的模样。蝎尾焦的艳丽在绿色焦叶的陪衬下，成串成串绽放美色，直看得人心醉。第一次见到它们是在尼泊尔，当年让我惊叹这世界还有这么美的花！盛开时，嫩黄色的花尖如鸟的小嘴微张，花朵像只美丽灵动、正欲飞翔的小鸟。

有一种挂在树上向上开放的红灯笼般的花，是由一朵朵似百合花朵组成的一个大花球，下面还拖着一条红色花串。

有一种在芭蕉叶丛中比较眼熟的植物——红黄分明的鹤望兰，又名"天堂鸟"。

另一些称不上名贵的寄生植物，不算特别漂亮，寄生在枯木、残枝上却充满勃勃生机，分明是寄生植物但长成花朵般引人观赏，令人啧啧称赞。

也许，一方水土不仅养一方人，还润泽世间万物。

参观结束，有团友问："还没看魔鬼咽喉瀑布呢！"

导游笑嘻嘻地说："中国有句老话，好戏还在后头，魔鬼咽喉瀑布在阿根廷境内。"

寄生植物，在一段烂木头上、在树枝杈上、在烂砖废瓦上，都能绽放出美丽

阿根廷篇
Argentina

巴西→阿根廷
2019年2月8日

今天离开巴西的伊瓜苏市，前往位于阿根廷的新伊瓜苏的伊瓜苏大瀑布国家公园。

跨过阿根廷国界，高80米，长度上延伸至2700米的世界上较壮观的瀑布之一——伊瓜苏大瀑布就位于这里。它的磅礴壮观使它有了个别称——"魔鬼咽喉瀑布"。

从昨天至今早，我一直在想象魔鬼咽喉瀑布究竟会是何等模样？怎会得个如此恐怖的名字？

集合时间到，领队再次提醒："请大家仔细检查有没有东西落在房间和酒店，参观完瀑布，下午我们将乘飞机前往布宜诺斯艾利斯了。"刚说完，人群中突然有一人飞奔返身回酒店房间。

接下来，导游开始边收每个人的护照边说："一会儿就出境，巴西海关盖出境章，阿根廷边境要核查每个人电子签证，盖入境戳。"

车子行驶10多分钟后，我看见前方一块大界牌，黄色底、红色的字。导游下车为我们盖上巴西出境章，游客们乖乖待在车里等待。

汽车再次启动，只一小会儿，一块浅蓝基色白字大牌子出现在右前方，这是阿根廷国界界牌。车子按要求停下，大家依然在车内静候。在两国交界处，不许对窗外拍照，不准大声讲话，导游下车为大家办理电子签证。

很快，一位全副武装的边境官上车来，严肃地清点人数，并随机抽查了一本护照，核对人、证件是否一致、有无过期。

放行后，汽车驶上了伊瓜苏河面上的伊瓜苏大桥。巴西、阿根廷以桥中心为两国国界。此时，我望着伊瓜苏河水轻轻说了两声："巴西再见！"看看表，9点整，进入阿根廷国界桥，路况及建筑物明显比巴西好一些。

阿根廷边境新伊瓜苏市
2019 年 2 月 8 日

阿根廷共和国称伊瓜苏为"新伊瓜苏市"。这里既没有工业，也不从事农业生产，旅游是边民的主业。

据导游说这里的华人仅有两户人家，在伊瓜苏公园附近经营小食品、杂货生意，做得还不错。

这里的马路比较窄，仅有两车道，限速每小时 40 千米，地面为棕红色、中间双线由橘红漆成，转弯道上双线筑有铁铸、铁链。行驶中，导游聊天说："这里的机场号称新伊瓜苏国际机场，但你们不要跟其他国际机场比，它可没一点儿国际范，飞机场陈旧、狭小，游人大多席地而坐待机。"

魔鬼咽喉瀑布
2019 年 2 月 8 日

说话间已 9:30，导游让大家等着，伊瓜苏大瀑布国家公园面积很大，他去为我们购买小火车票和国家公园门票。我隐约望见导游买完小火车票又到另一售票点去买公园门票。

用了接近一小时，导游才手拿着两沓票过来。每一位先发两张小火车票，约

6厘米乘5厘米大的纸质票，导游说："大家看清楚，票面印着'A'，并且印有时间的是去程票；印着'B'的是返程票哟。另外对一下时间，阿根廷时间比北京时间晚11个小时，比巴西时间晚1个小时。掌握好游览时间，下午你们要乘飞机，可别误机了。"

绿皮小火车属休闲观光车，一排4个座位，左右两侧用铁链挂着，乘务员安检后晃晃悠悠地启动开往瀑布区。不过，观赏魔鬼咽喉瀑布没那么容易。下了小火车还得步行，徒步走大约一小时，要过10多条河、10多座桥，路途中还不能过多地停下来观景。

骄阳高挂在蓝天上，连"眼睛"都不眨一下。这天气让人越走越热，前面走着两位欧洲女郎，她们先脱掉薄衬衫，再一会儿又热得脱掉T恤，露出文胸带和白皙的肌肉。

一条又一条原生态的河流，清澈灵秀，粼光碧波。

终于远远地能看见一座很长的桥，桥上布满游人，这应该就是主景点了吧。加快脚步向它靠近，轰隆隆的水声越来越大，响彻云霄。

没走完长桥，响起如大坝决堤般的轰鸣巨响，咆哮水声盖过身边说话声、脚步声，无形的动力让我加快步伐，朝人头攒动的前方奔去。远远望见由钢材砌成的大型观景台，好不容易挤进人群，靠近瀑布的边缘，紧紧地抓住粗大的钢扶手，目睹汹涌的巨浪倾入一孔天眼般的深渊，这就是魔鬼咽喉瀑布。确切来讲，恰似五官科医生能看到的咽部而已，根本无法窥见魔鬼的喉部。看了一会儿，我脚下发软，唯恐身旁的魔水一怒之下冲破观景台将我吞没。离开前，我不失时机抓拍下魔鬼咽喉瀑布流速最壮观的照片。位居伊瓜苏瀑布275条之首，号称世界瀑布"老大"的魔鬼咽喉瀑布，有幸遇见，今生无悔。

飞机上的景观
2019年2月8日

下午2点，在景区用午餐，干面包、自助式三至四种蔬菜水果沙拉。

下午3点，到达伊瓜苏国际机场候机厅。

15:50的LA7511航班，更改为LA7507航班，16:20登机，还好，仅推迟15分钟。

这次，座位在第一排C座，驾驶舱门开着，眼前只见飞行舱头顶和飞行员身边若干个各式按钮和键盘。起飞前，飞机安检工程师进机房仔细用仪器一一检测、签字。

我又一次如小孩子看稀奇似的认真瞧着眼前的驾驶舱，盼着晚一点关飞行室舱门，我能多看几眼。这是出国后的第 12 次飞行。新伊瓜苏飞阿根廷首都布宜诺斯艾利斯，空中飞行距离只有 821 千米，不足 2 小时就到了。

"离家出走"半个月了没一天睡过好觉，一阵疲惫袭来，我昏昏入睡。

刚眯一会儿，布宜诺斯艾利斯就到了，我赶忙抓上随身行李侧身跨出机舱。

进电梯、登扶梯，赶往行李输送转盘，行李到手后我才放心，极怕行李"开小差"登上另一航班麻烦就大了，要知道，前往南极的厚装备全在托运箱里。

19:45，我团到达位于布宜诺斯艾利斯市中心的洲际酒店。

导游、领队为大家分发了房卡，强调 20 分钟后在大堂原地集合去晚餐。根据经验，我拿了两张酒店名片，又拍下了酒店正门、回房间的电梯、房间号……人老了，记性大不如前，为防迷路，这些都来自过往的经验。

从酒店经过一条小街就到餐厅。老板看上去比较年轻，但已在阿根廷 20 年了。八菜一汤加果盘，还特别为食客准备了辣椒酱，鸡腿、鸡块、烧鱼、蒸鱼，肉多菜少（这里菜比肉和鱼贵）。

导游趁大家用餐说道："餐后可多人结伴逛逛酒店附近这几条街，可别走太远。"

室友
2019 年 2 月 8 日

我本独行，今天作业（见闻录）还差许多未写，用餐完后便返回酒店写字了。

我在这次领的是双人标准间，领房卡时导游就告诉我，与我合住的是另一团的一位女士，由于飞机晚点可能凌晨才能到。趁着房间里只有我自己，抓紧时间享受孤独。（此前的 13 天里，我均住单人房。）

凌晨一点过，敲门声将我从文字语境中"惊醒"。一位开朗的天津姑娘进来了，热情地说："我姓苏，叫我小苏就行。"我们简单问候了几句，她听说我走的团是南美六国 35+2 天，便着急地说："我就想走这行程，但必须美国签证，我单身，两次签证遭拒，只好从南非飞过来……"真是一个心直口快的室友。

布宜诺斯艾利斯
2019 年 2 月 8 日

　　布宜诺斯艾利斯是阿根廷共和国的首都，阿根廷政治、经济、文化中心。阿根廷全国划分为 23 个省和联邦首都区。联邦首都区甚至有自治权限及管理制度。16 世纪之前这里居住着印第安人，1536 年沦为西班牙殖民地。建筑风格大都保留着西班牙殖民建筑风格。

五月广场和总统府
2019 年 2 月 9 日

　　从酒店乘车仅驶过几条小街便进入布宜诺斯艾利斯中心城区。第一个游览的景点——五月广场。紧挨着五月广场有一排砖红色的建筑群是总统府。建筑并不算特别高，大门居中仅三层，门左右各两扇高高的门窗，顶上是一座大座钟，整幢总统府总体建筑风格似一巨型座钟。没有围墙，铁栅栏隔着府内外。走近铁门，

总统府

巡逻的特警

栅门左右两块椭圆的铁棒焊在栅栏上，外围是一圈椭圆的橄榄枝，一双强劲的手紧握着，两手虎口部共同握着一根铁杆，杆上方撑着一顶帽子，图案最上方是齐鼻的太阳神像。再打量，每隔一段栅栏，就焊有同样如盾牌般的这个标牌。后来得知，盾牌图案是象征阿根廷几个党派联合执政治理阿根廷共和国的标志。

清晨的总统府肃穆而宁静，没见守卫森严的卫兵，府门广场上清洁工人正用吸尘器打扫地上的落叶，游人们在总统府前拍照或拍视频。

五月广场、总统府，无论是手持盾牌，骑着高头大马的将军雕塑，还是建筑上雕刻的历史上为阿根廷独立而战斗的士兵，一尊尊雕塑重现了 1810 年 5 月 25 日阿根廷反对西班牙殖民统治的"五月革命"。这里，是阿根廷独立的纪念地，也是阿根廷首都布宜诺斯艾利斯城市发展的历史见证。

布宜诺斯艾利斯的大教堂
2019 年 2 月 9 日

五月广场附近有一座精美的大教堂——布宜诺斯艾利斯大教堂。

阿根廷民众 76% 以上信奉天主教，今天是周六，人还不算太多，每逢星期天来这大教堂做礼拜的教徒熙熙攘攘。

尚未进入教堂，旁边两座花台中的雕像吸引了我的注意，特别靠前的是一位身着华服的女神雕像。女神头戴一顶十字架帽冠的厚重帽子，白衣搭配蔚蓝色敞袍，衣袍镶着金色的花朵，下摆金色月牙装饰并镶嵌着宝石及三枚不同纹饰的徽章，我无法识别女神是何位神圣，但就其艺术而言，精美绝伦一点不虚。

教堂走廊是一排巴洛克建筑石柱，对面是一盏冒着熊熊"火苗"的长明灯。教堂正厅金碧辉煌，圆形穹顶，座椅都似曾相识。每个侧厅供奉着金灿灿的神像及精美的台、柱，其工艺精湛，美轮美奂，真无法细细描述……

有一特别之处，是全副武装的卫队换岗仪式，六位卫兵手持亮剑，身着仪仗服、高冠帽、红色流苏的肩托……个个英俊威猛、帅气逼人。站岗的卫兵剑指地面，笔直挺拔站姿如泥塑木雕般心无旁骛。我站在他身边拍照，能听到卫兵气息声却不见他移动一丝。

此时我有点不明白，为什么在总统府不见有卫兵，而在教堂里却有卫兵庄严护卫？我猜想着是不是因为布宜诺斯艾利斯大教堂里放置着稀有的雕塑品、历代宫廷艺术品，这些一代代能工巧匠留下的艺术瑰宝，是世界宝库的一脉，应当珍惜保护。

　　大巴车进入布宜诺斯艾利斯的闹市区，绿色的行道树每片叶子如水洗过般娇翠欲滴。阿根廷在拉美国家中是综合国力靠前、实力较强的国家，进入首都布宜诺斯艾利斯市中心城区不多时我已经察觉到这一事实。

　　汽车缓行，导游讲解道："这里是九七大道，前方是方尖碑。"方尖碑果然名不虚传，碑体如出鞘的利剑，锐利的剑头直指云霄。方尖碑也是首都标志性建筑之一。

　　车旁已能清晰看见国会广场。这段路，车速不允许过慢，更别说停车。

　　汽车驶入小街停车场，我们下车步行返回大道游览。

　　国外鲜艳的公交车车体和异国风情的车身广告也属靓丽的风景线之一！

　　科隆剧院是位于布宜诺斯艾利斯七九大道上的著名大剧院，地处首都闹市中心，称得上是一座庞然大物。整个建筑彰显出意大利文艺复兴时期的建筑风格，又兼具了德国建筑的宏伟、坚固。建筑装饰还显现了法国优美浪漫的特色。

　　街头浓密氤氲的月桂树枝掩映了科隆剧院一角，为剧院平添几分曼妙。踏上剧院街沿，静静观赏建筑的一些细节。

方尖碑　　　　　　　科隆大剧院　　　　　市中心建筑格局

剧院外的圆柱，每层柱顶外部雕饰纹样不同，墙面浮雕，阳台头顶花冠的女郎，落地窗上的饰纹，无不显露出欧洲文艺复兴时期米开朗琪罗、拉斐尔、贝尔尼尼等大师及其弟子们几个世纪留下的建筑遗风。

科隆剧院，与德国科隆大教堂有无联系？我在思绪中搜索。2003 年 2 月初，于非洲工作，经欧洲回国期间，我有幸观赏过德国的科隆大教堂——世界四大教堂之一。1260 年开建至 1880 年完工，历经 620 载风风雨雨打造出的建筑精品。曾爬上 502 级台阶登顶，见识到教堂的珍迹。乃至他国入侵的将军，宁愿死也不肯炸毁这座教堂，为世界保留下这座稀世的建筑宝藏。

阿根廷科隆大剧院，不仅演出名家戏剧、歌剧，难能可贵的是道具全部由剧院专设部门制作，这也是世界上为数不多的剧院可做到的！

博卡区
2019 年 2 月 9 日

布宜诺斯艾利斯的博卡区在世界上声名远扬。

1880 年，探戈舞诞生在博卡区。探戈，在阿根廷民间喜闻乐见舞曲的传统基调中，汲取、融入了外来"阿瓦内拉""坎东贝"的音乐元素及黑人舞蹈中的欢快节奏，经过阿根廷艺术家几十年不懈地对舞曲旋律进行修改创新，形成阿根廷民族风格的，久负盛名并经久不衰的阿根廷新型舞曲。

卡米尼托小道
2019 年 2 月 9 日

置身卡米尼托小道，似乎掉进一个偌大的调色盘中。街头巷尾，包括店家楼梯、地面、台、椅和墙壁都涂满了绚烂多彩的色块，所有房屋全部着色，一间楼房的颜色由五六种色彩对比强烈的色块组成。这是源于上百年前，穷苦人家在海上捡来漂浮的船板，林中砍伐来树木，搭建起栖身的棚屋，帮船家刷漆剩余的油漆，待干前刷到自家棚屋的板壁上。每次剩下的漆不会太多，只能刷上一小块，但刷漆后的板棚能防水、防腐烂，五彩斑斓的房屋还给人赏心悦目的视觉感受，这个居住区，也定格在色彩氛围中。

拐角一幢三层木楼，外观有七八个色，楼梯板的每一阶涂着双色，绿色窗户探出一位造型夸张、衣服花哨的女人雕像，能看到她露着半个胸的上身，左手心向上摊开。旁边户外楼梯上站着一男一女塑像，底楼门口是迎宾男孩的雕像。这里向人们述说着远去的历史。探身女郎招呼南来北往泊船的海员、水手上楼歇息、玩耍，男人若扣下女人手心表示愿意留下⋯⋯

艺术品摊位上挂着便于携带的油画，钢丝编织的各种工艺品，木雕挂件，七彩风铃，手工制作的耳环、项链，手编腕饰品，收纳布袋，等等。熙来攘往的卡米尼托小道，繁华了博卡区。

街头小广场上，有露天咖啡店，还有几对跳探戈的舞者教游人摆造型拍照。近观细看，俊男健壮高挑，除戴着的红色领带，其他穿搭都是黑色，戴黑帽，着黑衬衫、黑马甲、黑长裤，脚登尖头黑皮鞋；美女身着吊带紧身衫，除了黑色丝袜外便是一身红，红帽、红裙、红高跟鞋，曲线优美，身姿婀娜！他们是街头陪照的艺人。双双起舞，起范儿、辟舞、猛扭头，不亚于专业舞者。在优美的探戈舞步吸引下，游人驻足观看，另一名舞者上前邀客人拍照，同时为应邀者搭配探戈舞服装。舞蹈爱好者一般都愿在探戈发源地留下一张较为标准的探戈照片。

整个卡米尼托荡漾着艺术气息，散发着浓郁的拉丁风情，给我留下难忘印象。

女人桥
2019 年 2 月 9 日

匆匆用过简餐后去下午的景点，一座布宜诺斯艾利斯知名景点——桥，一座浪漫的桥。导游在车上没多介绍，留了点玄念。

太多对桥的想象浮上脑海：北京天安门前的金水桥，耳熟能详的赵州桥，杭州西湖的断桥，意大利佛罗伦萨老桥⋯⋯

旅途中遇到的相关联的景、事，总会让我浮想联翩，沉浸在自我空间的岁月记忆中。

停车后穿过一条街已见桥影，过街立于栏杆旁观望，碧波清流、蓝天、云朵，桥头绿树婆娑中间有一座雪白的桥，具有别样的美。

这是一座白色斜拉桥，全长 160 米，横跨两岸，名为"女人桥"。它尖尖的

女人桥

一头伸入岸边，另一端横行至彼岸，桥中上方一个尖架右斜插入天空，横在水上，中央是上大下小的两个桥梁柱，水面三分之二是和桥相同的白色，三分之一（水上能见度）是深咖啡色。据说，这座桥的设计师在桥竣工后（在我们现在观景处）欣赏自己的杰作，推敲着为佳作命名。于是，桥梁设计师邀来几位大师共赏，沐着日光浴，品着咖啡，其中一位大师指向白桥说："你们看，这立于天水间的桥，如同女人的高跟鞋。"众友细看，脑洞大开，顿觉恰如其分，女人桥便在布宜诺斯艾利斯成名了。

我眼中的女人桥，犹如佳人，"在水一方"，好一副踏浪而行的优雅风韵。

圣马丁广场
2019年2月9日

下午参观圣马丁广场，布宜诺斯艾利斯市最古老的广场之一。广场中间矗立着解放者何赛·圣马丁的雕像。圣马丁将军在马背上神情庄严，左手紧握缰绳，右手指向前方，高头骏马，奋蹄奔驰，呈腾空之势，因此整个雕塑的重量都集中在马的后腿上，这正体现了雕刻家高超的技艺。雕塑前有手持钢枪的士兵和高举橄榄枝的一男一女天使雕像。碑身有几组浮雕，是骑兵与步兵的对阵战斗场面。一块碑文用西班牙语记载了当年的历史……

广场周围，绿茵环绕。茂密高大的树木中有一片松林与众树迥然不同，有种耐人寻味的特质，主树干不高，分枝向一边急弯，若劲风吹致弯弯曲曲的圈带状，迎风飘然起舞，小树枝杈扭曲不定，如爬虫、似弯钩，甚至像蚯蚓在土上蠕动。

导游介绍说这种松树是阿拉伯文字的"始祖"，阿拉伯先民在迁徙中发现了这种松树，扭曲无章却各具形态，千差万别，于是寻找到灵感，造出了人类使用至今的阿拉伯数字。

两个小时自由活动，满足大家的购物需求。阿根廷的葡萄酒，在拉美国家中无论品质、口感，口碑非常不错；阿根廷是大豆出口大国，多种豆制品的衍生品深受游人喜爱；再有阿根廷的马带（袋）茶，是一种深受当地茶客喜爱的特产之一；还有蜂蜜、咖啡等，游客们大包小包，满载而归。我本是匆匆过客，品酒、品茶都不在行，再加上即将奔赴南极，艰辛难以预测，我坚持减负，轻装前行。

马拉多纳与阿根廷足球
2019 年 2 月 9 日

在阿根廷，人人都爱足球，足球对这个国家的公民来说不仅仅是一种运动，更是全民的信仰，是刻在他们骨血里的基因。足球在阿根廷无处不在，无时不在，它是一种生活方式，甚至是一种思维方式。

在阿根廷足球馆（名称不准确）不远，地上一排排铜制五角星，正中圆圈里是一个个脚印，这是历届阿根廷足球冠军队球员印下的脚模，有一只脚印是球王马拉多纳的，后因他吸毒等负面影响，脚印被磨平。几年之后，又因马拉多纳为阿根廷足球在世界足球史上留下的影响力和贡献，重新在磨平的脚印前塑球王脚印。

行程结束时领队通知：今晚要把去南极用不上的物件打包挂牌，明天一早到酒店寄存处存放，从南极返回后再领取。

飞往乌斯怀亚
2019 年 2 月 10 日

在酒店用过早餐后，各团按指定时间和方位寄存前往南极用不上的行李物件。10 天之后（2 月 20 日），从南极返回阿根廷布宜诺斯艾利斯仍然入住这家酒店。

9:30，大巴车按统一编号，一至六团点名清数后，向霍尔赫·纽贝里机场驶去。我们将从布宜诺斯艾利斯飞往"世界的尽头"——乌斯怀亚，从那里前往南极。布宜诺斯艾利斯距乌斯怀亚约 3000 千米。

今天，我们从布宜诺斯艾利斯飞往乌斯怀亚，下午参观乌斯怀亚小城。在这里住一晚，明天上午继续参观，下午登船去南极。出发时，布宜诺斯艾利斯地面温度 31 摄氏度，导游大声地提醒大家："今天乌斯怀亚温度只有 6 摄氏度，随身带好要加的衣服，谨防感冒。"

进机场，离起飞还有两小时，登机口尚未确定，抓紧寻找航班显示屏，再逛了逛机场商店。

我看着时间赶往登机口，登上了 LA7966 航班。

15:55，飞机平安抵达乌斯怀亚，掌声在机舱中回荡，又一次庆贺平安着陆。取行李，出机场，雪山下寒风呼啸，想扛一下的团友们冷得"牙齿打架"，不得不返回候机厅加衣服。

乌斯怀亚小城
2019 年 2 月 10 日

汽车在弯弯曲曲的碎石公路上前行，坡陡弯急，轮胎摩擦出"嚓嚓"的刺耳声。我们团安排的酒店在山顶上，越往山上走，越是风大树密。导游告知我们："窗外那一大片是榉木森林。榉木是乌斯怀亚优质树种，这里的榉木 70 年才开花，开花之后树不再生长，100 年才能成材。榉木可用于多种制造业，但价格昂贵。"

总算到了酒店，才下车这么一小会儿，朔风刮脸往肉里刺疼，我小跑着钻入酒店大厅，拿到房卡后直奔房间。

这间单人房太宽敞了，2 米宽的大床，床头各一个灯柜，其他家具应有尽有，都采用环保的原色实木打造。放下行李再看看卫生间——怎么安装了两个坐便器呢？还有淋浴房、盆浴缸（大型号），还为客人提供了烧水壶，真是难得。房间里还备有两双质量不错的拖鞋（前几国的酒店都不提供拖鞋）。从房间看出去，风景也不错，左前方是起伏的雪峰，浮云飘飘，似动非动，隔窗观山景，美哉；从右窗望出去，是成片的墨绿色又泛着深灰色的榉木林。房间的窗户又高又宽，可眺望至很远很远。

敲门声响，开门一看是一位白白胖胖、乖巧的服务员，她递给我两个精致的小纸盒，我问她："What's this？"（这是什么）

她只微笑不回答。我打开看，喔，一块是白巧克力，另一块是黑巧克力。

返身回到大堂拿两张名片备用，只见一位女士手中有张配有中文的图片，我问她在哪里能拿到，她说这是他们旅行团给准备的资料。走来一位外国人和这位女士打招呼，他们叽里呱啦说话，大约讲着西班牙语。

　　趁他们交流时，我借过她的资料快速了解了一下乌斯怀亚。

　　南美小城乌斯怀亚，阿根廷火地岛首府（火地岛与智利接壤），解释为最南端的一座小城，也称"世界尽头"。美丽小城，依山面海而建，街道不宽（主街道只有一条）却非常干净。街边房屋，是你在童话故事《白雪公主》里见过的可爱彩色小木屋。乌斯怀亚设有一个"世界尽头"的大画框的标志牌，不要失去与标志牌合照的机会。

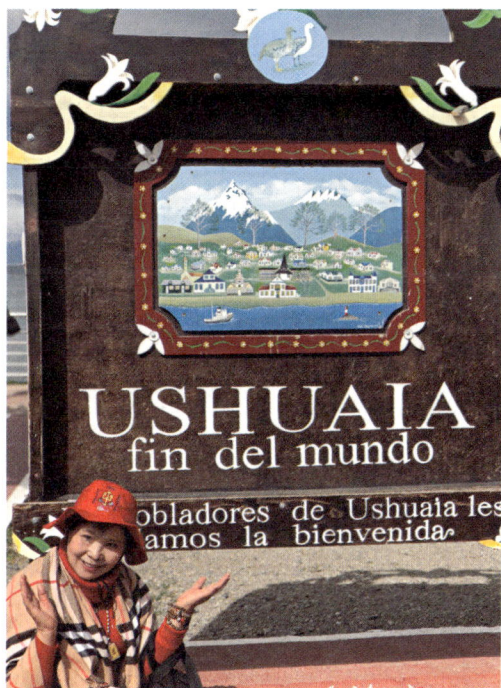

乌斯怀亚·世界尽头

　　资料上还写了一点温馨提示：小城没有配备大餐厅，团队不安排晚餐，但火地岛特有的帝王蟹，又称蜘蛛蟹，值得品尝。

　　将简介送还给那位女士，她拿过一张杂志大小的折叠资料给我说："这是酒店地图，内页红圈箭头指向的是酒店位置，每天早晨8点至晚上11点，每隔半小时酒店会有专车接送客人上街，这里人一般不会英语，更不懂中文。注意，坐酒店专车往返，没有其他交通车愿意上山来。"

　　又一次遇上热心人，真是太好了！

　　大厅分为很多个小厅，摆放着古朴甚至原始的木架、木案、木椅。另一厅的陶瓷器皿，花纹好像面具或兽首。拐角望下去是苍茫大海，没有尽头。

在世界最南端尽头游走

2019 年 2 月 11 日

触床头按钮，窗帘自动开启，灿烂的阳光照进房间，非常刺眼。窗外大风强劲，榉树被风吹得哗哗摇曳。8 点，我手忙脚乱地收拾好行李箱，放置在大堂。返回房间背背包，再将游轮上的房间号挂牌系到行李箱把手上。所有人的行李都由游轮行李员帮我们提前送上邮轮，按房号挂牌放到各舱号房间门口。

9 点上车，各团按顺序出发前往乌斯怀亚国家公园——火地岛国家公园（阿根廷与智利两国共同拥有）。

1520 年航海家麦哲伦沿大西洋航行，发现原住民燃起的堆堆篝火，以为是地下火山的火苗，于是称之为"火之地"。

火地岛国家公园建立于 1960 年，占地面积 630 平方千米，是世界最南端的国家公园。公园以山地为主，地接安第斯山脉余脉，风景以冰川地质为特色，拥有众多河流、湖泊与峡谷，以及从西北往东南方向绵延的山脉。

前往火地岛国家公园的途中，我拍下沿路风景与民居的视频。可爱的五彩缤纷的尖顶小木屋，让人有进入童话世界的错觉。橘红顶白墙，灰色顶粉色墙，深绿房顶嫩绿墙或灰顶蓝墙。民房的样式也不是千篇一律，各具特色。走过一排排民居前真有些眼花缭乱，心生阵阵新奇及视觉冲击感。

进入国家公园内拉帕塔亚海湾，一座木板铁皮房伸向海中，称之为世界最南端的"邮局"。一位老人，曾经的军人，开办了这所"邮局"，设有邮筒便于为来

街道两旁的彩色民居

自世界的游客寄明信片。

游人们排队进入小屋，20多平方米的墙上挂满明信片，标注了美金、阿根廷比索的金额。人们屏声静气挑选中意的明信片，老板儿子游走其间维持秩序。挑选好明信片后再填写好信息，列队请老先生盖邮戳。

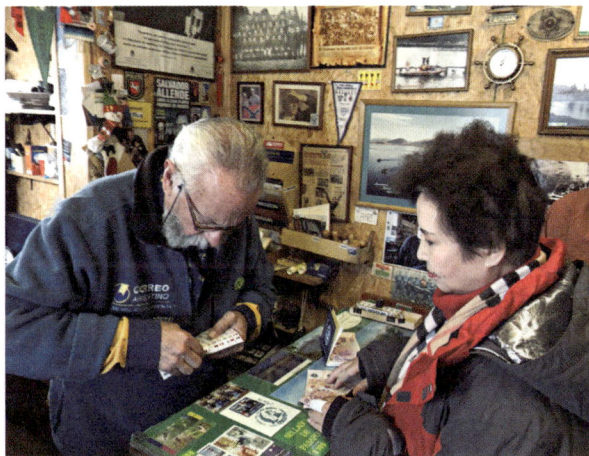

世界最南端的"世界邮局"

我选中了两本模拟护照，每本350阿根廷比索（折合人民币67.66元）。

轮到我，递给老爷子，他在明信片上贴上自己头像的邮票，从"护照"扉页取下阿根廷国旗贴在头像旁边，砰砰盖上邮戳。老爷子脾气大，进屋前要求游人不能大声说话。若声音嘈杂，他会抽身进入里屋，置游人而不顾。就这样，世界各国游客来这儿打卡的游人如织。

10:30，我在国家公园内的栈道徒步到世界最南端，没路了！我就站在这里观赏雪山、花草、树桩、溪流、马匹、牧马人。这里是世界尽头泛美公路终结点，北美阿拉斯加距此17848千米，这里又称阿根廷3号公路——世界公路最南端的尽头。

乘坐小火车游览安第斯山貌，是重要项目之一。小火车铁轨仅60厘米宽，车厢里座位是双人座，头尾仅单人座，两人入座挤得满满当当的。绿皮小火车是仿造南非当年押送犯人往返的交通设施。窗外无数石灰色木桩诉说着历史沧桑。泛白的树桩是当年流放到这里的重刑犯砍伐留下的。车里广播深情地诉说着那段历史，那些灰白的木桩恍如一块块未经规划的坟场里的一块块墓碑，令人心酸。沧海桑田，世事变迁……

一位男子骑着一匹骏马扬鞭而过，马蹄溅起溪水，让凝固的画面动起来，心情不禁轻松许多。

12:30，在国家公园内用午餐——一份杂菜汤，一份烧牛肉，一份冰激凌甜品，烤面包。面包硬硬的，得用力才能掰成块，我是就着汤硬咽下去的。

14:00，汽车驶出国家公园，我跑步到"世界尽头处"——世界最南端0千米处拍照留念。

横条纹服装——

曾是火地岛重刑犯人的囚服

下阿根廷·乌斯怀亚

小火车(右图中)——

当年运押犯人从监狱到酷寒山林伐木的交通工具

——火地岛·原住民——

阿根廷·乌斯怀亚·火地岛，百年前，阿根廷政府将死刑和重刑犯流放到极酷寒山林，砍伐木材（用这种方法守护国土）

当年重刑犯前去伐木所乘坐的小火车

在小火车上边走边记

　　导游带领我们部分人跑步去了一幢政府办公厅（超时者无缘了），是乌斯怀亚火地岛的一处办证中心。我们交上护照，工作人员核对审查护照，查阅美国签证、阿根廷签证及秘鲁、巴西出入境证明盖章后，颁发给我一张"阿根廷荣誉市民证书"。

　　证书宽 29.6 厘米，高 20.5 厘米，是用优质的铜版纸制作而成。证书上方印着火地岛冬季狗拉雪橇、雪地摩托、雪山探险及当地美食等 6 幅图片，下方有大大小小 9 个不同的徽章，中间印有英文、西班牙文两种文字（阿根廷 16 世纪中叶沦为西班牙殖民地）。

　　在中间的空白处，工作人员填上护照上领证人的姓名，说："下次到乌斯怀亚，凭此证书将享优惠。"

　　一纸异国证书，挺有纪念意义的个人藏品。

阿根廷火地岛荣誉市民证书

南　极

Antarctica

初见海钻石号游轮
2019 年 2 月 11 日

终于见到你——海钻石号游轮，我将投入你的怀抱，与你共度 10 天假期。这 10 天里，我不再为换行头而操心。

现在南美是夏季，南极也是夏天。在南美穿裙子，但南极的夏天登岛需要穿防寒服！关键这南极究竟冷到啥样，我心里也没底。

踏上海钻石号游轮，由船长助理组成的 20 余名队伍，夹道欢迎接我们上船。在一名船员的引领下，我从 1 楼乘电梯到 6 楼。

616 号房间，挺吉祥的数字。当我插上房卡，插卡声惊动了先到的室友。她微笑着打开房门，眼前这小标间是我要度过 10 天的"家"。我与室友互作自我介绍，她来自吉林长春的江蓝，挺友善的。

仔细打量，房门向内右侧开。左侧是卫生间兼盥洗、淋浴房。坐便桶后四隔，双开玻璃门，分别存放着洁白的浴巾、卫生纸。面盆镜子擦得锃亮，镜子下分别

乌斯怀亚港

陈放两位客人的漱洗用具和化妆品。面盆侧，一袭拐弯白帘子，后面是袖珍淋浴房。迷你卫生间小巧而实用。

房门右侧是两个连体双门衣柜，柜顶存放着两件橘色救生衣。衣柜距右床尾有86厘米空间（我随身带着软尺），测量后可放一个含滚轮的70厘米行李箱。靠甲板窗下床头挨墙两间单人床，中间放置有两个灯柜。两只床头灯固定在床与窗之间。窗户不能打开，但这并不影响我们面朝大洋观景。距左床尾一米，横放一张写字台，与卫生间墙壁连接固牢。写字台右边一部电话可联系前台。左侧台面二分之一宽处，立着一个固定于桌面的台灯。一把圈式靠背椅可沉了。

和室友沟通后，我把早就由船方接来的行李箱放置在靠右床尾和柜子空出的86厘米空间的地板上。抬头，墙上还挂着两件简易的蓝色救生背心。回转身，门背后是我们房间所在轮船的方位示意图，得仔细看看。打开衣柜，有两件浴袍、两个小保险柜、4个衣架。再看被套、枕套、床单，高支纱缎纹织造，称得上床上用品的精品。我轻轻抚摸，定睛查看，整床被套没有一处疵点，太难得了。我翻看被套找到商标，产地是上海，原来这样的精品来自中国制造。

隔着玻璃窗往外眺望，乌斯怀亚港口停泊着各色船只，简易的泊仓。远处的雪山，洁白的云朵，蔚蓝的天空，浩瀚的南大西洋，放眼望去，"江天一色无纤尘"。天水间波光如游弋翻动着万千条银鱼向我们的轮船击荡而来。打从登上游轮那一刻起，脑海里浮想联翩，终于要实现我的南极梦了。

房间广播响起："尊敬的女士们先生们，请大家17:00准时前往5层多功能厅出席海钻石号和夸克探险队由船长组织的欢迎仪式。"这是登船后第一次广播。

我看还有点时间，走出房门到游轮上观察各层分布。底楼上船时看过，从楼层各舱房通道下到5楼，是多功能厅与图书馆。4楼电子屏幕显示游轮高层职员名单，右边是夸克探险队成员名单。

简短的欢迎须知会上讲了关于必须参加的船上项目后，便让大家回房。刚进房间广播再次通知："请带上橙色救生衣强制性参加逃生船演习，这是国际海洋法律规定，全体乘客必须参加此次安全演习。"

船上电子屏幕介绍：

谨代表船长、全体长官、船员及夸克探险队，向您表示最真切的欢迎：欢迎登上海钻石号。

2019年2月11日（星期一），下午15:00登船。

17:00欢迎须知会（甲板五层主功能厅）。

广播通知：强制性参加逃生船演习（Life Boat Drill for all guests）。

国际海事法律规定全体船员、游客必须参加此项安全演习。

将会一一点名，请看你客舱门后的表。

海钻石号游轮

安全须知卡，上面有你的紧急集合地点。

救生衣单数为奇数，双数为偶数，听候通知，分别站到规定的船舷上，再上1号或2号救生船演习。

19:00—20:30自助晚餐，将在3楼主餐厅供应，也可取餐后到4楼小餐厅享用。若你有任何素食或对食物过敏等饮食习惯，请告知餐厅经理。

晚餐后试穿、领取登陆靴，请携带上你的厚袜子（甲板5楼多功能厅）。

如果你晕船，请到4层俱乐部向我们的队医领取晕船药。

海钻石号游轮简介（夸克游轮公司旗下）

游轮吃水：5米（14.49t）	可容纳旅客：197人 最大承载人数：384人	甲板楼层：7层
装修年份：2016年	游轮船员：144人	平均航速：15.5节
吨位：8300吨		冲锋艇数量：18艘
游轮长度：124米（407ft）	游轮宽度：16米（52ft）	
动力：双wichmann发动机，7375匹马力		
船籍：巴哈马Bahamas	旗帜：Flag	

夸克探险队介绍	海钻石号游轮高级职员介绍
夸克探险队分别由20人7个国家的探险家组成，他们来自：加拿大、美国、法国、智利、新西兰、瑞典、中国（台湾）	机动船海钻石号——南极探险家
队长：闻洛丽（国）加 Laurie Di Vincenzo	船长：奥力格 Oleg captain
协调家：马婕米（国）加 Ymie Mac Aulay	大副：奥力格 Oleg officer
协调员：蒙大卫（国）加 Dave Merron	二副：安德瑞赛科帝 Andrei second officer 安德里萨夫特 Andrey safety officer
鸟类学家：潘杰英（国）美 Jcan Pemycook	轮机长：弗朗基米 Vledimir chief engineer
海洋生物学家：米汤姆（国）加 Tom mitchell	财务长官：丽贝卡 Rebecca chief officer
历史学家：薄顿（国）美 Dvaid Burton	咨询长：乔治 George
冰川学家：诺文（国）美 Nolwenn chanvche	船医：希瓦娜 Silvana
讲师/向导：宝琳（国）法 Pavine de Fgesnais	酒店经理：施里夫 shreeve
讲师/向导：尹尼克（国）加 Nick Englemann	主厨：约翰 John
讲师/向导：宝拉（国）智利 Paola Palvecino	餐厅经理：海琳 Helie
自然向导：马凯（国）加 Kyle Marquardt	事务长：丽贝卡 Rebecca
自然向导：萨曼莎（国）加 Samantha Mcheth	房务长：艾迪 Eide
自然向导：路曼达（国）瑞典 Manda Lundstron	
自然向导：沃卡姆（国）新西兰 Cam Walker	**酒店团队**
自然向导：白安竹（国）新西兰 Andrew White	酒店经理：史蒂夫 Steve
物流经理：爱文（国）加 Aven King	主厨：约翰 John
中文向导：薛仁均（国）中·台湾 Sylvia Hsuch	餐厅经理：海娜 Hena
同声传译员：陈中原（国）中 Chen Chong Yen	事务长：娜贝卡 Nabeka
摄影向导：王云（国）中 Yen Wieng	房务长：艾迪 Eide
探险队医：拖蒂（国）美 Dr Tim Thlloat	商店经理：邓艾琳

小提醒：

·请确认你的行李已送到你的客舱，如果你有缺少的行李或行李不是你的，请立刻告知探险队员；

·请将你的行李中贵重与易碎品放置在地板上或抽屉里，以免摔坏；

·今晚将航经风浪较大的开放海域，请注意个人安全；

·探险队前台分机904/酒店前台分机999/驾驶舱分机998（仅限紧急情况）；

·医疗需求：请通知前台或探险队员。。

海钻石号全体船员

与全体探险队队员合照

游轮图书馆
2019年2月11日

晚上，我来到图书馆。五六个书柜中陈列的所有书籍全部都是有关南极地理、自然科学、海洋生物学的（介绍北极的书很少），有《南极洲从英雄时代到科学时代》《首次南极探险》《当南极遇上北极》《领队日记第29次南极科学考察队》《我在南极十七个月》《南极绝恋》《南极大陆，100万年前地球（日文版）》……

游轮上的图书馆，窗明几净，管理得井井有条。图书馆门口配有3张读书桌，是不错的读书环境。我暗自打算今后几天过来阅读。

船上图书馆

南大西洋的"下马威"

2019 年 2 月 11 日

我来到 3 楼主餐厅享用自助晚餐。晚餐的菜品有生鱼片、油炸鱼排、鸡块、茄子、生菜，干果有核桃仁、腰果、榛子、果脯等，还有苹果、西瓜、香蕉、葡萄、橙子、西柚等水果，以及草莓味、柠檬味、香草味、薄荷味的冰激凌。

19:30，广播：如有晕船的朋友请到 5 楼多功能厅背后领取晕船药。

我取了些水果在 4 楼小餐厅慢慢品味，一边欣赏南大西洋美景，一边想着什么时候天黑（时下已经 20:00）。听到广播，准备赶紧收拾去 5 楼领晕船药。不过，还是先回房间，找出我带来的安定药片，以防万一。

20:45，广播再次通知：请大家带上自己的厚袜子，到 5 楼多功能厅去试穿雪地登陆靴，领取合适自己的尺码。领到靴子，我抓紧时间把海钻石号游轮上的冲锋艇、甲板上的设施及图片介绍拍照、录视频后回到房间。

我与室友商量："我有每天记笔记、清理资料的习惯，是否可以使用写字台的三个抽屉，免得找资料误时，两个床头灯柜你用。"我习惯花很多时间记录生活，今后才知道时间都去哪儿了——编织在生命的每分每秒间。

她欣然同意，并坦诚地说："我有打呼噜的毛病，声音大，你不怕影响吧？"

"没关系，不怕。"

南极之行，游轮生活是重要组成部分。

22:00，游轮启航，船体瞬间左摇右摆起来，无法再写字了，只得等船航行得稳点。不能写字，我就阅读行前准备的世界地图册上有关西风漂流带、德雷克海峡等资料。

23:00，船身晃得厉害，我来不及把一摞资料放进写字台抽屉，只能一并推向写字台靠墙边上。船摇晃得好厉害！我费劲地把圈椅推进写字台下后就站不稳了，摇摇晃晃走了 3 步便倒在床上。我闭上双眼尽可能使自己平静，可我感到越来越难受。实在不行了，我摸出安定药片，闭着眼摸到枕边的矿泉水服下一粒。也不知是药起作用还是太累，脑海如电视蒙太奇般不断切换着这一天从早到晚的影像，满满地挤进脑海中。

迷迷糊糊间，我被乒乒乓乓的响声惊醒。我不敢睁眼，晕得好厉害。又是几声哐当哐当响声，一阵高过一阵，真有点像警匪片破门而入的响动，让人心惊肉跳。室友说是衣柜两扇门与卫生间的门相互撞击产生的声音，这动静怪吓人的。

我闭着眼睛摸索到行李箱里的带状物，摸着把衣柜门把手栓紧。就在这一刻，我急忙如醉汉般跌跌撞撞冲进卫生间，把住便桶，一时间从胃里翻腾出的"中西填充物"阵阵外喷。卫生间里的牙膏、牙刷、护肤品洒了一地。我没精神去拣，埋下头又是一阵呕吐。待症状有所缓解，我强忍不适打开衣柜，扯下浴袍上的腰带，将两件袍带接起来拴好另一个柜的把手，将连接着卫生间的门固定栓紧，以防响声再起。"疾风骤雨"再次来袭，我再一次"翻江倒海"，分分秒秒，我都在煎熬。

我在内心告诉自己要挺过这一关，此去南极还有800多海里啊！德雷克海峡狂风狂浪，风急浪涌，四大洋之冠真名不虚传。早期探险家们谓之"死亡走廊"的威力，领教了！领教了！

驶向南极
2019 年 2 月 12 日

7:00，我坚持起床，头、太阳穴痛得要开裂。眩晕，脚下不稳，伴有反胃感。不成，我又倒在床上。船摇晃得很厉害，有两次床头向下、双脚上翘，如同在跷跷板上。我紧紧抓住床边怕被摇下来。稍缓一点，我扶着墙壁去取柜子顶上的橙色救生衣放置床头与灯柜间，一旦摇下，床灯柜的锐角不至于碰伤头。

8:00，我强忍难受，努力从床上撑起，扶着船舱过道上的金属扶手，踉踉跄跄格外艰难地去 4 楼拍电子屏幕上今日的通知：

7:00 开始早茶与咖啡，各种酥皮面包（4 楼俱乐部）供早起客人享用。

8:30 清晨叫早。

8:30—9:30 早餐（3 楼主餐厅）。

9:30 鸟类学家潘·吉英的科学讲座——南大洋的海鸟（5 楼主功能厅）。

11:30 历史学家博顿的历史讲座——未知的大陆：南极发现史（5 楼主功能厅）。

12:30—13:30 自助式午餐（3 楼主餐厅供应），欢迎取餐后前往 4 楼小餐厅享用。

14:30 全员参加国际南极旅游协会登陆须知会、生物清洁会及冲锋舟安全须知会。由夸克探险队队长闻洛丽及探险队员中原在多功能厅主持会议（5 楼多功能厅）。请您携带外出登陆要穿的厚袜子、外层衣裤、手套、帽子、背包、相机、小旅行包、三脚架及登山杖到指定地点进行消毒。请将背包里的个人物品及相机取出，对腾空的背包及相机进行吸尘清洁消毒。

16:00 下午茶供应（4楼俱乐部）。

17:30 探险小结会与明日活动预告（5楼多功能厅）。

19:00 船长奥力格的欢迎酒会（5楼多功能厅）

19:30—21:00 欢迎晚宴：3楼主餐厅与4楼小餐厅皆有点餐服务，菜单相同。

21:00 欢迎您与同行好友在4楼酒吧喝一杯，记得携带您的白色船只消费实名卡。

服务前台分机号：999，紧急事故分机号：998。

医疗需求：请联系前台或探险队员。

礼品店营业时间：10:00—13:00，15:30—17:30。

为拍下今日通知，我费了老大的劲。站在屏幕前，船晃来晃去无法站稳，刚对准屏幕又被摇倒，拍了差不多10次，才有了不太模糊的两张照片。实在不行了，我扶着扶手跌跌撞撞地回房。

比格尔海峡→德雷克海峡
2019年2月12日

游轮乘风破浪，一路向南，将通过位于南美洲大陆及南极半岛间的著名隧道——德雷克海峡，探寻这片连接南美和南极的海洋。

该海峡水下，洋流涌动，变幻莫测，汹涌洋流肆虐着前往南极的船只，水手们又称这段海域为"死亡走廊"。怪瘆人的名。

1578年著名英国探险家弗西斯·德雷克航行到这片海域，故以其姓氏命名作为纪念。

南极大陆的干冷空气与美洲大陆相对湿暖的气流南北交换，使这片海域多风浪；同时，极地冷水和北部温水交汇之地，由此产生的大量养分滋养了该海域多元的自然生态。航行约六百海里，接近南极幅合带附近时，冷热水在此交汇，形成一片水雾，空气中也逐渐嗅出一股南极特有的清新冷空气味道。

今日可以参加船上组织的各种讲座活动，听探险队专家介绍南极的生态环境，各种生长在南极的奇特鸟类、海洋生物等。到甲板上，在这里将有机会看到信天翁、贼鸥、黑背海鸥等各类南极奇特海鸟，这将是摄影留念的绝佳机会。

行前说明会上，导游告诉游客，专业人员会每天分析天气、风速（过高的风速，冲锋艇将无法在海面上安全行驶）、冰况（海冰厚度，浮动冰山数量），还要对登陆点及巡游地区环境和安全进行评估，再根据国际 IAATO 规定各个登陆点预定确认等综合因素安排行程计划。

特别注意：南极海域内所有登陆及巡游活动，要根据国际海洋局和国家旅游局相关规定有序进行。船长及探险队队员将仔细分析情况，弹性安排每日活动，包括搭乘冲锋艇登陆及巡游，探访野生动植物群栖息处、各国科研站或具有历史性背景的遗迹。一切登陆、巡游及船上活动必须听从船长及探险队队长安排。

我觉得无论如何都得吃点东西才行。船舱走动的人如同打"醉拳般"。从厨房送餐到餐桌的服务生左摆右晃，脚下飘移不定。

9点去4楼餐厅吃早餐的人比昨天少了许多。我取了一点炒蘑菇、一小截火腿肠、一杯牛奶，还准备取点其他的，游轮颠簸得更加厉害。一位女士取菜被摇晃倒地，头上碰了一个包。工作人员将她扶起用轮椅送回房。餐厅桌椅倾斜，刀、叉、杯、碟、盘、碗滑落满地。脑海里突然冒出《泰坦尼克号》电影中的镜头——厨架上餐具滑落破损……不敢多想。

这时我头上冒起冷汗，胃里恶心，勉强喝了点粥回房。

9:45 到5楼会议厅，听有关专家介绍海鸟。我咬紧牙、闭上眼、冒冷汗，船似乎时而被抛上浪尖，时而又扎入洋中……

离开讲座厅，电梯不工作了，我只能扶住楼梯一步步走上6楼。工作人员如滑冰，左斜右倾姿势优美地行走。探险队一名女子扶着我，将我安全地送回房间。

一会儿服务员敲门，送来菜单点餐，再由餐厅服务员送到房间。太好了，我们可以不去餐厅用餐了。

我晕晕乎乎不知吃了些什么，睡了多久，又过了多久，终于要好了些。我趴在窗边看着眼前汹涌的海浪犹如一个又一个巨大的浪卷撞击着船体，这浪随时有可能将船卷入海底，让人不寒而栗。

广播通知："风浪很大，不宜出房间。"

我喝下一瓶藿香正气水，匍匐在文字间，记录下所见所感。那字体，如蚯蚓爬沙，丑到难以辨认。

突发事件·紧急会议
2019 年 2 月 12 日

15：00，广播通知：请大家到 5 楼多功能厅参加紧急会议。

我们所有前往南极的 190 位游客共 6 个团，共同遇到麻烦了！

会上首先是探险队队长向大家介绍眼前突发的情况——船上一名男性旅客突发疾病，队医托蒂医生从昨晚到今天已多次用药无效，疼痛间隔时间越来越短。船上只有止疼药，后来止疼药已不起作用了。探险队队医托蒂是美国急诊医师学院和荒野医学学院院士，拥有山地医学文凭并担任美国仅有两个山地医学课程的讲师。从昨晚那位男性患者发病到今天下午，一直是托蒂医生在时刻关注这位病人。11：00，病人的情况已经非常严重了。海钻石号游轮经三方研究决定让病人返回乌斯怀亚，尽快得到救治。方案一是联系智利站，智利站有直升机机场，但要到达智利站还需 40 个小时的航程，病人恐怕坚持不到 40 小时。方案二是将船开到比格尔水道，让医院来接应。说到这里发言人哽咽起来。

接下来是船长奥力格发言，他与我印象中的船长形象差距太大。奥力格船长文静、儒雅，带着欧美文人的书卷气，俨然一位学者模样。他讲话腼腆，轻声细语，语速偏慢，语态稳重。他说："船只在开放的海域上航行，旅客生命安全是特别重要的。我们返航的原因是要救助那位病人，但是必须牺牲掉大家两天时间。我们做出返航决定是非常非常困难的，非常非常不容易的！这是经过反复斟酌而定的。要拯救病人的生命需要大家的付出。"船长还讲道："我也了解中国的历史，中国过去很多年经历了许多困难的时期，大家来南极很不容易，远涉千山万水从中国来南极，不仅需要经济上付出，更需要勇气。我们争取在接下来的时间尽可能安排多一点的南极登陆机会，所到达之处，让大家能看到更多的南极美景。"

时间已经到了 2019 年 2 月 12 日 17：30。

这下，座无虚席的多功能厅里游客炸了锅，大家七嘴八舌议论纷纷，情绪激动。这时走出来一位中年女性——病人的妻子，一个劲儿地向全体游客、向探险队、船长、全体船员、医生致歉道谢。她说上船第一天晚上病人有些不适，谁承想疾病来袭，现在连讲话都相当费力了……抢救是唯一的方式。

我们是昨天下午登船，晚上 10 点启航，从上船计算在南大西洋已经 20 个小时，船长说还有 6 个多小时船将于今晚 24 点到达乌斯怀亚，也就是说船在 11：00 返航没有通知游客，瞒了大家这么久……一个大汉（早餐吐得最厉害的男生）吼起来："你们又要让我们受二茬罪？"大家的声讨声音压过了他。大家一致同意："救助病人生命，生命至高无上。"但要求旅游公司赔偿这30多个小时的损失。人群中有人怒吼，究竟什么病给大家说清楚。

回答："船上没有医用检查设备，不能下结论。"

18:30，船长请大家先用晚餐，不要因这突发事件影响大家身体健康，但游客们迟迟不愿散去。

餐厅里，大家议论纷纷。按会上讲的今晚24点船到乌斯怀亚，把病人交付给已联系好的医院。游轮调头返航，再一路向南前往南极，耽误时间30多小时。在南极的项目肯定会减少。行前说明会反复强调过，南极登陆，巡游地区环境和安全评估根据IAATO规定各个登陆点，最终行程是探险队、船长分析每日情况弹性安排。这还不是由他们说了算。延长行程听别人说，是完全不可能。旅游公司为什么不早想办法？最不应该是瞒了游客这么久。有人问起已从指南针上看见船北返才不得已以开会形式告知大家。这餐，大家食不知味，议论还在继续蔓延到各个客房。

有一点是共通的，这30多个小时对我们每个人都太珍贵了！这船游客中绝大多数不可能再来南极。

午夜12点，已经能从船上的甲板眺望到乌斯怀亚码头上救护车顶上旋转的灯。探照灯下，能看到阿根廷医护人员、消防车和消防人员齐聚码头等待我们的海钻石号靠岸。继而，有人用望远镜看到，医护人员将病人用担架送上救护车。

一小时左右，我们的轮船调头向南，开往南极。望着渐渐模糊的港口，我心里默默祈祷：愿病人能尽快确诊，得到有效治疗……

我走上甲板，在迎面寒风刺激中默默地祈求上苍保佑："这一路千万别病、别倒下，坚强，做一个来自成都的坚强的独行侠。我们一团30人仅有我是成都人。一旦病倒，身边连一个帮我叙述病史的人都没有。"我必须在意念支撑下顽强走完南极之旅。

南美还有两国，乌拉圭和智利在等待我到访。

丰盛早餐
2019年2月13日

清晨醒来，我的头有点昏，但晕船症状好了许多。

室友笑道："醒啦，你夜里说梦话讲得好大声呀！"

我忙问："梦话没吓着您？我说了些什么呢？"

她笑笑说："记不住了，好像说来了、来了什么的。"

稍后，我对室友，更多是自语道："南极，我来了！"

起床，梳洗之后去甲板上6楼、7楼，观赏南大西洋的晨曦，空气清新极了，轮船被白色的浪花拥抱着。船速似乎比12日快些。深蓝的洋流与浪花形成的色彩对比真的好迷人，好想唱歌，唱我爱这蓝色的海洋。我静静地放眼眺望她的美，壮阔的美。

按日程，我们11日就该航经南极之旅必经的、美丽壮观的比格尔海峡。因旅友发病耽误30多小时，今天上午我们才能在甲板上欣赏到比格尔海峡不一样的风光，我甚是期待！

8:30—9:30是早餐时间。看了看菜品，排队等待。一男一女两名中国青年厨师在煎鸡蛋。根据客人口味可在蛋心中添加蘑菇、洋葱、青椒粒、红椒丁、红萝卜丁，再加入芝士。到我了，我只要加蘑菇、洋葱。女厨师问我加不加青椒，我急忙说："不要，不要。"一慌，成都话脱口而出。

"哪里人？"女厨师接着问。

"成都人。"

女厨师说："我和对面那男厨师是在成都龙泉上的大学，学厨师。几年的学习生活，对成都挺有感情的。"

排在我身后等煎蛋的一个小伙儿对我兴奋地说："你们成都小吃太好吃了！"

"说几样你认为好吃的我听听。"

他掰着手指急呼呼地边数边说："担担面、龙抄手、三大炮、红油钟水饺、三合泥，还有吃了会难过的凉粉和碗头有'帽子'的那种酸辣粉……"

我打断他："你说的是什么凉粉？是伤心凉粉？还有你说碗里有'帽子'的粉是不是一个疙瘩？"

对方瞪大眼睛说："是是是。"

我笑着告诉他："那叫冒节子。"

小伙子笑得快抽筋了……

听到小伙子与我的对话，女厨师也说："对的，成都小吃好吃不贵，几十块钱能吃撑。"

焯过水的蘑菇需要文火煎一会儿才熟透，女厨师边聊天边做着煎蛋。她说，她和那个男厨师是广西人，被船上聘用3个月，也就是南极的夏天，南极航行期，下个月他们就回广西了。还说要到船上服务3个月，考试挺严的。谢过女厨师，我端上煎蛋离开了。

我又夹了两片生鱼片，让另一个厨师为我盛了一小碗热粥淋在生鱼片上，我又拿了牛奶、咖啡各一小杯，凉拌海带一碟，干果一小碟。尽管有很多品种的面包、西式糕点和饼干，但还是粥适合我。饭后品尝了一些水果，早餐不宜吃太多冷食，品尝一丁点即可。

总之，看上去弄不明白的不吃，再好的海产品也不能多吃。

想大步流星走是不可能的，晃着、扶着去看屏幕上今天的日程安排（早起拍过照，一会儿又更新了）。

南极探险路
2019 年 2 月 13 日

今天不仅要航经比格尔海峡，还要通过位于南美洲大陆及南极半岛间最著名的、最险要的海洋隧道——德雷克海峡。我趁还有时间，去 4 楼的图书馆"临时抱佛脚"，翻阅相关书籍，了解这里的相关史料。

1579 年 9 月，著名英国探险家弗西斯·德雷克探险航行到这片海域，一望无际的大洋，使德雷克船长叹息、无奈。除天空偶尔飞过的海鸟，一切是那么让人感到无助。为纪念这位伟大的探险家，这片海域以其姓氏命名——德雷克海峡。

1525 年，西班牙航海家、探险家、探险先驱弗朗西斯科·德·霍曾望到神秘的南极大陆……

1616 年，荷兰航海家威廉·肖盾，以穿过合恩角以经向为准，为合恩角正式命名。

1874—1922 年，欧内斯特·沙克尔顿，英国南极探险家，曾 3 次南极探险失败，却被队友称为"最伟大的南极探险领导者"。

1905 年，挪威探险家罗阿尔德·阿蒙森坐着狗拉雪橇历经艰险到达南极点。

发现南极迄今只有 200 余年，但南极是古老而神秘的。尽管南极已向旅游者开放，但能来南极大陆这片世界最后净土的人还是微乎其微。

没有这些海洋探险先驱们前赴后继、不懈努力，哪有后来？更别说我们能有机会来南极。

屏幕上显示，今天由探险队、各学科专家，为旅行者举办多学科培训讲座，不管游客愿不愿意参加，有的项目是要求全员到场，会一一点名。

午餐我点了烩茄子、西兰花、土豆、一块牛排，其他菜品忽略不计。午餐后我来到多功能厅参加培训。13:00，由探险队队长闻洛丽介绍目前南大西洋海域的基本情况。今明两天的课程培训内容是 15 日、16 日、17 日南极登岛巡游前必须了解和严格执行的。

培训课程从在船舱行走开始，放映幻灯片与探险队队员示范相结合，屏幕上图文并茂，内容易懂易记。

游人在船上行走步履不稳，特别是没有船上生活经验的人，在船舱内行走必须空出一只手来抓住扶手。船重心在左侧时，人应往右倾斜，反之则人应往左偏，一步一步走稳。在船舱中行走一定要穿包住脚趾的鞋，不要穿拖鞋走路，以免船体摇晃伤到脚趾、脚尖。

上冲锋艇巡游途经轮船舷梯，双脚必须踩进消毒池中浸泡消毒。地上阶梯湿滑，双手务必抓紧扶手以防滑倒受伤。

到了冲锋艇旁有探险队队员扶着游客进入，但不能一脚跨进或跨出冲锋艇，而是屁股坐在冲锋艇外沿，用屁股"移步"。一只脚放进冲锋艇里再移动另一脚跨进去，然后坐稳。

游客跨入冲锋艇时，船体在水面晃动摇摆不定。探险队队员与游客需互相紧握住对方右手下臂，而不是像在陆地上一样握手掌。水手式握手，臂力力度更大，一旦一方落水可即刻被另一方抓出水面。

坐冲锋艇到海上观浮冰广场，艇上近距离观察海豹、鲸鱼吐水或观看千年冰山时，大家心情激动，但安全始终是最重要的！一般一只冲锋艇上含驾驶员、探险队队员是 11 人，游人各 5 人于左右两边对坐，拍照时要相互照顾，一排 5 人蹲在冲锋艇内拍照，后排站起拍摄。保持冲锋艇既能稳定前行又能让游人选择最佳拍摄角度拍摄景观。

轮船停泊于海洋，游客离船上冲锋艇和返回是有严格的刷卡计时规定的。为保证南极这片世界唯一的净土不被破坏，无论水上巡游还是登岛，每位游客必须带上自己实名制的船上专用卡，由船方指定的管理员在电脑上刷卡，记录下全部信息。电脑屏幕上即刻出现你的护照照片，记录下你离开或返回的时间。

除实操培训外还有多学科知识类讲座。美国海洋生物学家潘·吉英介绍了南极洲生物种类及观光须知，介绍南极空中飞翔的美丽的"精灵"以及它们的识别方法。我从幻灯片上认识到了南极燕鸥、南极贼鸥、黑背海鸥、南极鹱、南方巨鹱、大海燕、雪燕、黄蹼洋海燕、黑眉信天翁、漂泊信天翁等，了解它们从雏鸟到长大不同生长阶段。生动可爱的动物形象是南极生物组成的重要部分。除此之外，自然向导介绍了洋面飞翔的南极鸟类最佳观测时间段及摄影、抓拍方法，讲师向导介绍了登陆方法，识别南极方位及生物种群栖息区域，历史学家讲述了南极探险史、阿蒙森的狗拉雪橇，冰川学家讲解了冰山形成的条件以及南极冰山、冰盖的年代。

此刻我才知道，发现南极大陆仅200多年，而神秘古老的冰山形成有上千、上万年，甚至上亿年，表面能观察到的是冰山其实是极少部分，冰山的水下部分如参天大树，深深埋在大洋深处，深不可测。

绝大部分游客如饥似渴，认真听取课程。

读万卷书，行万里路，在旅行中学习是不可多得的机会。这些专题讲座在内地很难有机会听到。近5个小时的多学科讲座让我开了眼界，增长了见识。

穿越南极圈
2019 年 2 月 14 日

穿越南极圈是我等南极之行的重要项目之一。因为旅友的突发疾病耽误了时间，这项目可能会泡汤。从12日紧急会议到今天，游客代表成立的临时维权小组一直在与旅游公司代表商讨赔偿方案，需等待旅游公司高层认可才有定论。

一早广播通知：请大家到甲板前朝11点方向看，一座冰山在迎接我们的到来。

我站在甲板上，前方越来越密集的浮冰似乎在向我招手，我拍下从未见过的冰山、浮冰的美景。置身于这无边无际的海洋世界里，我的切身感受已无法用言语表述。

游轮一路向南航行了600海里，接近南极幅合带附近。在甲板上明显感觉比前两天冷多了。我吸口气，冷气直沁脾胃。

今天将驶入南极半岛海域。南极半岛的海岸曲折，近海岛屿众多。一条绵延山脉连接贯穿南极半岛——南奥克尼群岛——南桑德韦奇群岛——南乔治亚岛及南美洲安第斯山脉余脉。

南极·冲锋艇上

离开甲板，抓紧时间用早餐，心想着别耽误今天的讲座。

我来到5楼主功能厅，去电子屏幕前看今日通知：预计今天将穿越南极圈。穿越南纬66°33′44″，进入真正意义上的南极洲、南极地区。

讲座开始了。探险队队长闻洛丽指着屏幕上不断旋动的气流，同声翻译中原为大家讲解。南极圈附近海面开阔，盛行西风，温带气旋频繁出现，我们已进入天气复杂多变的海域。巨大的冰山将成为我们眼前的独特风景。南极是数以百万计的企鹅的家园，养育了数以千计的鲸鱼。在这里，时常有机会看到极地动物在游轮周边游潜玩耍。

接下来屏幕上的画面是教游客如何刷洗雪地靴。下船坐冲锋艇之前，必须将靴子踩进消毒池消毒；巡游、登陆归来时还要将雪地靴在消毒池中浸泡，企鹅粪很臭，这样做是为了不影响游轮中的空气。一幅幅图警示游人不得向南极生物甩石子、掷雪球、吹口哨，不得追赶它们，不得大声喧哗……

向导尼克指着一张幻灯片介绍南极的苔藓、地衣，虽然它们属低等植物，但在南极，植物在酷寒中生长非常不容易。南极圈内虽然2月是夏季，却没有青草，没有树木，没有盛开的鲜花。大家登陆后或许会在岸边发现苔藓，记得要绕其而行，不要踩到苔藓，它们的生命相当脆弱。

探险队队长闻洛丽指着大屏幕介绍游轮今天所在洋面的位置及15日、16日、

17 日的预计安排。

冰川学家简要介绍南极大陆冰山。南极面积 1400 万平方千米，略小于俄罗斯，比加拿大、中国、美国的国土面积都要大。南极海拔高度 2000 米以上，平均气温零下 50 摄氏度，历史最低气温是零下 93.5 摄氏度。南极大陆 97% 以上被冰层积雪覆盖，又变成冰盖压住山体。地球 90% 的淡水冰都集中在南极。目前地球上 70% 以上的淡水都在南极冰盖下封存着。

14:30 是全体游客强制性参加项目——观看探险队队员演出哑剧。舞台上，两位探险队队员各举一面小黄旗表示路标，另一名探险队队员左膝跪地，左右手拿着的小黄旗交叉成"X"状表示看见这标记不能前行。一名身着白襟、灰身、黑背相间连体服，戴着企鹅头帽的探险队队员从侧幕摇摇摆摆走到舞台中央，呆呆萌萌地左右张望，引得游客发出一阵阵笑声。助演者时而更换红底三角形，中间白色惊叹号的警示牌，时而又换上有动物骨骼打着"X"的路牌……探险队队员用喜闻乐见的演出方式将登岛注意事项再次让旅游者加强了记忆。

16:30 下午茶供应，有各种酥皮面包、糕点、咖啡，还有小包装方便面。吃不惯游轮餐的游客，此刻都在这里泡方便面。

我听了讲座，看完演出，便到礼品店买了一片绣着 5 只企鹅的绣花片。回到房间，我将花片缝在冲锋衣的右袖臂上。我们的冲锋衣是旅游公司统一发的，红色撞铁灰色的加厚防寒冲锋卡克衫，缝上花片，为自己南极之行留下标记，也为与统一发的团服有所区分。

参观驾驶舱
2019 年 2 月 14 日

15:00—16:30，海钻石号驾驶舱可对游客开放。

注意事项：游人不得触摸船舵和驾驶舱内任何设施及电脑操作仪表区域。严禁开闪光灯拍照和录像。禁止饮食，讲话需轻声细语。

我进入驾驶舱第一扇门，再拉第二道铁门，好沉！好不容易拉开第二扇门，我走进驾驶舱操作室。

两位船副微笑欢迎我到驾驶舱参观。透过驾驶舱前宽阔的玻璃窗，南极洋面尽显眼前。驾驶舱，除舵盘之外有很多仪表和按键。密密麻麻的键盘、开关排列在舱内。这是我人生第一次进入轮船的驾驶舱，一切都那么新奇。我表面沉着，实则内心激动。仔细参观没见过的仪表盘，并隔门观察船长室。征得二位船副同意，我与他们合影留念，高挑帅气的奥力格大副竖起大拇指。

再到驾驶舱窗前，举起望远镜朝南极更远处眺望，心中涌起阵阵激动。浩瀚无边的海洋，既让人心生欢喜，又让人畏惧。

船舱内壁上挂着15位探险家的照片，以及不同年代船长的邮票。有德雷克船长、英国探险家欧内斯特·沙克尔顿、比利时探险家阿德里安·格拉什，还有科学家让·巴蒂斯特·夏古等等。

我不能再过多地打扰他们，带着幸福感和满足感轻轻地离开了驾驶舱。

航行实况随时对游轮各层通报

情人节晚餐
2019 年 2 月 14 日

走向餐厅时心里想着，今天是西方的情人节，船上的晚餐会是什么样子？我有意晚一些再去，不凑热闹，让那些出双入对的夫妻共度晚餐。

餐厅与往日不同，雪白的桌布摆弄成白色的波浪形，白色的盘子里摆着 5 盘食模，让客人对照食模编号点餐。

1 号盘：土豆炖鸡肉。

2 号盘：烤鳕鱼配青豆、芦笋。

3 号盘：烤龙虾段。

4 号盘：泰式鱼饼、柠檬蛋黄酱、4 片圆形烤肉、一小碗水果沙拉、一小碗生

邮轮主餐厅一角

菜、一小碗杂菜沙拉、一小杯蜂蜜水。

5号盘：巧克力甜品。

我觉得4号盘摆盘设计特别有意思。两个心字形鱼饼，心尖部相对构成蝴蝶展翅飞的状态，那碟柠檬蛋黄酱摆在心尖上方，配一把如水草、似柳叶的绿草丝点缀，色、香、味、美、形无不透着甜蜜，情人节晚餐，船方颇为用心。

由于我姗姗来迟，晚餐已近尾声，我点了3号盘的烤龙虾段。稍候，服务生过来告知我烤龙虾段没有了！让我另点别的。我态度坚决，就是要3号龙虾段，这船上不会就只差一段龙虾！一种不达目的不罢休的情绪由心而至。

服务生轻轻说："我去请示我们经理再给您回话。"

静候几分钟之后，服务员来到我旁边低声说："我们经理为您特批，5分钟后给您送来。"

晚餐后回到房间，展开纸，提起笔，书写我一个人的情人节。纸张、笔墨便是我此时此刻的情人，书写的每一个文字、标点，都是我们诉说的情话。

今天不比往日，想到就要真实踏上南极大陆，接受南极的冰雪洗礼，没有不激动的理由。从 11 日下午登船，已经 4 天没沾"地气"了，终于要登岛，我高兴极了！

我早早起床，走上甲板，远远看见海面上有冲锋艇向冰山驶去，那是探险队先潜队员探路的身影。原来，游客浮冰广场巡游或登岛前探险队必须提前探明海域，为岛上情况做好标记。有时探明的路线遇到大风雪可能又要改道绕行，更换登陆路线。

船长说为弥补北返马斯怀亚送病人就医耽误的 30 多小时，今天将安排 3 次浮冰广场巡游或登陆的机会。

用过早餐后，我快步回房，穿上贴了暖宝宝的套头衫、毛衣、马夹、防寒服，棉裤外套了两条防水裤（一条扎进靴子，一条套在靴子外）。戴好双层帽子、手套，穿上救生背心，系好围巾，拿上防雪眼镜，最后蹬上靴子，去指定楼层集合。没走几步就热得受不了，因为轮船各层还开着暖风空调。

我们一团是红队，离船指定地点是 4 楼俱乐部，属于第一批离船上冲锋艇的，后面分别是黄队、绿队、蓝队。

船方和探险队派专人负责电脑刷卡，刷卡后，电脑马上显示出游人照片和全部信息。

下了扶梯，双脚浸泡在一个装满消毒液的大铁池里，双脚上下踩动消毒，消毒完成后慢慢走下舷梯。此刻，天上飘落着大片大片的雪花。我与探险队队员互握水手礼，背对着冲锋艇坐到艇沿，右腿横抬进艇舱，左腿再抬起入艇。好不容易在光滑的艇边坐好，双手背转到双侧，紧紧地抓住艇边绳索。冲锋艇在水中不停晃荡，弄得我心里不免有些发慌。眼望远处的冰山，我告诉自己要镇定。

南极的第一次冰海巡游
2019 年 2 月 15 日

　　整个游轮 180 多人需分批安排巡游、登陆。探险队会根据冰川、海况，合理地为游客安排出几条不同路线，绝不会让游客一窝蜂地登岛。游人不能按个人意愿决定要先登陆不是先巡游，想走某条线，想逛哪条湾，一切只能服从探险队的安排。

　　我们的驾手，来自加拿大的海洋生物学家，探险队队员汤姆，他的驾驶技术既稳重又不减风度，让我们尽情欣赏威廉敏娜湾奇幻般的冰雪美景。行程中，他偶尔介绍几句，又缓缓驶进天堂湾。

　　威廉敏娜湾长 24 千米，位于格拉汉姆地两岸，由著名航海家格拉什在 1897—1899 年比利时国家探险远征途中发现。

　　威廉敏娜湾的冰川、冰盖是南极最漂亮的航道之一。冲锋艇紧贴峭壁滑过，既震撼又特别让人感动。只有到过南极的人才能领略到南极别样的美，世界上最后的净土，可净化人的灵魂！这条雄伟壮丽的航道还带有几分诡异气息，让人惊喜，也让人心生敬畏。在这条神秘的南极航道航行，体验一种不一样的身心享受，接受大自然的洗礼。

　　天堂湾，是南极最美、最迷人的地方。在杰拉许海峡的庇护之下，港湾免受大凛风侵袭，使天堂岛成为南极少有的几十个登陆点之一，且能将半岛美景尽收眼底，如置身天堂般美妙。

　　此航道经科学考察，探明是许多不同海洋哺乳动物的栖息地。

　　岛上有企鹅筑巢群栖，包括帽带企鹅、巴布亚企鹅，此外还有巨海燕、蓝眼海鸭、海鸥等，在空中盘旋飞翔或在悬崖峭壁上筑巢。

　　刚到冰海，一条好大的鲸鱼从我们艇前游过。在前方，它翻身倒立，翘起黑灰色大尾巴。左前方另一头花尾鲸鱼一个跟斗，喷起好高的水柱。远处大概有七八条鲸鱼。全艇人欣喜若狂地看着鲸鱼秀。一位游客希望汤姆靠近点，再靠近点，为的是拍鲸鱼的特写镜头，可汤姆却调转冲锋艇加速驶离鲸鱼群，想拍特写的朋友不无遗憾。汤姆用不流利的中文说："黑灰色那头（靠我们最近的）叫隆背鲸，若太靠近它，它会掀翻我们的冲锋艇。"大家只好远远地看鲸鱼展尾，喷起高高的水柱。巡游天堂湾时，惊喜声此起彼落。汤姆说："海洋学家们跟踪多年，发现只有在天堂湾才能观察到如此多的鲸鱼活动，鲸鱼很喜欢南极这片水域，而且喜欢在游人前表现自己，发'人来疯'。"

冰山

2019 年 2 月 15 日

　　哇！好漂亮的冰山、浮冰！有的像大船，有的如高大建筑，有的如佛手，有的如巨靴，如梦如幻，就在我眼前。冰山的颜色多变，有粉蓝色、淡蓝色、蓝灰色、绿色，甚至色彩学家都无法定义的幽幽蓝。这些冰山色泽神秘炫丽，美到让人心醉，我实在找不出更好的形容词来形容她冰清玉洁般的美！

　　人群中惊叹声不断。

　　冲锋艇巡游到一座巨大的冰山前停下来，望不到顶的冰山与天际相连。此时天空是灰白的。靠近海洋岸，有一座像废弃城堡的高大冰体，仔细看能看到层层叠叠的积岩纹。这些冰沉积少说有几千上万年，冰雪存封的岁月印迹让人心颤，震撼。冲锋艇调转角度，另一座冰山山头出现一个深不可测的、神秘而诡异的蓝

浮冰上的海豹

— 097 —

色冰洞，那幽深大口似乎能吞噬世间万物。冰山周围布满长短深浅不同的冰隙裂纹。看着看着，我感觉身体有种漂浮不定的异样感，自我暗示，可千万不能晕船！定了定神，原来是冲锋艇在海浪的冲打节拍下颤动着。

风速加大了，冲锋艇在水上开始大幅颠簸，我紧紧抓住冲锋艇周围的绳索，心中不甚紧张，汤姆赶忙行向天堂湾的另一弯道前进。天堂湾的风浪算是南极比较温柔的，让初下大洋的游客不会有恐惧感。浮冰密集到快把冲锋艇封锁住了，汤姆慢慢驶向另一水域。这里的冰山千姿百态，色彩愈加丰富，出现了黄冰、粉色冰、绿色冰、蟹青色冰、银灰色冰甚至红冰，眼前景色如梦中仙境。我以为是我眼睛花了，色彩看不准，干脆取下眼镜，仔细观望。没错。原来认知中的白茫茫似的冰雪世界，是自己见识不到位。

南极啊南极，您造就了如此生动圣洁的自然景观，难怪多少地球人千万里追寻着您。我们如疯似狂为您而来，您洗去我等凡间风尘，涤荡肉身、精神杂质。置身南极冰雪世界，人是那么渺小，感觉是无边的空灵，精神境界有了极大提升。

冰海沉船
2019 年 2 月 15 日

冲锋艇几乎贴在冰山峭壁间缓缓滑过，一艘百年沉船呈现在眼前。船尾翘在水面，船身几乎完全沉入大洋里。厚厚的冰雪堆积于残锈船板上，一座蓝、粉色相间的冰山如底幕映衬，沉船锈迹斑斑，零部件在浪涛拍击中如泣如诉。这是当年探险者遇难留下的遗迹还是屠鲸时代的遗物？我心里郁结着拍下了这沧桑的破船尾。

到处是冰山、浮冰，没有一座、一块是一模一样的，一个多小时浮冰广场巡游还在兴头上，冲锋艇已停靠在我们的游轮边。探险队队员扶着我们，游轮员工伸过手来让游客一个个跨上游轮甲板。这时候才深切感受到培训的实用性。

走上舷梯，双脚踩进消毒池消毒，刷卡显示我们第一组离船的客人归舱信息。

等待刷卡的几分钟里，我已热得头上冒烟，整个人如置身在蒸笼中。边走边拿掉围巾、帽子、手套，回到房间迫不及待脱靴、换裤，像剥洋葱一般，扯掉棉毛衫、背心贴的暖宝宝。冲过热水浴，人舒服极了！南极啊，其实你的夏天（11月至次年2月底）并非我想象的那么冷。当然，一个多小时的感受并不能证明南极的酷寒。

浮冰

去到餐厅，菜品不齐，但还是得吃点，为下午的登陆冰山项目储备能量。

登丹科岛看企鹅
2019 年 2 月 15 日

13:30 再次经浮冰广场区登陆丹科岛。丹科岛以 1899 年比利时地质学家、探险家埃米尔·丹科的名字命名。这里是他为科学献生的纪念地。

雪花漫天纷飞，天空阴云密布，有团友问："会不会下雨啊？"探险队队员说："放心，南极只有下雪，没有下雨。"南极冰山被巨大的冰盖冻结，没有蒸发的水分就不可能形成积雨云，哪有雨？讲座上讲过，南极史上最低温度接近零下 94 摄氏度，现在是南极的夏天，白天气温 2—3 摄氏度，或零下几摄氏度，不会太冷。

一个团友指向一座高大的蓝色冰山让大家仔细看，两只企鹅站在错层冰山上，如一张巨幅白纸上的两个小标点。我不禁想，它们站在上面是观景，还是远离同类在那儿谈情说爱？

— 099 —

一阵狂风吹过,我赶忙紧紧地压住耳朵。尽管戴着棉帽,那凛冽强劲的风还是无孔不入,使劲往耳鼻里钻,直袭心肺。

游客在探险队队员的帮扶下下了冲锋艇,登陆丹科岛。这里海拔不算太高,我抓紧时间登山,企鹅群就在前面。地上是刚下的新雪,较为松软。踏着厚厚的积雪,一步步往山上走。刚开始,雪堆下是岩石,走得还踏实。越往上走,脚陷进雪里越深,借助雪杖才能一步一步走稳。我踩着前面人的脚印努力往上爬,突然一脚踩进一个齐膝盖的雪洞,好不容易把脚抽出来,再走。走着走着又滑倒,我干脆坐在雪地上。眼看与队友们距离拉远。没想到,有几只企鹅向我摇摇摆摆走来!不是我靠你太近,是你来亲近我哈。不过,我牢记规则——与企鹅必须保持5米远,我急忙用屁股在雪地滑行躲开这几只企鹅。

上到半山腰,有上百只企鹅密集聚在一块儿。有金图企鹅,有阿德利企鹅,还有帽带企鹅。帽带企鹅的特点,是从脸部到颈子有条线,如同人怕风吹翻帽子,拴住颈部的帽带。岩石上集结的企鹅群密密麻麻成片。有的企鹅处于脱毛期,大风吹过,企鹅毛纷纷扬扬。风中飘过企鹅粪的臭味,挺难闻。再看向千年冰山一侧,白雪中,企鹅咋不停地朝半山走?当企鹅从我面前走过,可以看清它们挺起鼓鼓的肥大肚子,双臂朝后,那橙红鸭蹼般的短脚似乎有点承受不住那超重的身体。它们一点都不怕人,时常主动靠近人。它们对人们的照相机、手机已司空见惯。那副表情好像在对人说:你们在搞啥子呢?

有人指着说:"山腰上是群巴布亚企鹅,很多人叫它们白眉企鹅。"它们眉毛是白色的。我不远处有几只埋头啄毛对着我,头顶似一个白色的艺体"H"字母。

企鹅憨态呆萌的样子为人们所喜爱。很多来南极的旅游者抱着"看企鹅""近距离观察企鹅"的期待。

登陆南极威廉敏娜湾的丹科岛,近距离观察到那些企鹅在雪地上挺着胸,两臂如船桨,神气十足的样子。它斜眼瞪着我,一副不屑于搭理人的样子,那神情憨憨的、萌萌的。我差点笑出声,但赶快用冰冷的手蒙住嘴,怕惊扰这些"南极原住民"。

团友们往雪山更高处攀登,我则被这些企鹅吸引在半山腰,它们实在太可爱了。我睁大眼睛打量它们,想把这一切深深刻在脑海里,与企鹅如此亲近的机会,平生不多。

南极最知名的海洋动物当属企鹅。科学家们统计,全世界的企鹅有十八种(也不排除极地深处还有未知企鹅种群),在南极仅阿德利企鹅就超过5000万只。南极企鹅数量占世界85%以上,种类分别是:阿德利企鹅属3种,分别是巴布亚企鹅、南极企鹅、阿德利企鹅;此外还有帽带企鹅、跳岩企鹅、凤冠企鹅、竖冠企鹅、响弦角企鹅、冠企鹅、长冠企鹅和史氏角企鹅等。

企鹅

今天是我第三次看企鹅，第一次是在 2002 年 11 月 18 日，在南非开普敦看企鹅。那时正是南非春夏交替的季节，非洲强烈的阳光照得海水泛着银波，海面闪着钻石般刺眼的光。看见成群结对的企鹅上岸，人们的欢呼声鹊起，由于那时管理不严格，有的人甚至跑上沙滩靠近企鹅拍照。

第二次是 2018 年 2 月 20 日，在澳大利亚的海边"企鹅归巢"。夜色中人们坐在石台阶上等待企鹅们捕食归来，不是夜幕蒙住了游人的眼睛，而是企鹅并不算很多，且离得太远。海浪拍岸声起，当地负责这一项目的人人为地呼唤，又上来一群企鹅，看台上的人发出尖叫声。终于有人引领，朝来时方向往回走，在沿途灯光照射下看见三只一队、五只一群的企鹅，它们神色慌张、可怜巴巴地"回家"，回到那一平方米左右的小木屋蜗居。

今天在南极看企鹅群是平生第三次（不包括海洋博物馆）。

南极由于自然地理屏障隔绝，且去南极路途遥远，南极企鹅在这里几乎没有天敌，它们对人类不存戒心也无防备，这使它们呆萌的天性在这纯洁的冰雪中得到大自然的呵护。

能在雪地里看企鹅，我认为这是最为完美的。企鹅、洋流、冰山、雪地、强风，让人们浮躁的心沉静下来，一切烦恼似乎烟消云散，心灵被净化，与大自然融为一体。

与企鹅合影

离开企鹅群，我借助雪杖在雪地里走了一会儿，只见攀登雪山的队伍身影越来越小。我慢慢走向半山腰，不过就拐了一个小弯，冰山背后有一座更高的冰山被冰盖牢牢压住。与先前看到的画面完全不同：下面是洋流结成的偌大冰川，侧面冰峰似巨型刀尖直指苍穹，寒气再起，寒风凛冽袭人。冰山巍峨挺拔的身躯屹立在这无垠的冰雪世界，我心中一阵颤抖，在震撼中仰望，静静地行庄严的注目礼！

瞬间，一股难以言表的情绪涌上心头。南极，我不就冲着您这鬼斧神工般的冰山而来的吗？眼眶满含热泪，不经意溢出眼角。我用手套拭擦，猛感铁砂划面，只好手下留情。

请两位下山的团友帮我拍照。其中一位递给我一面小的五星红旗，我手冻得没接稳，怕踩住红旗，反而让自己摔倒。在这苍茫冰山上，红旗显得特别美丽，我将五星红旗高高举过头顶，开心地连拍了几张，留下与南极的合影。

在南极旅游，一般情况下，一天内只安排一次浮冰广场巡游和一次登岛活动。由于几天前的突发事件耽误了 30 多个小时，今天晚餐后安排游客加一次巡游和一次登岛。

这边浮冰底部似蓝色水晶，那底座发出晶莹的蓝色且诡异的光芒，状如莲座、白鹅、大船、将要腾飞的飞机……冲锋艇在水上变换一个方向，浮冰又变成另一种模样，每个角度都能变幻出不同形状。浮冰包围了冲锋艇，近在咫尺的浮冰唾手可得。汤姆停下来，弯腰打捞起一块大约 10 多千克的浮冰，说这是块黑冰。分明是晶莹剔透如水晶般的大冰块，为什么说它是黑冰？原来，它经历了几千年挤压，密度特别大，虽然部分透明，但在水中呈黑色，故谓之"黑冰"。大家轮流抱起这冰块合影。我屏住呼吸，用双手及腹部托起这块 10 多千克重的"千岁冰龄"的大家伙，难以表述的喜悦直达心脏肺腑，豪气升腾之感尽在不言中。

怀抱浮冰

经阿根廷布朗站同意，我们踏上布朗科考站的观测塔。布朗站于1951年建立，在南极名气不算大，却是独一无二的，因它所在的区域是地球最南端的一块极地。在布朗站，我和领队拉起一面有着特殊意义的五星红旗，愿中阿友谊长存。

冲锋艇在巨型冰山冰河的环绕中驶过，有的地方让人倒抽寒气。一个多小时晚间巡游，我看到更多冰雪美景。

再游浮冰广场——沙考港普鲁纽湾
2019年2月16日

06:15广播叫早：请大家注意，我们乘坐的邮轮预计15分钟之后巡游利马尔水道。

利马尔水道长11千米，宽1.6千米，是一条狭窄的水道，从北端入口的瑞纳角至南端的克鲁斯角。狭长的水道将布鲁斯岛与南极大陆分隔，使其更添雄伟壮丽且诡异的气息。水道最狭窄处为800米宽，两侧有高达300米的冰山和山峰冰盖。所以当冰山和浮冰多时，导致多数游轮驾驶操作难度加大。尽管如此，却吸引力倍增。

06:30—07:00甲板巡游，前往彼特门岛。该岛位于葛拉汉地的基辅半岛西北岸，长1.8千米，宽1.2千米，最高海拔高度250米，由德国探险队发现。这里有可能看到"食蟹海豹""豹海豹"和"威德尔"海豹，海豹们卧冰酣睡或嬉戏的场景，在其他地方绝不可能见到的。岛上大约有3000多对巴布亚企鹅栖居，同时还有阿德利企鹅、金图企鹅成群结队在岛上安家，这里被国际鸟盟列为南极重点海鸟区。

09:00，我们乘坐冲锋艇再次巡游浮冰广场。

沙考港位于布斯岛的北岸，1904年由探险家沙考所发现。普雷纽湾位于利马尔水道的南端，将霍夫曼岛与布鲁斯岛分隔两侧。在这里，我们可以见到搁浅的冰山。很多平顶冰山与千年老冰在此不断滚动触底，形成众多的浮冰，因此命名为浮冰广场。

浮冰广场昨天不是巡游过了吗？

实际上，南极的浮冰广场千姿百态。没有一座冰山与另一座冰山完全相同，也没有两块长相完全相同的浮冰，要仔细分辨你才会发现其中差异，这就是南极冰山与浮冰的魅力。

这次驾驶冲锋艇的驾手是来自台湾的生物老师、夸克探险队队员薛女士。她重点研究浮游生物项目，对南极的海洋生物哪些是阶段浮游、哪些是一生浮游曾做过多年的跟踪研究。

我们今天巡游看到的冰山与昨天的冰山群差别太大了，有的冰山诡异，用文字无法准确形容他们诡异在何处。经过之处浮冰底座泛着神秘的蓝光，有如在浮冰中安装着蓝色的灯座，如古典神话里神仙的坐骑一般。一座座小冰山、一朵朵浮冰慢慢地游弋在人们眼前，好几次我眼眶湿润，那种透彻心扉的激动让人无法平静。

薛女士不愧为教师，她读懂了大多数游客的眼神，一边缓缓地驾驶着冲锋艇，一边为我们讲解蓝冰的知识："阳光照射积雪，气温骤降。阳光被骤冷锁入冰层，再后来形成了蓝冰、绿冰，甚至还有红冰等。"

浮冰海豹
2019 年 2 月 16 日

浮冰越来越密集，冲锋艇缓慢驶离了浮冰圈，加速驶到更大的浮冰冰床前。离我们最近的浮冰上躺着一只浅褐色的海豹，皮毛布满斑点状花纹。这个便是讲座里生物专家讲过的豹海豹。它那流线型的肥硕身体简直像吹胀了的气球，滚圆鼓胀。它那厚厚的皮下脂肪十分保暖，据说这种海豹一只重达约 150 千克，身长 1.5～2 米。冰床的另一端还有两群海豹。一群三只，另一群有五只以上，它们应该是一家子。海豹社会实行一夫多妻制。发情期，一只雌海豹身后会跟着数只雄海豹，雄海豹相互用牙齿撕咬，暴力到让对方皮开肉绽。胜出者与雌海豹潜入海中交欢，留下后代。

为了让我们更清楚地看到海豹的样子，薛女士轻轻将冲锋艇靠拢那块浮冰，轻声告诉大家不要出声，静静地观察。两三分钟之后，熟睡中的这只豹海豹将尾部上翘，身体、脸部侧转，对上我们的视线。圆脑袋，发亮的圆眼，鼻突出，两个鼻孔；唇长须，背宽；耳朵退化，仅两耳洞。海豹前脚稍短于后脚，鳍脚有毛，五趾上长有指甲，趾间有蹼相连。我有生以来第一次把海豹看得如此清晰！如果手伸长一点，就能抚摸到海豹的皮毛了。

在南极，人们谨遵纪律。自律是游客的基本素质之一。人们屏住呼吸，怕呼出的热气惊到海豹。它翻了个身，竟又酣睡入梦。冰床另一端三只海豹，其中两只肢体对立着，似乎在热议什么。意见不同时，你抓我一下，我又挠你一爪。另一只趴在旁边昂首观战，妙趣横生。目睹这些海洋动物，近距离观察它们，机会绝佳、难逢。

转过另一处浮冰广场，到了沙考港的普鲁纽湾。这边风景与前大不相同。深灰、带着暗褐色的礁石密布，怪石嶙峋，在风浪的拍打下，时不时闪过暗光。这一片是海豹群居的岛屿，岛屿上栖息着成百上千只毛皮乌黑发亮的海豹。探险队队员说，这里有威德尔海豹、食蟹海豹，它们体型不及豹海豹，但攻击能力特别强。尽管距离较远，但隐隐之中能听到海豹们互殴时在寒风中的阵阵声波。

冲锋艇靠近一处礁石前。十多只海豹在相互嬉戏，风浪拍案而起，它们身体油光水滑。它们皮下脂肪厚实紧密，抗严寒能力极强，滚圆的身体下到海里会产生浮力。在这不适宜人类居住的南极极地，刺骨的冰水，几分钟可致人死亡。可看眼前这些海豹们在这里却生活得如此惬意。它们是逃过当年猎鲸时代、捕猎海豹炼取海豹油的野蛮时代，海洋生物的后裔们。特别在《南极条约》签订之后，它们成为南极的宠物。南极海豹已申报并列为国家一级保护海洋动物。

尽管听过专家的讲座，但不是学生物专业的人，根本分不清它们的种类。其实这并不重要，重要的是它们真实出现在你眼前，与你近距离相对过。

海豹

探险队队长洛丽
2019 年 2 月 16 日

每年 11 月中旬至次年 2 月，是南极的夏天，2 月中旬已近夏末时节。天哪，这凛冽寒风，让人感受了如此不同的夏天！

我们将登陆一座千年冰山侧的雪山。今天所到之处不同于昨日登陆的地貌。冲锋艇靠岸前，夸克探险队队长洛丽及四五名队员早在岸边等候，事前探险队已早早探明今天登陆的路线，插上小黄旗做好路标。

眼前这位个头一米六五左右的健硕女子，肌肉紧实，目光坚定，给我留下的印象十分深刻。她是加拿大人，七年前加入夸克探险队，拥有海运物流和经营管理背景，曾在多伦多某大帆船航行培训机构工作。她去过南极、北极 80 多次，期待与所有客人一起探索极地无与伦比的雄伟壮观和海洋生物。我看着她，真的不敢相信这个小女生去过南极、北极 80 多次。

洛丽队长笑容满面地与我行水手式握手礼，我感到她握手的气场不同于一般女人的力量。她握住我的小臂，手如钳子般有力，面部却和善、友爱。在讲座上，我目睹过洛丽队长主持召开探险队全体会议，组织能力出众，是一位值得敬重的人物，一位非凡的女性。

南极苔藓
2019 年 2 月 16 日

探险队队员将我们这艘冲锋艇上十位旅客一一接到岸边，登陆的地面又湿又滑，他们早已用垫子铺在石头上，让大家小心地踩过去。我观察了一下，完全可以从一个滚圆的大石头另一侧走过，这样会相对平稳一些，可他们却带领我们绕过石头上岸。后来才知道，原来这块石头的另一面下方生长着一些毫不起眼的、并不好看的稀疏苔藓。为了保护南极这些难得的植物，探险队队员宁愿绕道行走。

苔藓，植物界低等植物。在南极残酷的生态环境下，生长极其不易，这些在讲座中已听过。我们经过的这块大石头另一侧底部那些稀稀疏疏、墨绿、扁平的苔藓，紧紧地咬着石头表面。这些植物界的小生命，有的据说一年中仅有一个多月的生命。

登雪山
2019 年 2 月 16 日

　　狂风起，一阵雪花飘落，我们登陆上了沙考港。迎着风雪，我们陆续向雪山上爬。积雪蓬松柔软，登陆靴与雪的摩擦发出嘎吱嘎吱的响声。放慢脚步躬下身子听，这声音极具动感、旋律优美！眼见一片粉红色雪地，我心想，这么一大片粉雪，一团团猩红，又脏还发出阵阵恶臭，与坡上洁白的雪景完全不同。几只企鹅路过才发现，是它们的排泄物导致的。讲座有说过，企鹅吃进一种藻类、磷虾，排出的粪便是粉红色的。

　　大部分队友已经向雪山攀登，我拄着雪杖尽可能跟上。越往山上，新雪铺过的山路越来越难走，一不小心脚容易陷进雪洞，盖过小腿。一阵寒风吹过，我脚下不稳，被刮倒，稍过一会儿再爬起来，继续往雪山上爬。这爬雪山比爬山路难多了。实在走不动了，我停在原地，看着眼前白茫茫的雪地，看直入苍穹的冰盖、冰峰在南极宁静屹立，千万年或上亿年，敬而生畏。我艰难地上到半山腰，发现很多队友在看热闹，不由地加快脚步跟上去。

海狗求偶记
2019 年 2 月 16 日

　　探险队队员指着约 20 米远处的石头上几只黑黝黝的东西说："那些是海狗。眼下是海狗的发情期，海狗在南极的夏天发情交配。这时它们心情烦躁，千万不要走近看，要保持 20 米以上距离，以免海狗伤人。"看见了，看见了，在近点的冰上，我看到躺着一只肥胖的海狗。它翻了个身，懒洋洋地不咋想动，一只海狗走到它躺着的卧榻边，摇头晃脑地想引起"睡美人"的关注。

　　探险队队员介绍，躺着的是雌性，站着的那只是雄性，发情期的雌性海狗不想动弹，等待那些雄性来求爱。只见那只雄性海狗搔首弄姿，可雌性海狗可并不理会。那只雄性海狗只得怏怏地向另外一只海狗走去。没走几步，它又回头看了几眼，或许在想天涯何处无芳草……这幕"情景剧"有趣极了。

雪山·企鹅·人与自然
2019 年 2 月 16 日

　　观罢海狗求偶，沿着小黄旗登上海拔并不算高的雪山，每走一步都不轻松。歇脚时向海岸望去，那巍峨挺立于南极千万年或近亿年的冰山确实让人心生敬畏。

　　海岸的另一端，山坡上站满企鹅，至少有好几百上千只。我想从坡上走到距离更近的地方观看企鹅，但两杆小黄旗拼成"X"形（禁行标志），挡住了路。于是我双手捧起松雪，拍实做个板凳，脚下挖个坑，坐下静观企鹅们。几只企鹅排着队经过我面前，闯入我的视线。仔细观察，橘红色的短脚支撑着超重的身体，脚趾间如鸭蹼，跖行性（其他鸟类是脚趾着地），前肢呈鱼鳍状，人们通常认为是翅膀，但其实企鹅不能飞翔。此时的我比昨天更加专注地看企鹅。它们黑色的头，眼睛上是粗粗的白眉，红嘴壳，雪白的肚皮；颈、鳍、背如曲线滑落，油漆般黑色的羽毛。这群是阿德利企鹅，后面一群是巴布亚企鹅。有的企鹅与团队保持着一定距离，或是打盹儿，或是发呆。有几只一会儿望着天空，一会儿甩动脑袋，显得烦躁不安的样子。仔细打量它们身上的毛，不顺滑，不整齐——这些企鹅正处在换毛期。又是一阵凛冽的寒风，羽毛在风中旋转，空中飘来带着酸味的恶臭。我撑起腰板起身，膝盖发出咔嚓声。这是老骨头发出的警告，得悠着点用哟！

　　从雪山半山腰往海岸边走去。上雪山难，下雪山更难。雪的表层有冰，走起来不断打滑，没走多远我就摔了几跤。干脆用雪杖狠狠插进侧边的雪里，用屁股磨着往下滑行，像儿时玩梭梭板一般。就这样，滑滑停停，一会儿前方出现陡坡，若不打住，滑进大洋就惨了！我努力借助雪杖站起来，愣在那里，不知如何走才好。

　　雪坡上，一对恋人在雪景中面对面，好不温馨。那男子也许早在高处看到我的囧样，他走向我，操着一口东北话说："姑娘，你抓紧我的小臂，水手式握手，脚踩稳，一步一步退着走。"他在斜坡上，我慢慢退着下山，这种方法挺奏效。我们都戴着大号防雪镜、防雪帽子、自带式口罩，双方完全看不清对方的脸。大概走了 10 多米远，他让我一定要踩在前行者走的脚印窝走才稳当，不会摔跤。男士

企鹅

离开，迅速回到恋人身边。我想起他以"姑娘"称呼我这老太太，便自顾自笑了起来。

再回到粉红雪地岸边，几只脏兮兮、白肚皮上沾着猩红斑点的企鹅，摇摇摆摆跳进冰水中扑腾几下，黑白分明的身体又恢复了原貌。

这次不用原班人马坐一艘冲锋艇，坐满十个人就走。有爬雪山的，有静观企鹅的，有望着千年冰山不停摄像拍照的，甚至有人"望洋兴叹"，大家用各自喜欢的方式享受南极的美。

冰山一角坍塌记
2019年2月16日

这次驾驶冲锋艇的是探险队的宝拉——来自智利的向导。

宝拉驾着冲锋艇急速前进，浪花溅到脸上、身上，这才知道冲锋衣、防水裤、冲锋靴太奏效了。绕过浮冰广场，冲锋艇放慢速度，沿着一座千年平顶冰山慢慢向前。这简直是一座冰长城，让人震撼，也让人亢奋，大家长枪短炮咔嚓咔嚓对着这"巨无霸"狂拍。冰墙边呈现出不同的蓝色、绿色纵向冰隙，每条冰隙的纹样不同，因不同的深度呈现出不一样的蓝色，这是南极凛冽的风刀霜剑雕刻形成的。

专业摄影师请宝拉靠近点、再靠近点。

突然，宝拉把舵冲锋艇，如离弦之箭，风驰电掣般驶离冰城墙。冲锋艇把舵上扬，冰冷的海水溅满全身，突然耳边响起轰隆隆的冰山坍塌入水的声音！好险！冲锋艇停在远处掉头，我们眼见冰山一角还在坍塌，被塌冰冲击起的巨大水柱冲向天空，灰白色的水雾久久不见消散。

有队友笑着说："好险啊，若不是宝拉有经验，跑得快，搞不好我等就沉入南极海洋里，多年之后便成为冰封的木乃伊了。"我倒吸一口冷气，笑不起来。

返回到游轮船舷边，已有船工等候接我们上船。一位身穿深蓝色连体工装的紫铜肤色壮汉向我伸来一张宽大的手，有力地抓紧我的小臂，接我到船舷上，友善的微笑中露出一口雪白的牙齿。

回到房间，我脱下救生背心、冲锋衣、防水裤、冲锋靴等，赶忙展开纸，记录下今天的难忘时光。

浮冰

夜深人未央，我做着自认为重要的事情——清理明信片和一些纸质资料。整齐装进卷宗，再小心放进背包。

明天我们将登陆中国长城科考站。我们每人可以在长城站盖十个印章，意义非同一般，定要好生收藏。

风雪大餐
2019 年 2 月 16 日

一顿别开生面的烧烤大餐在游轮六层甲板拉开帷幕。

早早的，我们还在雪地观企鹅、爬雪山，厨师团队就开始为今天的晚餐忙碌。甲板上，摆起条桌，4 排 52 个座位，等待食客就座。

甲板阶梯下，正中椭圆形泳池里，停放着冲锋艇，池边木制的围栏作为临时餐桌，游轮两边的栏杆下还摆着六七张餐桌。所有餐桌铺着雪白的台布，枣红色的餐巾显得特别鲜艳醒目。

可惜天公不作美，灰白的天宇被越来越厚的铅色云层笼罩，大片大片的雪花密密集集来凑热闹。

雪越下越大，冲锋艇上面已积上厚厚的雪，洁白的桌布看上去像长出白毛。藤椅座位上已经铺上"雪垫"，风雪纷飞中，食客们依然热情满满。

两只烤熟的黄酥酥、香喷喷的乳猪最受欢迎，旅客们排着长队等待厨师切片，开成条装到游客盘里。刚出炉的烤乳猪，那香酥金黄的皮酥脆可口，那肉一片开，香味直入鼻孔，人不由胃口大开。有人要带皮的，有人要皮下的瘦肉，不一会儿，乳猪背上只剩下一条小排骨。

旁边的烤炉架上正烤着牛肉饼，有油滴下，火焰熊熊。牛肉饼烤熟后，各人根据爱好选择添加酱料。锡箔纸还包着众多的食物等候烧烤，有烤鱼，还有烤海鲜。一边是火焰，烧烤厨师身穿短袖工作服，头戴白色厨师高帽，面颊、下巴挂着汗水；一边是冰雪，食客个个身穿防寒服，戴着帽子。

除了各种烧烤，还有意大利面、扬州炒饭、奶汤玉米段、南瓜汤、坚果等。

游客们摩肩擦背挤过，口中念念有词："热闹，真是太热闹了！"

　　中国在南极建立的第一个科学考察站——长城站，位于南瑟特兰群岛东南端的乔治王岛。这里最早由 1599 年 9 月 15 日抵达此地的荷兰人葛利兹发现，而英国人史密斯则在 1819 年 2 月 19 日又发现它们，后来在 10 月 16 日重返并宣布其主权，命名为"乔治王岛"。

　　岛上有企鹅筑巢群栖，此外还有巨海燕、蓝眼海鸭、多种海鸥等，在空中盘旋飞翔或在悬崖峭壁上筑巢。南极仅有的两种植物苔藓和地衣类，也在岛上利用短暂的夏季蓬勃地生长。我们将在此岛群中探寻企鹅、海鸟与海豹的行踪。

　　按原行程，预计今日登陆长城站。

　　海钻石号已停泊在长城湾，等待长城站的回复。我心情忐忑，难以平静。记得行前有朋友讲过："因各种原因扰乱了长城站科研工作秩序，现在去南极只能在游船上远眺长城站，不能登陆。"

南极长城站

　　我走向甲板的另一边，深深地吸上一口南极清新、纯净的空气，烦躁的心情平静了些许。一座漂亮雄伟的平顶冰山，顶部是洁白雪盖，山身是高大的蓝色冰墙。冰墙墙底有六七个浅蓝色、蓝灰色和幽深的冰洞，似一座大桥不同形状的桥洞。有的洞如仙雾缥缈，有的幽深莫测，让人越看越感到神奇。

　　7:30，房间叫早电话声响起，广播通知早餐时间到，抓紧一个小时用餐。早餐时，大家都在讨论着能否登陆长城站。

　　9:45，广播响起：接到长城站回复，同意我们10:00—11:20登陆长城科考站，拍照、盖纪念章、参观博物馆。

　　大家热烈欢呼！终于等到这好消息！太好了！太好了！

　　我们乘坐的冲锋艇已靠近长城站停稳，我迅速下了冲锋艇，蹚过冰水上岸，一路小跑，当双脚站在长城站的陆地上，一种豪迈感油然而生。山上八个大红色字伫立岩石上：爱国、求实、创新、拼搏。这是中国精神，也是长城站精神。一个大红集装箱和一个灰白集装箱摆在岸边。那大红色的箱体七个醒目的白字"中国南极考察队"，下面一排写着CHINARE。众人已迫不及待在大红集装箱前相互拍照。

　　紧接着，我跑到长城站一号栋玫瑰红的房子前照相。玫瑰红色的一号栋，是1985年1月20日竣工的，也是中国南极长城考察站的主体工程。房屋底部悬空

南极长城站巨石

一米多高，是为减轻浮冰及潮起潮落对房屋建筑的损坏。这栋貌似板房的建筑物，是中国在南极建立的首个永久建筑物，标志着中国认识南极、保护南极、研究南极的开端。2011年在第34届南极条约协商国会议上，一号栋被定为南极历史纪念建筑，永久保存！

然后，我来到长城站直升机坪，庄重地站在大红圈中"H"字母上拍照。背景是飘扬的五星红旗，囊括了一号栋、汉白玉围栏里的长城和钟、石狮子和52号巨石、大红色的博物馆、蓝色的宝钢楼。胸中豪情难以言表，这是伟大祖国在南极建立的第一个科学考察站，有上千吨物资，有多少科考人员在这直升机停机坪起落，能在这里站站的人是荣幸、幸福、自豪的。

登上长城站的游客逐渐增多，大家争先恐后地跑到长城站博物馆排队盖纪念章，或在具有纪念意义的物体前拍照、摄影。我返回到长城和钟前拍照，再到石狮子和长城站巨石前摄影。长城巨石，像一只大脚板稳稳地踩在考察站露天广场上。将巨石上刻着的文字快速默读一遍，拍下照片，这是有别于其他地方，有特殊意义的中国石头。

我大步向前走向长城站的博物馆，馆内人挨人等待盖章。不想浪费时间，我返回中国少年纪念标前面，世界地图顶部是少先队队徽，万里长城蜿蜒于世界地图中。一只大熊猫和一只企鹅憨态可掬地站立在前面，下书"为表示中国少年儿童对南极长城站的纪念及对人类和平利用南极的美好愿望，特设此标。"

长城考察站博物馆外立着3根杆子，上面钉着不少牌子，定睛看是长城站距离祖国各地的里程数字标注。我大约数了一下，有46个牌子，但却没有成都。

隔几步远，站着3位长城站科考人员，两位身着长城站连体工装，另一位身穿防寒服，三人正面对面谈话。我走近请教他们："这儿几十块牌子咋就不见成都或者四川的其他地方呢？"

回答是："科考队员来到长城站工作，自己动手制作一个家乡的木牌，按照相关部门核准的公里数用油漆写上数字钉到标杆上。这里没四川人，所以也就没有成都的牌子。"

我有些失望，叹息一声，悻悻离开。

观长城站博物馆
2019 年 2 月 17 日

再次走进博物馆时，只有 3 位游客在排队。轮到我时，我把事先准备好的 10 张明信片展开呈扇形摆放，那位先生很快帮我盖上纪念章。

纪念章直径 3 厘米，两只和平鸽站立在冰山上欲展翅飞翔，印章上写着"中国第 35 次南极考察纪念章"。轻轻吹干印章上的油，把盖过章的明信片如获至宝般放进包里。

随后翻阅一本留言簿，盖章的先生说这是贵宾留言簿，供大家写的。

我莽撞地问道："我可以在上面写几个字吗？"

他说："当然可以，你写吧。"

我高兴地拿起笔迅速写下：

南极留痕

何文　四川·成都　2019.2.17

多么希望成都的科研人员尽早来到南极考察站

立上四川·成都的牌子

进入长城站，了解长城站，了解中国在南大洋、南极洲的科学发展步伐，没有比现场参观长城站博物馆馆藏更有视觉冲击力的了。展厅正中，玻璃罩着长城站位于乔治王岛、长城湾的各科研楼的沙盘、微缩模型。主展厅左面墙上挂着一幅羢绣万里长城挂屏，巍峨磅礴的长城、锦绣的八达岭，使长城站与中华形象更完美地贴合。展厅右墙上是长城科考站博物馆介绍。展馆内若干张照片和发黄的历史文献记录了长城站建站前后近 40 年的发展足迹。玻璃展柜里陈列的文献弥足珍贵。

《解放日报》1984 年 12 月 27 日登载的各国南极考察、建立科考站的时间、进展、数量。

我国科学家张青松、董兆乾 1980 年 1 月首次与澳大利亚科学工作者登上南极。随后几年间，我国有 32 名科学工作者与澳大利亚、智利、阿根廷等国家友好合作登上南极，为在南极建立科学考察站奠定了基础。

1984年12月27日，在《文汇报》报眼位置登载："我南极考察船队征服大浪大涌横渡太平洋到达南极洲，国家科委致电祝贺：盛赞远征南极的勇士不畏艰险，善于探索的革命精神。"同时报道了："我考察队在南极选择建站地址。"

1984年12月26日早晨5时6分（南极洲南瑟特兰群岛时间，约国内时间12月26日17:00），选择建立中国南极长城站站址。岛上白雪皑皑，寒风凛冽，企鹅无数……南极考察队由水兵、船员、队员们组成突击队，登陆后做好一切准备。

1984年，中国首次派出科学考察船于当年11月20日从上海出发，满载着由591名各学科专家组成的"向阳红10号"和中国海军抽调组成的"J121"救生船，从上海出发奔赴南极，建立科学考察站。

在海洋的大风大浪中被极端气候肆虐的科考队员们，呕吐不止，反应强烈的一天呕吐十几二十次，以致无法进食，难以站立。他们深知肩负重任，强吞硬咽，吐了又吃，终于熬过晕船关，登陆乔治王岛的东南端。

选择建立长城站的地址却遇上前所未有的艰难险阻：千年冰盖下的冻土、8级以上的狂风雪暴、冰山、冰盖下难以预测的复杂地质环境，队员们探测、转移、再探测终于选定现在的长城站站址。

1985年1月，长城站正式动工修建。打地基、水泥浇筑、固定，刚进入下道工序，前面的基柱已被暴风摧毁。大风天，别说正常工作了，有时连人都站不稳，吹倒了又爬起来，摧毁的又再建，不知反复多少次。有的外国考察队科研人员像来看热闹一样，断言中国人根本不可能在南极建立起科学考察站。

1985年2月20日，长城站落成并启用（离建站实际仅27天时间）。其间，外国科学家问我国建站工程人员："你们国家给你们好多钱？这么卖力！"科学家骄傲地回答："祖国信任！"

往里走，有几间不大的展厅。第一间展厅不过10多平方米，陈列着长城站元老级文物——仪器、仪表等，这些是长城站建站初期使用过的设备，有的表面油漆脱落、锈迹斑斑。房间中，一模特穿着一件橙红色撞黑色的多口袋款连体工装，这是长城站的工作服。模特左脚边地上，放着一条长方形手工制作的小木板凳，就是那些年看露天电影大人娃娃都坐过的那种小板凳，极具年代感。这小板凳的不同之处是凳面上写着"第三次南极考察"。看得出它被桐油漆过，黑漆写的字迹磨掉不少，可见小板凳的主人多爱它，三次南极考察都带着。30多年过去了，陈列在长城站，它也够幸运啦！

第二间展厅里安放着两张窄小的单人床，两张床之间的灯柜上面放着一台电视机，再上面放着一台收音机。左床尾摆放着一台20世纪80年代产的上海蝴蝶牌脚踏缝纫机，我仿佛听到它为考察队员缝缝补补的声音，那声音未曾走远，犹在耳畔。

每间展厅的墙上挂满中国赴南极考察的工作照、业余生活照，如乒乓球比赛、冬泳、庆祝中国申奥成功等若干照片。

第三间展厅墙上挂着中国南极考察队从 1985 年第一次建立长城站到后来历年的南极、北极、极地科考印迹。

1985 年 1 月 20 日，长城站动工修建，建成总用时 27 天。同年 2 月 20 日，长城站正式启用，站址：南极洲南瑟特兰群岛乔治王岛东南端。

1989 年，中山站建立，位于东南极洲拉斯曼丘陵。

2009 年，昆仑站建立，这是南极内陆考察站，位于离南极海岸线最远的冰穹 A 地区。未被登顶过的南极最高点——冰穹 A，海拔 4093 米，极度缺氧，气温常年在零下 80 摄氏度以下，气候恶劣，冰隙重重，被称为"人类不可到达的生命禁区"。中国科学家硬是冲破艰难险阻建成了考察站。

2014 年，泰山站建立，位于中山站与冰穹 A 之间。

最新建成的罗斯海新站，位于罗斯岛埃里伯斯火山附近。

2018 年 11 月 2 日，中国第 35 次南极科考队乘"雪龙号"从上海启程，挺进南极。中山站到南极冰盖之巅冰穹 A，是中国科学考察队开辟出的一条著名的"冰雪之路"。"雪龙号"是我国运行在极地的考察船，1994 年首次执行南极考察任务，已 22 次赴南极和 9 次赴北极执行极地科学考察重任。

南极没有春、秋季节，只有冬季和夏季（每年 11 月至次年 3 月初）。夏天，长城站最多能容纳 45 位科考队员，冬季只有 14 位科考人员留守长城站坚持研究或监测工作。长城站的科研项目从当初的气象学、地磁学、大气物理学、空间物理学、地球科学、大气科学、生物科学、生态科学、朝文测井、卫星通信等已向纵深领域研究发展，我国已进入极地科学研究强国行列。

展文中让我极为感动的是 1985 年 1 月修建长城站之初，上万吨的设备、仪表等物资中有近 200 个裹尸袋，这是备用物资的其中一种。它见证了科考队员们面对困难勇往直前的大无畏精神！这是中华民族的伟大精神！

多年来，更多的科学工作者为中国极地科学研究默默付出，为中国在南极条约协商国争取到国际话语权、表决权。

探险队队员再次催我离开长城站，尽快上冲锋艇返回游轮。我只好依依不舍地离开。

从长城站回到房间，室友郁闷地对我说："与我同行来南极的两位亲戚，一到长城站就跑到博物馆排队等盖邮戳，除了旅游公司每人发的 10 张明信片自己又买了好多张，一次只能盖 10 张，她们排了几次才盖完。娘俩在长城站连张照片都没留下就硬让探险队队员'赶回'冲锋艇。多可惜啊！"听了这"悲剧"，庆幸自己的决定是明智的，没有把时间浪费在排队上。

接下来的活动有跳海体验，巡游海豹岛、冰山（原安排登企鹅岛，夸克探险队考察风浪太大，无法靠近冰山，改为巡游），晚上开香槟酒庆祝南极之旅成功。

19:00，广播通知：海钻石号启程返航。

纪录片《南极长城站》
2019 年 2 月 18 日

今天，天空飞着鹅毛大雪，云层阴暗，船不停晃动，颠得很厉害。

游轮返航，要再次经过德雷克海峡，我心中不免紧张，怕像来时那样晕船。好在这么多天船上的生活，我已适应了，我到甲板上呼吸南极清新空气，观赏海鸟分散紧张情绪，晕船的症状有所缓解。不能错过南极归程中的风光，我抓紧时间感受南极的不同凡响。

11:30—12:20，播放纪录片《南极长城站》，大部分游客都在认真观看。

纪录片的胶片距今已 34 年，很多镜头模糊不清或出现马赛克，但画面依旧让人泪眼婆娑。这些弥足珍贵的影像资料，记录着那些伟大的历史。其中一段让我特别心酸和感动。那是在长城站修建的 27 天中的一次普通的用餐。建设者们分批次吃饭，吃着吃着，他们不约而同停下手中的筷子、放下碗，把菜盆中的烩白菜留给轮班、还没来吃饭的同志。要知道，当时运输到南极的物资中以设备、设施为主，蔬菜是很稀缺的。

接下来播放了由董卿主持的《朗读者》——《梦圆乔治王岛》专题片。董卿采访了南极长城站首任站长、首次南极考察队队长郭琨（81 岁），首次南极考察队副队长张青松（73 岁），首次南极考察队队员刘小汉博士，他们讲述了中国南极长城站——中国走向全球的第一个科学考察站的重大意义。

刘小汉博士讲："有幸参与南极长城站的建设，让自己学习的专业为祖国建设添砖加瓦。这是我们这一代科研工作者的梦想。"

联想到 2009 年 5 月 24 日下午，我在成都市图书馆参加杨丽芝主任策划的一场公益讲座——刘小汉博士的《中国南极长城考察站》，为祖国科学发展强国的拼搏精神所敬仰。

人类对南极从探险走向科考。科学的发展强大了祖国也惠及普通人。近年来，南极迎来旅游热潮。

从我 2009 年听刘小汉博士的讲座距今已经 10 年了，当时觉得南极是多么遥远！哪曾想今生有机会来到了南极。曾遥不可及的梦，竟然真的实现了。

因发布今日通知的电子屏幕出现故障，夸克探险队把这天的安排打印出来粘贴在探险队前台墙上。也许是墙面过于光滑，也许是胶水少了，纸掉到地上。人们走过，这张纸上下漂浮，捡起，装入我的日记。这张纸因南极而变得有意义。

下午有夸克探险队历史学家薄顿先生的讲座。

一开始，他用科学普及的方式介绍了薄弗风速表及南极无常的风向变化下怎样规避风险的方法，探险队怎样按风速数据为大家选择登岛路线等。紧接着，他介绍了中国在南极各时间节点的科学发展的态度和取得的成绩。

他所讲的内容，恰好作为上午我们看的纪录片《南极长城站》的补充。我由衷地感谢他，也感慨万分。在南极这块古老而神秘、至今不适宜人类居住的极寒之地，中国科学家在这里倾注心血，他们的勇士精神、爱国主义精神、攀登精神和拼搏精神，让人敬佩！在南极海钻石号邮轮上补上了这一课，终生难忘。

丰富的归程活动
2019 年 2 月 19 日

今天船上活动内容丰富，上午、下午安排得满满当当。

10 点，第一场讲座开始——中国东方生命智慧，主讲人为澳大利亚墨本大学学委会主席、北京邮电大学的蔡教授。

蔡教授以中国国学蕴藏的智慧与生命对话，用大量实例阐述了人与自然共生共存的发展方式……

接下来是夸克探险队的冰川学家诺文的讲座——"全球气候变暖"。

屏幕上放映的南极大陆的冰山、冰川，形成于几千年或上亿年之前，从探险家发现它们，迄今不过 200 年。南极大陆约 1400 万平方千米，97% 被冰雪覆盖。世界 90% 的冰在南极，占世界 70% 的淡水冰封在南极。在海拔 2000 多米高度的南极冰山，被凛冽的强风雕琢，为冰山刻上道道冰隙。强风带去的暖流使冰川出现裂隙，并且逐渐加深。

屏幕上切换为一座座美丽的壮阔的蓝色冰山，人们能看的冰山是整座冰山的极少部分，如同一位巨人头戴的礼帽顶，冰山的底部深埋在海底深处。《泰坦尼克号》这部电影相信大家都看过，1912 年 4 月 14 日那个恐怖的夜晚，1502 人罹难，705人获救，这艘排水量46000吨的（英）奥林匹克巨型邮轮1911年5月31日下水，1912年4月2日试航情况良好。灾难发生于撞击冰山一角，让人难以想象。当船上舵手报告船长，巨轮撞击冰山一角，船长深知，海水下深埋着巨大的冰山，邮轮灾难无可避免。

近年来全球气候变暖，海平面上升。占世界总冰储存量90%以上的南极冰盖，从1998以来，每年7%左右的冰体逐渐消失。截至2018年年底：南极三大冰川的厚度十年间减少了45米。冰川萎缩已达到相当惊人的地步。冰川变化已经引起世界重视，各国已积极采取应对措施。

诺文指着世界应对气候变化采取的种种科学措施，用一组组数据对比进行比较……

他讲得头头是道，但大部分听众还是一头雾水，科学普及还需太多科学家来完成，但保护地球却是每个人的责任。

12:30—13:30午餐。今天，正月十五，中国人的过大年！广播通知：欢迎大家到6楼甲板参与庆元宵包饺子活动。探险队队员中有好几位热情高涨，参与其中，学习包饺子。几位东北旅客，揉面、制皮、调馅，动作娴熟，简直称得上高手。探险队队员在北方旅客的耐心指导下包出了极不像饺子的饺子，欢声笑语充满整个游轮。这笑声，充满了中国的元宵味。

盖纪念章
2019年2月19日

4楼前台旁临时摆着两张条桌并铺着雪白的桌布，为游客盖纪念章用。纪念章包括海钻石号游轮印章、夸克探险队队章、旅行社总社印章，还有南极海洋动物的两枚印章。旅行社派专人为游客盖章，按客人需求盖在明信片或纪念物上。大家依次排队等候着。

我把从11日上船至19号写的日记的首页带来盖章，想要留下本次南极之行的纪念。正翻着日记，身后一位个头高挑的姑娘问我："你拿的什么来盖章？"

回答："我的日记。"

她又问："你写的日记？"

微笑说："我的日记当然是我写的。"

她掉头叫了她同行的两位朋友来看我的日记。两名女子问："你是否练过字？

你真的每天都写日记吗？"

我回答："每天都会动笔写字。"

她们仨说："这年头还每天动手写字，写日记的可不多了啊！"

旅行社负责盖章的人因事离开，让大家自己盖章。

我庆幸，我这么多张让他盖，他可能会嫌麻烦呢。

收起盖过纪念章的日记，日后装订，好回忆南极的美好时光。

返身乘电梯回房，早有一男士候在电梯门外。我自顾自看盖章部位图章是否端正，一口纯正"京腔"问我："你的文稿？"

未抬头的我回答："谈不上文稿，船上日记。"

"每天记？"

"嗯，每天记。"

"年轻时，我也每天记日记。"

我抬头看了看道："你现在也不老呀。"

"比你大吧！"

"不会。"

电梯门开了，光线很好，我才看清对方，50多岁，一副眼镜架在高高鼻梁上，知性的学者面孔。

他又说："看得出，你是个喜欢写作的人。"

"你呢？"

"写作是我的工作。如果你写南极，切忌用太多形容词，南极本原的美足够了！"

电梯门开了，我们相互道别，他说了句："下一步，可能会写到你。你们团，从成都只身来南极的你。"

拍卖会
2019年2月19日

17:30，一场拍卖会在海钻石号游轮5楼多功能厅举行，拍卖会共有6件拍品将分别亮相。

所有拍卖收入将全额捐献给南极企鹅及海洋动物保护基金会，用于海洋动物保护。

第一件是中国南极科学考察队纪念章一枚、南极企鹅邮票一枚。纪念章装在一个精美的红色首饰盒中，灿黄的纪念章镶在盒子中央。工作人员手持拍品，从小舞台一侧慢步移到另一侧，以便大家看得更清楚。

第二件是一幅企鹅画、一个印有企鹅的环保手提袋。

第三件是木盒里装着的六副刻有"夸克探险队"字样的专用刀叉和印有企鹅的玻璃杯。

第四件是墨尔大学代表、电影演员小陶红及另外三名墨尔大学学生拉着的一面五星红旗，红旗上有登陆南极的墨尔大学代表的集体签名。

第五件是一幅此次旅行的纪念画。画有一只企鹅、一只蓝鲸，左上角是中文题字"南极探险家"，下面写有"发现第七大陆之旅，2019年2月11日—2019年2月20日"，画面最下面是船长和探险队队长的亲笔签字。画是一位探险队队员画的，字是探险队中的中国人写在纸上，他依样画葫芦描在画上的。

我从画上发现了一个很重要的问题，找到同声翻译说："那个画上的'南极探险家'，'家'字上少了一点，没有这一点就不叫'家'了。"他立刻告诉工作人员，工作人员从拍得画的人手里取回画，补上那重要的一点。

第六件拍品非常特别——叫早的话语权。我心中奇怪，明天早晨为大家叫早的话语权也可以拍卖？

每件拍品出场，大家从50美金、100美金、120美金、150美金、200美金往上加，场面气氛热烈。我觉得这样的出价更多是为了支持南极海洋动物保护。

登陆南极探险证书
2019年2月19日

今天获得登陆南极探险证书。

证书奶黄色，A4纸大小，竖版印刷的软纸一张，并无封面包装，证书上有夸克探险队队长洛丽和船长奥力格的亲笔签字，由夸克探险队、海钻石号联合颁发。

证书盖有海钻石号印章及经IAATO认证对船舶检查留念的印章。这枚印章下有3个小字，是房号，是我在游轮上度过10天的616号房号。

颁发这张证书没有隆重的仪式，它除了能证明我到过南极，几乎没有其他作用。但我很宝贝地将它收纳进我的文件袋，唯恐弄皱了它。

2019年，我到过南极，游过浮冰广场，瞻仰过千万年的冰山，攀登风雪中的

Quark Expeditions®

Certificate of Achievement

ANTARCTIC EXPLORER

This is to certify that

HE WEN

Completed an expedition to the remote
and wild South Shetland Islands &
Antarctic Peninsula, setting foot on the
ANTARCTIC CONTINENT AT
PARADISE HARBOUR
64°53.6'S / 062°51.7'W
ON THE 15TH OF FEBRUARY 2019

CAPTAIN OLEG KLAPTENKO
MASTER OF M/V OCEAN DIAMOND

LAURIE DI VINCENZO
EXPEDITION LEADER

M.S Ocean Diamond
Nassau Bahamas
O N. 8001990
C6ZR5
HOTEL CONTROLLER
Gross Tonnage 8282
Net Tonnage 2876
CMI Leisure Limited. Miami, FL

QUARK EXPEDITIONS

616

登陆南极探险证书

冰山，到达了中国长城站，见过了阿根廷布朗科考站，德雷克海峡让我五脏颠倒，天堂湾让我神魂颠倒，还有企鹅、鲸鱼、海豹、海狗……我深度感受了南极海洋世界的神秘。十天之旅，磨砺了意志，重新认识自己，获得不一样的存在感，点点滴滴都浓缩在这证书中。

捐与赠
2019 年 2 月 19 日

　　晚上广播通知：女士们、先生们，我们难忘的旅程即将圆满结束。大家若有不再需要的物品可以捐赠出来，放入夸克探险队前台准备的箱子当中。探险队会将物品转赠给需要者。

　　团友们有的把在南极穿过的毛衣、夹克等放进捐赠箱，有的把榨菜、豆腐乳、芝麻糊等未开封的食物放进了捐赠箱。

　　我把未开封的 5 包暖宝宝，共 50 片，4 双厚毛袜、医用膏药等统统捐了。

　　领队笑说："难怪你的行李重，你这些都是压秤的东西。"

　　我们团的杨先生说，一位船工跟着他，要他的防寒服（统一发的团服），杨先生架不住那人的纠缠便给了船工。还好他家这次来了 6 人，每人有一件团服，捐一件也没啥。这件防寒服于我而言普通又不普通，它为我的南极巡游、登陆挡风避寒，留着我的体温，我要珍藏它。

　　回到房间，有人敲门，又是那位客房服务员，我侧身让他进来。

　　还记得 13 日上午，有人敲门，我刚开门时一个探头探脑的大男孩吓了我一跳，他手里出示一块白纸板让我看，上面用中文写着："可以为您打扫房间吗？"从那次我便记住了他，打从 13 日起，这个小伙子每天上午、下午为我们打扫房间一次。上午吸尘、整理床铺、清洁卫生间等，下午，坐过的被套、毯子又被重新理整齐。我路过走廊碰见他，他会紧贴墙壁站着不动，怯生生地望着我，等我走开后他再走动。我认为，他参加工作不久，为人憨厚，是一个不世故的大男孩。他身高 1.6 米以上，东南亚人面孔，工作起来非常认真。

　　明天我们就离船了，真不知用什么方式感谢这男孩。

　　我打开行李箱，把从成都带来的一些糖果取出送给他，这也算是一种答谢方式吧。

　　他有点紧张地后退了两步，最后高兴地装进了衣服口袋。他开心的笑容洋溢着孩童的天真。

船长欢送酒会
2019年2月19日

多功能厅的门左侧吧台上摆着赤、橙、黄、绿、青、蓝、紫及如孔雀尾部羽毛颜色一样混杂的多彩鸡尾酒，旅客们有的已身着华服进入大厅。

18:30，奥力格船长准时来到小舞台中央，对大家深情地说："欢聚的时刻总是短暂的。虽然去南极途中遇上一点小波折，我们还是尽可能让朋友们玩得开心，相信给大家留下了终生难忘的南极印象。"船长举办的欢送酒会拉开帷幕。

餐桌上，雪白的台布，亮锃锃的白瓷盘中摆着几种食物模板，我选了看起来清清爽爽的烤鳕鱼配青豆芦笋。

几分钟后，服务员为我端上烤鳕鱼饭，问："您怎么不点龙虾段？"他那微笑中带着点俏皮。

"哦，你还记得？"原来是2月14日我点龙虾时的那位服务生。

"当然记得，那天是我们经理特批的，取出一大只龙虾为你截的虾段。"

我笑着感谢他。

他也笑着转身走进厨房。

小电影《难忘的南极之行》
2019年2月19日

21:15—21:45，观看对我们本次旅游进行回顾的小电影——《难忘的南极之行》，该片由夸克探险队队员、摄影师王云女士制作。

从2月11日我们上船之初开始录制，拍摄了海钻石游轮各层设施，游客们充满好奇的眼神，多功能厅里游客们屏声静气听讲座，坐冲锋艇去浮冰广场巡游、登陆冰山，把游客艰难的步伐、雪地上踩过的脚印、南极海域上的冰川、冰盖、奇峰怪石都留在影视印记里。从小电影里能看到可爱的企鹅从雪山上滑行到海里；

能看到海豹或求爱或斗殴或酣睡的多种姿态；能看到鲸鱼展尾、如喷泉般的吐水；能看到欢度蜜月的小夫妻，或手牵手的老伴侣……不愧为专业摄影师，一组组影像把握得恰到好处。观看过程中，团友们此起彼落的笑声在多功能厅回荡。

结束后旅行社负责人宣布：回国后会制作U盘，每人一个，寄给各位。

遗憾的是，一个多月后我收到的U盘打开后一片空白……

22:00—22:30，夸克探险队队长洛丽携探险队全体队友共22人汇聚在小舞台上致谢游客们。

相聚的十天时间里，彼此间有些依依不舍，大家争先恐后跟夸克探险队队员合影。

南极之行落下大幕，眼前这场景，像极了一场大戏结束时演员的谢幕。

22:30，广播响起：

第一，请大家将同声翻译器归还到夸克探险队前台。

第二，请在礼品店购买过物品的游客到礼品店结账。

第三，大家登冲锋艇的实名制卡、游轮的房卡不用退还，留作纪念。

第四，关于北极旅游，可到前台索取相关资料或咨询。

北返的游轮要再次穿越德雷克海峡，这一整天我心中仍有些忐忑不安，好在今天的活动丰富，总能分散人的注意力。

夜色中，听到广播通知海钻石号已经顺利穿越了德雷克海峡，我心里终于踏实些了，同时还有点暗自庆幸，看来我的适应能力还可以，竟没晕船就过了德雷克海峡这一关。打算明天早点起来，把去时被德雷克海峡折腾耽误的途中奇观美景补看回来。

广播再次响起，北返乌斯怀亚航行中，游轮要闯过一道"魔鬼峡湾"——奥斯特岛附近的合恩角，才能重返比格尔水道。

盼望能风平浪静地顺利通过！

航经合恩角
2019年2月20日

8:00广播通知：海钻石号正航经大名鼎鼎的合恩角。合恩角是南极洲西风漂流带上的关隘航区，是此海域风浪最险恶的流段之一。合恩角水下暗礁密集，旋涡汹涌，风猛浪急，充满艰险。

　　我从温暖的空调房来到甲板上，很多游客都争相与合恩角合影，长枪短炮对准合恩角一阵狂拍。我找位置拍照，但风太大，围巾多次被吹散，眼睛睁不开，只好请团友帮忙拍照。幸好多拍了几张，看着照片里的我有披头散发的，有双目紧闭的，有咬牙切齿的，删去几张怪相的，仅留一二张足矣。

　　今天的合恩角吹着凛冽强劲的风，让我们领略到西风漂流带上风急浪高的滋味。合恩角在世界地图右下角，世界最南端的岬角。与其同框，让我留下难忘的记忆！

告别海钻石号
2019年2月20日

　　乌斯怀亚快到了，收拾行囊，做好离船的准备。

　　旅行社负责人广播通知大家：请大家收拾好需要托运的行李，把自己的姓名牌、团号牌挂在行李箱把手上系牢，由行李员帮大家送往机场，因为是旅行社包机，行李会有旅行社专人负责，统一托运；早餐后请到前台领取自己的护照，按旅行团组别顺序下船；离船的位置在三楼餐厅旁的舷梯。

　　下船后，旅行社人员请大家再次确认个人行李，将统一运往机场。码头船只一艘艘停泊在港口，与来时一样。

　　走过栈桥，在雨中踏上乌斯怀亚公路，团友们在越下越大的雨中转身凝望游轮、海浪，每一张脸上都写满不舍。虽有不舍，但又不得不说"再见"！

　　雨中的我张开双臂，任由乌斯怀亚的雨水润泽我的心。我含着泪水告别乌斯怀亚码头，告别那千帆万艇。

　　2019年2月11日至20日，难忘与惊险共存的10天9夜。在短暂的人生中能有机会登上南极已足够了！

　　告别让我们实现南极冰雪之旅的海钻石号游轮，我们风雨兼程驶向乌斯怀亚机场，下午重返布宜诺斯艾利斯。

　　登机前，乌云滚滚，雨声一阵大过一阵，我不禁祈祷顺风顺水。

　　13:00多，飞机穿过云雾，连绵不绝的白云在蓝天下涌动，天气越来越好，心情自然轻松不少。更让人高兴的是乌斯怀亚返布宜诺斯艾利斯的空中飞行距离比十天前空飞里程缩短了几百千米，也许飞的另一条航线，飞行2380千米就到了。

南　美

South America

（下）

重返南美

再返洲际酒店
2019年2月20日

　　飞机平安抵达阿根廷首都布宜诺斯艾利斯，乘车到酒店，我匆匆把行李放置在房间，去寄存处领取10天前寄存的行李重新装箱，因为明天我们团要奔赴另一个国家了。

　　南极的加厚防寒服、高领毛衣、防水棉裤、防水外套裤、防雪手套、防雪眼镜、棉帽等，谢谢你们陪我登陆南极，穿行在冰川与风雪中，为我抵挡了冲锋艇飞溅的冰水和冰碴。我将它们整理好搁置在箱底，取回夏日衣裙、鞋袜和丝巾，装入随身能上飞机的小箱中，把每日游记放入不离身的背包中。

　　小憩一会儿吧，让身体放松放松。刚躺下，一束灯光让我起身，原来是枕边背包带挂到台灯开关。刚才忙于收纳忽视了这盏台灯，它古朴典雅中透着野性——一头北极熊哀伤地驮着一位神情沮丧的印第安人。北极熊是食肉动物，以它强劲的力量不费吹灰之力就能甩下背上骑士，撕碎，饱餐一顿，可它却没有，而是哀伤地驮着他看向远方，台灯的设计灵感或许来自南美某个神话故事。

这是离开阿根廷前的压轴好戏——观看一场正宗的探戈表演。特别之处在于，我们可以一边用晚餐一边看演出。去剧场前，我们在车内参观布宜诺斯艾利斯老城，多年前的贵族居住区。导游指着一幢古建筑讲，那是某公爵多少代前的老宅，现今提到这个姓，这里的老人们都会高山仰止般崇敬。

20:00 过到布宜诺斯艾利斯探戈大剧场，导游递上预约卡，引领员带着我们到主通道跃层围杆旁一一落座，每桌一支蜡烛，闪着微弱的光。站起身往下面观众席望去，大批观众先后进场，我所坐的是第二层，圆弧形的剧院里共有 3 层观众席，估计能容纳 500 人以上。

探戈舞者成双成对，女孩劈腿、下腰，男士激昂、刚劲，两人双双旋转游弋于席桌间，镁光灯随着他们移动。10 多分钟后，游客与舞者的合影便送到被拍人手中。每张照片收费 10 美金，也可选择不要。当我看到照片时也犹豫了片刻，想着来探戈发源地不易，便买了一张留作纪念。

21:00，送餐队伍快速将美食送到桌，引起一阵惊讶，一个人哪能吃得了如此之多的食物？

一块烤牛肉横躺于大餐盘正中间，约 20 厘米长、8 厘米宽、6 厘米厚，旁边还有 3 块烤牛排，骨头露出 5 厘米，方便拿取啃食，还有一大块奶酪、一大块巧克力蛋糕、一大杯冰激凌、少量水果沙拉丁。

22:00，剧院灯光从壁灯、顶灯、舞台幕灯光先后亮起。音乐随之响起，演出即将拉开帷幕。

趁着灯光，我迅速浏览放于桌上的剧院简介：艾利斯探戈大剧场距市中心地标方尖碑仅几步之遥，这里融合了阿根廷高品质的各色美食。为庆祝剧院成立十周年，特为观众奉献上集多种探戈风格为一体的精彩表演。本场演出将传统探戈、前卫主义、性感特色和多重实验相结合，奔放的艺术美感，美妙绝伦的音乐，歌者的引吭高歌，体现出布宜诺斯艾利斯的城市精神。激情性感的探戈舞，演绎了刻骨铭心的爱情故事，相恋与分离，情爱与幻灭。《探戈之舞》由莫拉·戈多伊精心创作。戈多伊是杰出的舞蹈家、编舞家，多次斩获大奖。《探戈之舞》在创作上采用创新的艺术方式，在原探戈舞上，挑选出最出色、优秀的舞蹈演员，由 8 名著名音乐家、独唱家组成杰出的乐团，歌者充满激情和力量的声音具有浓郁民族特色的传统舞蹈"马兰博舞""套索舞"完美结合，诠释着探戈艺术真正的、原汁原味的阿根廷风情。无论你来自何方，无论你是否为探戈着迷，这场饕餮视听盛宴将令你今生难忘！

音乐前奏响起，观演厅灯光熄灭，乐团出现在舞台左侧的上方，圆弧门的音乐间里有大提琴、小提琴、手风琴，后面还有看不清的乐器。时而独奏，时而合奏，起伏曲折，委婉、悲凉、休止、高亢。

独唱演员随歌声步入舞台，仪表堂堂，儒雅俊秀，洪亮又富有磁性的男高音刚一亮嗓，场下即响起热烈的掌声（阿根廷观众），众人受其感染，于是全场掌声雷动，从断断续续到整齐划一。

射灯下，舞者旋转、抬腿，从舞台耳幕两侧迈着舞步转入舞台中央。男舞者着白西装、浅灰色长裤，或深灰西服套装，女舞者们着红色或白色或黑色露背裙。他们演绎得如胶似漆，甜蜜难挡。突然冲出一表情愤怒的男子，充满哀伤，在双人舞中寻找自己的爱人。另一边，一位抹泪的姑娘也在寻找负心郎……

演出接近午夜12点才结束。全体演员向观众谢幕，观众们久久不愿离去，特别是阿根廷和从南美远道而来的观众，有的是几个月前预订的座位，有的甚至热泪盈眶不停鼓掌……这场艺术盛宴，今生难忘！

阿根廷钢花
2019年2月21日

阿根廷的制造业在拉丁美洲实力较强大，钢铁、飞机、汽车、石油、电力、化工、纺织、皮革等都位居拉美前列，钢铁产量更是处于领先地位。

阿根廷钢花就是由不锈钢和铝材铸成的。盛开的木棉钢花在布宜诺斯艾利斯这一年四季鲜花盛开的城市绽放出另类光芒。钢花宽44米，早晨在阳光下开放，晚上闭合，采用人工电动装置控制开合自如，并且能呈现红色、蓝色、紫色。每年元旦节、5月25日阿根廷国庆节、9月21日阿根廷立春、圣诞节，这四天钢花全天开放，其他日子，钢花晚上就合拢成一个大花骨朵"入睡"。

玫瑰园、情人桥
2019 年 2 月 21 日

　　眼前是好大一片白玫瑰花园，红泥土滋养玫瑰花，亮锃锃的绿叶衬托出玫瑰的洁白。阳光下，这花园特别迷人。

　　靠近花园波光涟涟的人工湖，湖上两座小桥连接着湖心岛，拱形那座桥被当地人称为"情人桥"。年轻人结婚会来这个公园，女儿挽着父亲温暖的手走到桥中央，父亲把女儿的手交到新郎手中，小夫妻牵手走到桥的彼岸。

　　一棵大树下聚着一家人，孩子做游戏发出的阵阵欢快的笑声吸引了我的目光，原来是夫妻俩带着两男一女三个孩子，大女儿腼腆，小儿子有点认生，老二小哥哥调皮可爱，做着各种萌萌的动作。走近，幸福的一家五口带着食物来这儿游玩，夫妻俩友好地邀我坐下，吃点东西，征得他们同意，与这家人合影。

阿根廷的中国江南味
2019 年 2 月 21 日

　　午餐在布宜诺斯艾利斯一家中国江南餐馆，菜品也算丰盛，土豆烧排骨、烧鱼、油焖大虾、烧豆腐、大葱肉丁、炒豆荚、炒上海青、番茄炒蛋、豆腐汤，八菜一汤，最后还上了一大盘西瓜。每样菜，包括素炒青菜和豆荚都带着甜味。江南风味的菜品必放糖提味，似乎无糖不成味似的。

　　这是我们在阿根廷的最后一餐，晚上就飞往乌拉圭了，有很多旅行团最后的团餐都敷衍了事，这江南餐厅倒挺实在的。

　　餐馆挂着国色天香牡丹扇、鞭炮串、红灯笼，中国年年味还延续着。

　　导游在司机旁边耳语几句，车速明显慢下来，她指着车旁行道树的绿草坪让大家看一尊灰色女子雕像（看着就像水泥铸的），其身材瘦弱，发髻挽在后脑勺，胸部前倾，赤着一双脚，左腿弓，右腿蹦，右脚尖触地，虽无言，却饱含"奔波"意味。导游又指向酒店唯一一个有白色阳台的房间，说："仔细看，阳台外挂的是一张白色床单，贝隆夫人就在酒店的这间房去世的。"

　　贝隆夫人（贝隆并非她的姓），出生于阿根廷与安第斯山脉接壤的山区小乡村，家境贫困。她15岁那年，听赶集回来的村民相互转告，探戈剧团要来当地镇上演出。她请求父亲让她去看看不易到他们小镇演出的探戈舞，父亲严厉地拒绝并说："这不是穷人家看的玩意儿，干活……"父母亲终年劳累，做着干不完的活，却难保温饱。

　　15岁的她发誓，不能再走父辈的路，无论怎样艰辛都要改变自己的命运。她跑出家门去看了探戈舞演出，听着从未听过的音乐，看着从未见过的舞蹈场面，同时也盘算该做些什么。

　　演出接近尾声，她悄悄窜进后台，找到刚从台上下来的男歌唱演员，说："带我去布宜诺斯艾利斯，你帮我办到这事，我把自己给你。"独唱演员把她藏在道具里，真的将她带到了布宜诺斯艾利斯。不过他有家室，于是将她安顿到一家旅店住下，再后来，不见女孩人影了。

　　15岁的乡村女孩从山区来到首都，举目无亲，她什么都干，很多时候找不到活计，朝不保夕，饥饿难耐……后来她认识了贝隆先生，但不久贝隆却因组织动乱罪被判刑。出狱后，贝隆仍然为穷人们谋福利。他们两人交往三年后，贝隆当上了阿根廷总统。

　　贝隆政权并不稳定，贝隆夫人为其奔忙，争取富人支持，接济穷苦百姓，为人民寻找谋生的活计，深受穷人们拥戴。终因操劳过度，身患绝症未得到即时医治，33岁的贝隆夫人在白阳台房间去世。

　　她去世时，整个国家都为之悲恸。七十万人从阿根廷各地赶来瞻仰她的遗容。纪念她的歌曲《阿根廷，别为我哭泣》和电影《贝隆夫人》作为经典永不过时。

我也曾进过世界多国的书店，但游弋于雅典人书店大厅，全然改写了我对"书店"的认知。

书店大门两侧的玻璃橱窗中摆放着世界名人书籍。摆放略显杂乱，甚至不像书店该有的模样。

上台阶望去，天哪！这咋看也不像书店，活脱脱是欧洲文艺复兴时期的高档歌剧院啊！拾级而上俯瞰，寻找角度拍了几张书店室内的照片。下到楼梯转角，正巧听到有人用中文问："你来买书？"男子指着身边一位女士回答："她想买一本奥巴马·米歇尔刚出的书。"喜出望外，在布宜诺斯艾利斯遇到中国人，我向这位男士了解书店发展史。

皇后歌剧院改建而成的书店

他温文尔雅，介绍道："早年间这里叫皇后歌剧院，你看穹顶的绘画，是意大利文艺复兴时期的画风。正对面的舞台，还保留着枣红色的幕布及幕帷和耳幕。左右两侧如大花篮的圆弧形包厢曾经是贵族们预定的席位……"

书店底楼、一楼观众席改装为现在门类齐全的书架，选书后到各层楼收银处结账。有看书区域、交流区域，最不可思议之处是原来的舞台改为现在的咖啡厅，虽是公共场合却听不到嘈杂的声音。

受时间限制，不然我真想上歌剧院舞台上去喝杯咖啡。南美歌剧院建筑，高规格的精神享受，趣味无穷！

托尔托尼咖啡馆
2019 年 2 月 21 日

　　布宜诺斯艾利斯富人区，阿尼尼达 829 号，对着街面的柱子上钉着 3 块牌子，最上面刻着"1858 年—2008 年"，门口排着买咖啡的长队。街沿铜台上塑着一位中年男子雕像，他就是深受南美艺术家爱戴的托尔托尼先生。150 年前，20 多岁的托尔托尼在这家咖啡馆打工，目睹那些街头艺术家和艺人们连买杯咖啡的钱都没有，坐在街边切磋交流，或拦住从咖啡厅出去的文学、绘画、音乐家们揽活。

　　富有同情心也热爱艺术的托尔托尼找到老板，请老板将空旷的大厅租给他，老板问缘由，他坦诚表示不忍心看到那些流浪艺术家流落街头……

　　老板以低价把大厅租给托尔托尼，从租下房子作为向贫困艺术家免费提供场地到今年已 150 年了。游人争相与托尔托尼雕塑拍照，致敬这位爱心人士。

　　来自世界各国的艺术之子都会特地到这里，不惜花费时间排长队，只为买一杯咖啡，以此举怀念 150 年前的托尔托尼先生的"义举"。

乌拉圭篇
Uruguay

初见乌拉圭
2019 年 2 月 21 日

对于乌拉圭，我知之甚少。

乌拉圭全称乌拉圭东岸共和国，位于南美洲东南部，东南濒临大西洋，面积176.215 平方千米，人口 338 万，首都蒙得维的亚。该国有南美洲最大的人工湖之一——内罗格河，有优美的自然景观，水草丰盛成就了乌拉圭的畜牧业和农业，优质稻米出口居世界六大出口国之一；矿藏资源丰富，大理石、乳白石、紫水晶与玛瑙为国家出口创汇；人均牲畜拥有量世界前列。

40 分钟的飞行，19:00 已顺利抵达乌拉圭。我们上了接机大巴，汽车经过美丽海滨，沙滩上有踏浪的情侣，有带着孩子戏水的父母，有在碧绿的草坪上闲坐的老人……一掠而过的风景，一片安定祥和的景象。

想想此前游历的南美四个国家，沿街台阶屡见流浪者白天躺卧入睡。

看着想着，已来到我团在蒙得维的亚的酒店——POUR POINTS 酒店（四星级）。

埃斯特角市
2019 年 2 月 22 日

今天观光地是乌拉圭·马尔多纳多省埃斯特角市。埃斯特角市在乌拉圭中不仅是有名的旅游胜地，在国际上也享有一定知名度，不少国际重要会议曾在这里召开。

出发半小时后，车停在一排超大字母旁，导游让大家下车拍照。不仅我们，相继几辆大巴、小车都停下等候。约有一人多高的深蓝绿色字母"Montevic"矗立在海滨沙滩上，这是蒙得维的亚地标，背景是一片蔚蓝大海，对面有一幢幢 10 多层高的海景房。这无疑是摄影师、画家们的取景胜地。

我们距离目的地还有 130 千米，我不舍地离开，上车，继续前进。

行了 20 多千米，汽车驶入加油站。一辆乳白色小车从大巴车边缓缓开进站加油。这辆破旧车应该老到过了报废年龄了，车身多处锈迹，多处划伤，看得出刮过膏灰却未上油漆，车左、车顶是乳白色，右侧又漆着黄色。男团友们围着这破车转，指着已闭合不上的后备厢谈论着。一位中年先生微笑着走到车前，把车钥匙递给正摸着变形车门的吴畏先生，示意他试开，吴先生会一些西班牙语，问了车主几句，车主的回答令人不敢置信："我们总统开的车比我这辆好不了多少！车是代步工具，能开就行！"

上车了，大家还在议论着那辆"爷爷辈车"。我留意过往车辆，看不到豪车，新车都少见，我想乌拉圭也许是提倡节俭吧。

五根手指
2019 年 2 月 22 日

不见尽头的美丽沙滩，白色的伞顶、躺椅，还有难得一见的篱笆绳墙，灰浅蓝的大海掀起阵阵海浪，风中传来呼啸的尖叫声。对对情侣相拥于海水中，比基尼点缀着海滩、海浪，够浪漫！

在沙滩上有一座溺水者雕塑，这是很受游客欢迎的埃斯特角市海滩上的"五根手指"，是乌拉圭独立奋战的象征。这座出自智利艺术家之手的雕塑于1982年落成。五根巨大的手指伸出在沙滩，每一根手指都经过钢条、金属网和防腐蚀溶剂加固。另一种解读是这里的风浪比较大，不适合游泳，更适合的运动是冲浪和帆船，建这个雕塑来警告游泳者。

白房子
2019年2月22日

　　下午是今日活动的"压轴戏"——参观白房子。

　　汽车在坡上停留，众人下车，导游遥指海岸说："乌拉圭人称这里是'鲸鱼角'。"而我更在意一群错落有致、造型怪诞、外墙均被漆成纯白色的屋舍。重重叠叠的白色房屋靠海岸依岩而建，更像一座城堡立于峭壁上。它由乌拉圭画家帕耶斯·毕拉罗始建于1958年，历经40年才完工。这群风格奇特的白色建筑已成了游客们争相"打卡"的奇景，被认为是乌拉圭海岸线上最具审美价值的景观，更是成为明信片上的主角。

　　刚下台阶，入口小门边一只粗壮的"左手"铆着劲抓住白色院墙，这是一棵树分出的大树杈，大师建房造屋绝不毁掉一树一木。房子坐落在海边岩石上，一幢或可称为跃层式、叠式的建筑，靠海3个露台地面是宫墙红色或宝石蓝。陡峭的石缝绿色的棕榈树及长青植被茂盛，与白色主调配搭，赏心悦目。

　　从入口先上楼，根据爱好寻找展厅。博物馆共有5间展厅、3个临海露台、3家艺术品商店、1间电影放映厅，还有一间名为"绿色闪电"的酒馆兼咖啡厅。

　　我先后参观了何塞·戈麦斯·西克雷厅、巴布洛·毕加索厅、拉斐尔·斯基鲁厅、尼古拉斯·吉兰厅和主人卡洛斯·巴艾斯·毕拉罗大师作品厅。

　　在毕拉罗大师工作室，我看到他为艺术付出毕生心血而创出的伟大作品。

　　1923年11月1日，毕拉罗出生于乌拉圭首都蒙得维的亚，20世纪40年代进入艺术领域。从青年时代起，他就怀着对艺术的强烈追求，寻找与乌拉圭"坎东贝"艺术密切联系的脉络。大师怀揣强烈的艺术使命感，深入黑人国家旅行，了解黑人文化、艺术源泉，将黑人生活场景、非洲动物、植物、非洲鼓、黑人生活器具、港口、酒吧等都纳入他的作品中。

　　毕拉罗走出乌拉圭，周游多国多地寻找艺术灵感。他一边旅行一边画画，并挑选出几百幅作品举办了数次画展，在展览中听取不同艺术家的意见。

回到乌拉圭，毕拉罗创作热情空前高涨，他不再局限于绘画，扩展到雕塑、陶艺、文学创作和电影领域，不同的艺术形式相互借鉴、相互弥补，更完美地表达艺术。

一次次的旅行中，他结识了当年在艺术、文化领域具有影响力的人物：毕加索、亚历山大、劳尔·索尔迪、阿尔德米、马丁斯、豪尔赫·阿马多等。毕加索还到过他的工作室。

由于毕拉罗的儿子去国外遭遇飞机失事坠入海中，他不能接受这事实，在海边建造了白房子，深信有一天儿子会从海里回到他身边。历时 40 余年，毕拉罗先生建筑了一群不同样式的白房子，每间房屋留下大师刻骨铭心的记忆，承载着关于儿子的无数回忆……

2014 年 2 月 24 日，享年 91 岁的卡洛斯·巴艾斯·毕拉罗在创作中逝世于白房子。

这位自学成才的艺术家深受人民的爱戴，整个乌拉圭用崇敬深情的鼓声为大师送别，数以千计的海外艺术家、建筑师前往白房子参观，向大师致敬。

蒙得维的亚旧城
2019 年 2 月 23 日

乌拉圭首都蒙得维的亚分旧城和新城。

上午 9 点，我们来到旧城，不宽的街道中央矗立着一尊女性雕塑，六棱塔基上是高高的圆柱，再上面是雕花座，一位左手握旗杆、右手持着匕首的女首领立于塔顶。这里是自由广场。

广场一侧有座乌拉圭最早的歌剧院，有百年历史但至今仍在使用。广场台阶左右各摆放着一个汉白玉大花盆，双侧两个粗大耳提，手提花瓣并压住四个不堪重负的壮汉头颅，盆身雕刻着向日葵及阔叶植物。再往上，雕刻着 10 多个不同的裸体或半裸群像。狮子、老虎、羊也雕刻得神气活现。花盆上方似一把伞，边沿是一组组葡萄藤和饱满圆润的葡萄。花盆中棕榈树长势茂盛。这些精致完美的雕塑，很多与西班牙圣家堂教堂及意大利文艺复兴雕塑风格近似。

旧城，无论建筑格局还是雕塑，很多都保留着西班牙殖民统治时期风格，现在有的已成为世界文化遗产了。我惊叹于乌拉圭人民、政府对历史文物的重视力度。

接下来参观独立广场和宪法广场。乌拉圭民族英雄阿迪加斯将军跨在奋蹄飞奔的骏马上，青铜像神情威严直视前方，看上去，英雄似在蓝天白云中驰骋。为纪念乌拉圭人民反西班牙殖民统治近50年斗争史及西班牙、葡萄牙两国争夺乌拉圭140余年的奋斗史。

　　团友们先后参观了乌拉圭具有文化记忆的自由纪念碑、高等法院和政府大厦的建筑，导游讲述着淹没在历史尘埃中的故事。

　　几个小时的参观，领略了乌拉圭旧城风情，我不可让这些记忆消失于时光尘埃中，便在广场中找一把休息椅坐下，在膝盖上记录所见所闻。"江天（我的微信名），你看，这是什么？"扭头瞬间，团友吴老师为我抓拍下一张"街头记者"的照片——乌拉圭回眸的珍贵小照。

乌拉圭钱币　　　　　　　　　　　膝盖"记者"

露天古旧市场
2019年2月23日

　　穿过一座老城门，在一个小广场上有一座水池，整体造型像一座3层巨型大灯盏，池边是8个赤身男童骑于不同动物头上的雕塑，第二层中柱有4个儿童顶住荷叶般的顶，第二、三层各有8只海螺向下洒着水。

　　古旧露天市场设在树荫下，小摊上摆放着各种戒指、项链、怀表、烟斗、酒具、花瓶、杯、碗、勺、碟、叉、老酒瓶、瓶塞子、单腿链眼镜、望远镜、放大镜、老油画、镜框、帽徽、臂章、帽子、古旧书籍、鹅毛笔等，引来游人们驻足、观看、购买。

百年市场
2019 年 2 月 23 日

一排驼色旧砖房，箭头型大门，尖部如顶着一台古式座钟，门柱两侧各一只羊头托着花花绿绿的门檐装饰，四扇大门仅开了一扇，人们进进出出络绎不绝。这里便是乌拉圭著名的百年市场——乌拉圭综合贸易市场。

市场包罗着民生百态，在国外逛这类市场可增加许多乐趣。

我迫不及待地走进去，热闹的景象让我竟不知先看哪儿更好，我赶紧回过头拍下进门标识，防止迷路。一路往里，才发现这市场之大、面积之大，无数道大门供采购车辆满载而出。行至肉类区，新鲜的羊肉、牛肉按炒、炸、烤、炖摆放整齐，牛、羊肉旁边还放着一种叫"奇米秋利"的酱料，听导游讲这是乌拉圭人吃烤肉的绝配酱。市场凌晨 3 点迎来远道而来的乌拉圭、阿根廷商人，还有酒店、游轮和二级商店采购人员。他们采买到的肉甚至余温尚存。

走进水果区，色彩纷呈，赤、橙、黄、绿、青、蓝、紫，样样俱全，鲜红的草莓表面光亮，橙子、西柚、杏子油光水滑，红苹果、青苹果、红皮杏子、紫皮李，各种梨子、石榴，还有很多种认不出的水果……

蔬菜区陈列如中国大型超市，不同之处，这里是水果蔬菜一起卖，摆放得跟艺术品似的。装满果蔬的木盒斜式摆放，最上层摆着桃子、李子、车厘子，顾客能看到却够不着，左、右是大红灯笼椒、大青椒，中间隔着一溜深紫色茄子。黄瓜、西瓜、南瓜、木瓜、红薯、大葱、生姜、大蒜品相不错，还有红皮萝卜连着叶子卖……太丰富了。

百年古旧货区很多物品摆放在有些年代感的柜子里，与露天古玩市场见过的比较：这里有古式银盘、镀金刻花盘、古色古香的玻璃器皿、全套的咖啡用具、红茶用具，有的物品虽不知过去多少年，但还能隐约可见底部家族姓氏（当年贵族私人订制）。再有不同年代的电话、台灯、马灯、灯罩、电筒、笔筒、门铃、门把手、伐木工具、木工工具、电工工具、水暖工及修下水道工具、手枪盒、匕首套、剑鞘套、链式眼镜、望远镜、指南针、肩章、帽徽、皮带、带扣、鞭子，不同时代的摄影器材和照相机、打字机、打火机，年代久远的糖果盒、奶粉筒、婴儿奶瓶、牛奶瓶子，还有黑白老照片、门牌号码，等等。锁进柜子里的是这家店的镇店之宝。其中一块数字铁质牌，距今多年，曾是某贵族府邸门牌其中仅存的一块。

我真想再逛一逛、瞧一瞧，后面还有很大的鲜花市场，但时间不允许，只得无奈离开。这些古旧物品承载着乌拉圭东岸共和国的社会发展史。

市场中不计其数的咖啡店、面包坊、冰激凌作坊、比萨店、炸鸡店和熏烤牛羊肉的烤肉店……有的一大家人远道而来，除购买生活用品之外，老一辈甚至能如数家珍般讲出市场中某店或某人的家族变迁史。百年市场是乌拉圭社会的微缩博物馆。

百年球场
2019 年 2 月 23 日

下午两点过，乘车前往乌拉圭蒙得维的亚首都机场，途中短暂停留参观了一座大型体育场外观——乌拉圭百年体育场。

停车前，只见当地司机与导游用流利的西班牙语交流着。我们下车后，司机跑过来叮嘱导游几句。导游笑着说："司机让我一定要告诉大家，这里是乌拉圭百年球场，1930 年和 1950 年在这座体育场举行的世界足球大赛中，乌拉圭两次夺得世界冠军。"司机的话语充满着民族自豪感。

眼前绿茵草坪上是一座巨大的圆弧形体育场，墙上有运动员奔跑、踢球的彩喷画面。

几棵大松树前方有一尊雕像，一位左右手紧抱双臂、面容温和的足球先生背靠着旗帜，凝视远方。据说这是 1930 年为乌拉圭夺得世界冠军的球队队长。雕像站立的座基右侧浮雕上，一位妇女把一婴儿高举过头，寓意长大后像足球先生一样为国争光。

一群山雀飞到草地上寻食，团友喂了它们一些面包屑，10 多只雀儿竟紧随而来，让百年球场充满勃勃生机。

午后天空飘起小雨，且越来越密。

到达机场，我去柜台等待换取登机牌、托运行李，但却没有工作人员。人群中也仅有我们 30 个中国面孔。40 多分钟后，柜台上终于来了一男一女两名工作人员，却并不搭理我们，而为一位又一位外国人办理手续。领队询问后向我们解释，我们是一个多月前定的座，那些先办手续的外国人是航班延误的旅

— 143 —

客……

开始办理登机手续了，我从未见如此悠闲的办理态度，嚼着口香糖，慢条斯理地翻着旅客护照。

智利篇
Chile

　　飞机延误，抵达智利首都圣地亚哥已过 22:00。半小时车程便到了今晚的卡恩·布雷斯酒店。酒店地处圣地亚哥东区的繁华闹市地段，23:00 街道上还灯火辉煌，车来车往。

　　我取到房卡进屋打量，房间正中安放着一张宽大双人床，床头两个架子充作灯柜。房间、阳台较大，推开阳台门，从 10 楼看下去，大转盘鲜花盛开，在射灯照耀下多彩迷人，宽阔纵横的马路上车水马龙。

　　抓紧时间休息，明天早上 5 点集合，飞往复活节岛。岛处南太平洋中，气温变化大，必须穿秋衣。我打开行李箱，把连衣裙和随身替换的薄衣服装箱，取出马甲、夹克、长裤装入随手行李中。

复活节岛
2019年2月24日

5:00，叫早的电话铃声连响3遍，将托运行李推到大堂统一集中。上17楼餐厅早餐，厨师慢条斯理地切面包、榨汁、切水果，有团友到烧水机接开水。也许是太早，很多食物还未摆出来，我刚拿块面包，便被催着上车。

复活节岛，是太平洋东南部一座与世隔绝的孤岛，飞行时间需要近5个小时。

飞行一段时间后，空姐给外国乘客发了一本小画册（智利本国人到复活节岛的人不多），拿到画册的大多翻翻就放到前排椅背网中（下机时也未带走）。

我一页页看过，那些男人、女人和孩子们，面颊、身上涂着不同的图案，头戴羽毛帽子，帽上钉着贝壳，胸前挂着不同的贝壳、海螺、兽骨、草编或干果项链。男子用茅草或羽毛遮住部分身体，女人用不同花纹的彩绘隐盖身体，"贵妇"则着贝壳、珍珠文胸……他们用肢体演绎着已经远去的复活节岛先民的历史。

飞机徐徐下降，浩瀚的蓝色太平洋让人心潮起伏，机身下，一块状似三角形或多宝鱼

复活节岛的故事

形小岛越来越清晰。10点刚过一会儿，飞机平安着陆在玛塔维利国际机场停机坪。为保护复活节岛有限的原生态环境，这里严格控制每日进岛和出岛人数，机场没有各国五颜六色的飞机，晚我们约10分钟，又飞来一批游客，一张张欧美面孔。

眼前的一切，新异又陌生，草地上石头垒砌的石凳上站立着只只突着大眼珠、

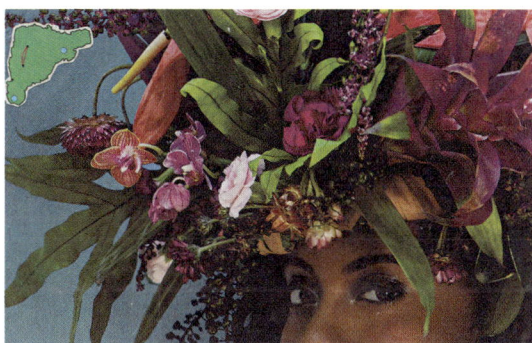

贵宾花环

嘴壳似鸭又比鸭大许多的大鸟。

机场出入口看上去如草顶蔬菜大棚，透过树荫隐约能见候机的茅草屋。火山石砌的矮墙约一人多高，彩绘一只只大鸟，不仔细看如排列的猴群。

机场安检很慢，旅客基本在路边等待。

通知我们团进到大棚过道，光线阴暗，缓步往里走，完全没在机场大厅的感觉。进到木屋大厅，一个竖目人头顶着一条大鱼，另一处还横放一只圆头、阔嘴木鱼。违禁、易爆物品严禁入岛，无人机、种子是绝对禁止的，稍有疑似都会翻箱重检后才能被放行。

复活节岛地处南太平洋安加罗地区。踏上岛，欢迎队伍早已在进岛口迎接我们，富有仪式感地为每一位游客戴上花环，花环由鲜花、植物、树叶扎成，有菊花、玫瑰花、鸡蛋花、扶桑花、蝴蝶兰，用洒金叶或蕨类阔叶卷成小喇叭插入花朵之间，每个花环鲜花不相同，每个接待贵宾的花环中都有一朵智利国花——戈比艾野百合花。

3 辆中巴车送我们到酒店的接待大厅，行李集中堆在地上，出发参观摩阿仪石像群。

导游简单介绍：复活节岛，当地人叫"拉帕努伊岛"，意思是"石像的故乡"或"石像发源地"，距智利（西）3600 千米，面积 163 平方千米。1818 年 2 月，智利摆脱西班牙近 300 年的殖民统治后独立，建立了智利共和国，政府经济提升。70 年后的 1888 年，复活节岛划归智利政府管辖。

复活节岛上的特色酒店

2019 年 2 月 24 日

复活节岛上的酒店称得上别具一格，可谓特色中的特色！

远观酒店客房造型，如波浪起伏，每间房由圆弧波浪一个接一个波浪组成一组组房间。设计师的灵感来自"鸟人村"圆形房屋和房门，按现代建筑造型，门板是原木木板材料。

室内装饰和家具以石头为主：双层石头行李架、石头沙发、石头床、石头茶几、石头灯柜。床周边的地上使用小鹅卵石铺成。盥洗台是双层，如一片大的树叶，面盆用石头凿成半个大南瓜样儿。镜子如一片空中飘零的落叶，与"叶台"呼应。屋正中横安一个石头浴盆，内壁用极薄的铜箔贴制。我猛想起智利储藏大量铜矿石，素有"铜王国"的美誉，铜产量和出口量名列世界第一位。铜箔贴浴盆也就不难理解了。淋浴房如一个圆烟囱，墙面有石制马赛克装饰。卫生间似三角形，宛如复活节岛的微缩版，一脚迈进卫生间，顶上便响起哗哗的海浪声。

房间里还能感受到原木的温柔，写字台的木质台面、木质衣柜、木质柜门与房门，以及两幅由枯树枝拼凑的画，虽做工略显粗糙，木材上还有蛀眼，但与石头搭配，形成另类风格。

推开房间后门是一个正对南太平洋的阳台，摆着一张圆桌、两把矮木椅，是品茶、喝咖啡、阅读的小天地。房与房之间用岛上的火山石砌出隔断，高低不一，错落有致，上面还插着藤条，若遇翻越者，锐利的石笋可不饶人。

摩阿仪

2019 年 2 月 24 日

复活节岛内有数以千计的石像，大名或正名叫"摩阿仪"，岛内居民称它们叫"摩埃"。3 辆车载大家绕岛一周，再回来看摩埃像。汽车刻意缓行，我们恍惚在国内乡村小路上经过，农家院房前屋后开满鲜花，有仙人蕉、扶桑花等，红肥绿瘦，娇艳水灵。岛上的地接导游算是本地居民里"有头有脸的人物"，不时和村民主动打招呼。他是个1.9米的瘦高个儿，有着古铜色的皮肤，是岛上"国际型人才"，不仅会些英语，还会说汉语"您好"和"谢谢"，他朴实、热情地为大家引路。

　　跟着地接导游的脚步，走在步行道上，看到第一尊摩埃时，我被震撼到了！半身石像身子埋进土里，突额、凹目、高鼻梁、翘嘴唇、长下巴。我边走边仔细仰观，这些石像约两三米高，有凝视远方的，有怒目圆睁的，有似笑非笑的，有双耳垂肩的，更多的在历史烟云中风化了眼睛。再往前走，圆葱鼻头、阔嘴，与刚才见过的石像迥然不同。有段路上，密密的石像有几十上百个，很多被推倒斜躺在绿草中，像座小石山。导游引领我们朝山上走，岩洞里几尊用整座山凿出的如睡佛的大石像。若不是航拍真无法统计复活节岛上究竟有多少尊摩埃像。可惜天公不作美，雨越下越大，只听随团导游不停地大声说："不许跨进隔离栏，不许用手摸摩埃，沿步道走，不许踩着草，不许抽烟，不许乱扔垃圾，不许捡石头，拍照时不许离摩埃太近……"人们不顾雨淅淅沥沥打在脸上，淋湿衣服仍坚持在雨中参观。有站着的、有躺着的、有跪着的石像，走在石像密集处，我似乎能听到石像的气息。

　　100多年前，一位日本学者从飞机上无意间发现如此多的石头，仔细辨认后发现是石像，后来乘游轮准备带一尊到日本用科学手段检测这些石像是哪个国家的人，结果差点被举棒持棍的岛民打死。后经两国政府协调，同意让一尊石像"出国接受体检"，同时，也带了岛上人体骨骼样本。

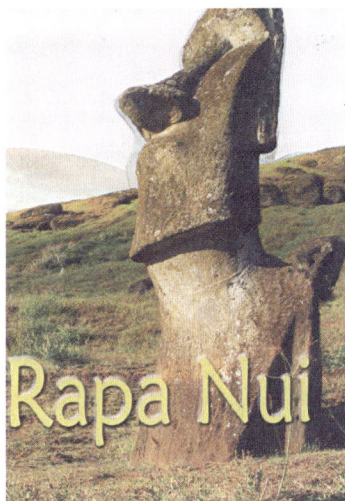

巨石像

日本学者经过一系列严格的科学鉴定，包括岛内的 DNA 比对，结果最接近的是中国台湾人。据推测，台湾渔民在海上捕捞突遇风暴，在风浪中漂流，直到漂泊到太平洋，风浪稍平息，他们在复活节岛靠岸登陆，成为复活节岛先民。

但我们所看到的摩埃，凹陷眼窝，高鼻梁，与中国台湾人不同。

上岛的先民在风浪中劫后余生，上岛后用野草、草籽、野果充饥。复活节岛历史上经历无数次火山爆发，火山后留下肥沃的火山灰。先民们开始寻种栽培，哪怕破船缝里的一颗小麦、一粒玉米都在复活节岛试种，也在复活节岛上繁衍生息。后来有人提议，造石像以祀祖先，众人认为可行，便开始开山石、凿石像，石像面部一律朝着登岸的方向排列，感恩祖先护佑他们在这里登岸复活，有了第二次生命。

一代又一代，繁殖人口多的、能力强的逐渐分化成几大家族，石像也造得越来越大，以示家族在岛上的声望。石像从上山采石、造像到运回居住屋附近安放，运输困难，大石像往往在运输中滑坡、断裂、损坏，但人们对祖先的纪念一点没减少，石像大，代表祖上就很强大。

为争夺岛上的话语权，不知从何时起，双方以推倒另一方石像为赢家，大家都能接受的推石像运动便开始了。要推倒上吨重的石像，绝非易事！我们所看见的那些侧躺在草地，或断裂了的摩埃，就是几百年前推像争夺赛留下的。

又过去许多年，欧洲人来到复活节岛，工具也更先进适用，那些高鼻子的摩埃是否是他们让岛上人按欧洲人五官打造的，没有记载。石像摩埃，仍然充满着许多未解之谜。

雨更大了，海边还有一排石像群没看到，大家不甘心，坚持要去。为保障游人安全，导游决定明天早起一些，完成当日游览任务就去参观石像群。

午餐，众人吃点饼干、水果应付，把更多时间用来参观。本以为晚餐可丰富一些，结果服务员只端上一盘卷心菜、紫甘蓝、胡萝卜切的三丝沙拉，一个圣女果切为两半，小圆面包每位两块，还有几块切好的杧果、橙子、苹果。

鸟人与鸟人村
2019 年 2 月 25 日

7:00，进入鸟人村参观。

17 世纪至 18 世纪，每年 9 月会飞来一种白顶、黑羽毛、翅底少许白毛，肚子白毛的鸟，名叫"玛米达那"。这种鸟非常警觉，它们飞来复活节岛旁边的另一座小岛上下蛋。岛民发现后选举出最强壮、水性最好的汉子游向小岛上取鸟蛋。挑选出的选手，用草伐沿坡徒手滑到水中，抱草伐游向对面小岛潜伏起来，等到玛米达那外出觅食，便趁机掏出鸟蛋，拆开头顶上的发髻装入鸟蛋，再将头发重新扎成发髻，用草绳捆牢，游回复活节岛。第一个将鸟蛋交给岸边的祭司，又是取回鸟蛋最多的，就选为岛上的话事人——酋长，此后一年享有岛上至高无上的权力。

我们参观的鸟人村遗址，多年前曾是鸟人比赛的场所，相当于复活节岛的奥林匹克村。这里曾多年失修，经考证后于1970年重新修葺。现在这里陈列着很多考古确认的文物、图片等，这里也算是复活节岛博物馆。

鸟人村的房屋用岛上火山岩片砌成圆形房子，但门设计得特别矮小，仅能让人匍匐进去再站起来。这种设计有两种用途，一是岛上风很大，这样设计能阻止狂风入门掀掉房顶；二是防止外来人、仇家入侵，有人钻入，主人可攻击其头部。

鸟人村附近的山上，曾经刻有大鸟不同的抽象彩色图案，聪明的岛民，用不同颜料把大鸟涂得非常漂亮，馆中还保留着一些当年的图片。后来被欧洲人发现，很多岩画被取走，运回了欧洲。

火山口与火山湖
2019年2月25日

参观复活节岛上多年前火山爆发留下的火山口和火山湖。

曾几何时，岛上火山爆发，岩浆冲破山体，映得南太平洋如火烧的晚霞，火山岩浆冲向岸边，冷却后，凝成火山石，筑起天然堤坝。一次又一次的火山冲击，喷口呈现出一口巨大的"天锅"，如鬼斧神工雕凿的一口非常规整的圆形"天锅"，渐渐形成了火山湖。据科学家测量，湖直径1.5千米，水深11至15米（盛水部分）。湖边植被茂盛，长满当年鸟人扎草伐的象卜草，还有杧果树、香蕉、葡萄等水果树，以及可食野菜等植物。

湖水就是雨季积存起来的雨水，是岛上居民饮用的淡水。湖边有一条不易被外人察觉的羊肠小道，岛民不仅可去湖边汲水，时令季节还可去摘水果。

我伫立于湖边凝望，后面另一侧火山留下的山体、怪异的火山石、火山岩片堆垒的鸟人居，一尊尊、一座座巨型石像，百年来流传的奇异风情录在这"世界肚脐"底下，一定还有许多尚待人类发现的谜底。

摩埃众生像
2019 年 2 月 25 日

导游带我们参观昨日雨中错过的摩埃群像，14 座石像整齐排列在石座上面，石像与石像间隔近 2 米，底座用水泥、鹅卵石砌成。第一座头戴帽冠、凹眼、高鼻、阔嘴、大耳垂，第三座是 14 尊石像中最高大魁梧的，第三座眼部已模糊不清……

石像群眼前是一大片草滩，两位粗壮的岛民肩扛长镰刀割草，像中国早年弹棉花的"崩子"（这工具非一般人能使动），那身材简直可与健美运动员媲美。草场上堆着几大块形态各异、上吨重的火山岩，石纹迥然不同。

矮围墙边，金属护栏里一座大摩埃像，轮廓清晰，目光炯炯凝望远方。从另一条小路走向沙滩，采石场机械与石头的碰撞声震耳欲聋，复活节岛还在扩建中。

复活节岛

工人向我们伸出大拇指，口中不停喊"China，China"（中国，中国）。

五六只枣红色的骏马在山坡棕榈树林草坪上悠闲吃草，这是欧洲人赛马场上的良种马。前方，一个很大的"U"字形天然游泳场，三五十个大人小孩或躺，或戏水，或游泳，各色泳衣、伞装点，天、人、马匹，恍若一卷巨画。

岛上的中国农家乐
2019 年 2 月 25 日

当地导游引领我们进入一院子，眼前一新绿如丝的草地，蹲下身子，轻轻抚过，绵软中略带青草味，沁人心脾。木栅栏已被绿树红花围紧到难见外面风景。院内小径两旁内紫外红的阔叶植物，在矮脚棕榈树荫护下水灵润泽，杧果树挂着累累绿皮果实，向阳方向果皮已先褚红。

还不到上午 10 点，饭菜已摆上桌，大米饭与一大块烤鸡装满大盘，一盘卷心菜拌胡萝卜丝，一杯炖胡萝卜条枸杞汤，半块烤干的面包，。这是离岛的午餐。院中正在烤牛肉，厨师将一大盆腌制的肉块不时夹上火炉，同时将半熟的用刀尖扎，撒上调味料。

墙上挂着一对老夫妻身穿中国民国时期服装的照片，房间里的青花瓷花瓶、剪纸窗花、麻姑献寿等都体现出房主的中国情结。这是一位台湾老太太的饭庄，这里与家乡四川成都农家乐休闲庄如出一辙，亲切。

午饭后道别，老太太送给每人一条项链，黑绳上吊着一块乌木雕刻的摩埃，代表着祝你好运！

离岛的人不算多，可过检履带却慢慢悠悠地转动，三位白人女士被工作人员请到一旁将行李提到桌上开箱检验，安警用一特殊检测棍扫，女士笑着取出装在物品里的复活节岛上的火山石，再过履带，无问题后再放行。

候机厅是我从未见过的样子，如中国公园里的走廊，游客有的坐在木条凳上发呆、打盹，有的去逛摊。小摊上有火山石雕摩埃烟缸、挂件、木刻摩埃、鸟人图、贝壳项链、手链等。

玛塔维利国际机场停机坪那一架飞机将送我们返回圣地亚哥。晚上，重返圣地亚哥仍然入住卡恩·布雷斯大酒店。回房间用咖啡壶烧杯开水温暖我的中国胃，享用完晚餐后倍感舒服、惬意。

智利车厘子

2019 年 2 月 26 日

整装待发前，我扔掉药品，留了几样到北京需要穿的衣物，剩下的让它们留在智利吧。11:20，全部团员退房，离开卡恩·布雷斯大酒店。

汽车开往一家餐厅去吃午饭，下车后需步行几百米才到餐厅，我路过一家还不算小的水果店时停下，看见几筐鲜红的、暗紫的车厘子，一颗颗光滑饱满如同刷过油。往里两筐最大，筐后挂着一块纸牌，纸牌上写着一排红色大字："To China！"难道这是出口中国的车厘子？我拍照留存。

到餐厅，我趁老板有空赶忙亮出照片问问："这车厘子牌上写'去中国'啥意思？"

"哦，智利车厘子已卖到遥远的中国了。"也许他今天心情不错，为我讲起车厘子出口中国的起源。

埃尔南·加尔塞斯先生是智利著名水果公司的总裁，到过世界很多国家，致力于将智利最知名的车厘子销往世界各地。加尔塞斯偶然间发现果农采摘的第一茬车厘子，虽然红却没到真成熟的时候，问其缘由，有经验的老果农告诉他，在装运过程中遇热，车厘子会更红，口感更好。恰逢 2019 年开年不久，加尔塞斯从网上看到，中国人已开始备年货，红灯笼、红鞭炮、大红春联、红唐装……2 月 5 日，中国大年初一，加尔塞斯抱着试一试的心态，将一批红珍珠一般的车厘子空运到中国上海。业界认为加尔塞斯疯了。上海经销商用红色礼品箱将智利车厘子进行精致包装，正应了中国人过年时对红色的偏爱，一上市就遭疯抢，加尔塞斯派出多路人马到智利各地收车厘子，后来还开通了跨境购物，远方的中国人在网上或手机上下单，智利车厘子两天即可到顾客手里。加尔塞斯掀起了中国品尝车厘子的一股热潮。

圣母山

2019 年 2 月 26 日

圣母山，又称"圣·克里斯托瓦尔山"，地处圣地亚哥东北方向的马波乔河畔，是安第斯山脉支脉。近年，圣地亚哥对附近建筑、设施规划改造后开辟成了"首都公园"。

汽车在公园指定停车场停下。我们步入公园朝山上步行，到了缆车站，4 人一组乘缆车到圣·克里斯托瓦尔山。慢慢上山，一座白色圣母像高高竖立在山顶中央，需要登上几十级台阶才可到圣母脚下。这里树木碧绿苍翠，花草格外茂盛。缆车到一处适合的位置，我拍到圣母全景。放大细看，圣母头顶站了两只鸟，右肩至掌心 8 只，左臂 3 只，10 多只小精灵与圣母共融在蓝天中，更加生动。我在供奉圣母的山坡周围寻找更多介绍，还真被我找到了。在一间小收发室背后有幅图表，记载着这里 1931—2017 年 84 年间的变化。1933 年，这仅是一间石头屋子，两年后改建伟一座小教堂，直到 2015 年和 2017 年两次扩建成今天所看到的圣母山格局。

75% 的智利民众信奉天主教，圣母玛利亚是教徒们的精神归属。今天星期二，这里人不多。据说星期天来山上做礼拜的教徒，还有拖家带口上山朝圣的人们让各条路人头攒动。

返回的路边，枇杷树果实累累。高耸入云的松树挂着大粒松果，比一般松果大得多，如此硕果乃我第一次见。树下坡地，饭碗大的松果斜躺悬坡，很是惹眼。

圣母山上往下俯瞰能见圣地亚哥城全景。只可惜，不久前发生了一场山火，很多树木、植物被山火吞噬，圣地亚哥被笼罩在灰蒙蒙的尘雾中。

有团友怒道："这灰头土脸的样子还叫'国家公园'？"

有人问我："你看什么看那么久？"

"金黄的枇杷，碗大的松果，圣母山 80 年前的图记。"

"我们咋没看到？"

我笑一笑未答，乘缆车下山，再乘汽车去圣地亚哥老城参观。

行走在智利首都——圣地亚哥
2019年2月26日

　　智利是全世界领土形状最狭长的国家。观世界地图，智利在南美洲西南部，西濒太平洋，地图上看犹如一条细带子与阿根廷接壤（火地岛与阿根廷两国共同拥有）。从南到北长4200千米，东西宽90～400千米，国内多活火山，地震频发（智利大学国家地震中心报道，2018年境内共发生地震7000余次，8次震级在6级以上，65次超过5级）。国境线多临南太平洋的智利共和国，却紧紧抓住自我优势发展。通过铜矿开采、冶炼，使铜产量、出口量居世界第一位；林产品出口，也占拉美第一；用火山灰为肥料种植小麦、燕麦、玉米来促进农业；纺织业也被列为发展目标；凭借海洋优势，渔业位列世界五大渔业国之一。

　　游览圣地亚哥老城，可从中了解城市发展的脉络。

　　在广场喷泉前的地上，一块亮晶晶的铜圆中间写着"KM·0C"（智利0千米，始于此），下面一排小字，没时间细看。广场以喷泉为中心，棕榈树、凤凰树（又称"火焰树"）郁郁葱葱，凤凰花已长成团簇，红绿相衬，特别喜人。

　　广场周围，人们熙来攘往，木椅、铁花椅、石砌花台边，密密麻麻坐满白、黑、棕色人群（亚洲面孔极少）。人群中有一人一手怀抱婴儿，一手推着手推车向休憩者售卖饮料。一个青壮年男子，拎着泡沫箱在广场来回穿梭叫卖冰棍。在广场另一进出口处，一位老年男子摆了两匹玩具马供一岁至三岁小朋友骑玩，收费不贵。通往老城街道的另一出口，站着一位通体涂满金粉的人。他圆头、鼓腰、身材壮硕，小腹下围着一块与身体同色的金布，左手腕一串仿金念珠，双手掌心向上摊开，地上铺块小方桌大的金布，一个小花瓶插着几根干枯树枝，下面压着一张写有西班牙文字的纸，远看如一尊罗汉，近观五官似欧美人，皮肤上满是豆粒大的汗珠。行人看到这样的街头行为艺术家，偶尔会给点小钞。广场上还有卖太阳镜、遮阳帽的小摊和画人像的街头画家……这些小贩们大多是来自委内瑞拉、海地的难民。他们拖家带口，无家可归，只好在街头流浪。绿化带旁、树荫下、椅子下是他们的家当。夜晚，广场上的座椅便是他们的床。这些难民，比秘鲁、巴西、阿根廷街边大白天睡觉的难民更勤劳些。警察不时在人群中巡逻，并不干预小贩们。

　　我们随后参观了开拓将军雕像、阿玛斯广场、市政厅、主教堂，建筑都似西班牙风格。途经总统府，导游指向建筑顶上飘扬的智利国旗告诉我们，升起的国旗上有国徽图案，表明总统在国内，若没国徽图案，说明总统不在国内。

给了一点自由活动时间，我抓紧从广场走去了步行街，这里算是新城区。街面不算宽，两侧建筑风格简洁明快，灰色光亮的路面用油漆刷着红条。不远处，摆着高低不同的上黄下红的供行人歇脚的长条凳，路中还放置有长木箱状栽培的绿色植物。

行人中，不少推着婴儿车的夫妻，给孩子喂水的、换尿不湿的、大手牵小手让小孩学步的……征得同意，我拍了一张男婴吮水的"家乐福"照，温馨和谐。

情侣挽手逛街，老夫妻牵手漫步，提着大包小袋的姑娘笑得很开心，男人们坐在悠闲凳上翻书、读报……人来人往，步行街里呈现出国泰民安、热闹和谐的景象。

走回总统府，门前有一条铁链，示意不能逾越。身着白制服、大沿盖帽，脚蹬马靴，戴着白手套的五名卫兵在微笑议事。行人从他们身旁慢腾腾走过，没一点森严状态。顺墙走去，是总统府正门，有约百米长的水池，喷泉吐水，波光粼粼。池边、门前有一座身着长大衣的雕像——智利第一届总统像，座基上刻着"ARTURO·AIESSANDRI·PALMA"。

在水池前巡逻的智利军花，她们约1.75米高，五官端正，一身戎装，宽皮带束腰，别着步话机、警棍，还佩戴了珍珠耳钉，双唇抹过口红，皓齿微露，英姿飒爽中不失娇美。我上前征得其中一位同意，与其合影。这可是不可多得的异国照片，许多国家、总统府前的军人、警察是不允许与外国人合影的。

下午五点多，送两名重庆的"极友"（共赴南极的团友）离开，他们将乘飞机回国，一个多月的旅友，大家相互道别，真有些难分难舍。

我们的行程安排是晚上要飞往美国达拉斯，需提前3小时去机场，得抓紧时间用晚餐。

餐厅在圣地亚哥的一条中国街上。走在这里，有浙江柯桥纺织品、舟山的渔具、义乌的鞋子、唐山的瓷器……恍然置身中国集市。

晚餐菜品：炝炒卷心菜、炒豆荚、甜椒土豆丝、烧豆腐、土豆烧牛肉、菠萝洋葱烧鸡块、清蒸鱼、胡萝卜烧猪肉、紫菜、排骨南瓜汤，果盒：菠萝丁、杧果块、西红柿和一颗车厘子放中间（有国内李子大小）。

即将告别智利的这顿中餐很不错，比面包、芝士之类的西餐强过许多。

智利→美国达拉斯→北京
2019 年 2 月 26—27 日

从智利首都机场出发，经过 9 小时零 10 分的飞行（飞行 7990 千米），美国时间上午 7:56，飞机稳稳地降落在美国达拉斯机场。

上午 9:50 广播通知飞往北京的旅客开始检票登机。达拉斯时间 10:32（比北京时间晚 15 小时），我坐到自己座位上，对准前排座椅背后的电视小屏幕拍下飞行资讯。

没过一会儿，飞机已飞离达拉斯。我一上机就将屏幕调成中文，反正全无睡意，我盯住屏幕飞机移动的路线，将航行经过的地名一一记录下来。屏幕中那白色的飞机正沿着一条嫩绿色的航行带慢慢向前移动，犹如一只千纸鹤在一条细绳上移动。看它经过休斯敦、拉马尔、道奇城，又经加拿大温哥华、普提马特，又见它飞过鲁伯特王子岛，迅速飞向普拉特海山。已飞离达拉斯 3600 余千米，飞行四个半小时了。

凌晨 3:00，舷窗外出现奇异的天相，漆黑的夜空伴着橙色团状物，一团淡紫云束在慢慢扩散，无数明亮的星星越来越密集，我不由地竖起根根汗毛。此刻，我抑制不住激动，能感受到心脏强烈的跳动，漫天星辰为我做伴，返回祖国的天路如此星光灿烂。

我凝望舷窗外金银闪烁的广袤夜空，两条狭长撒满珍珠的光带格外迷人。光带中有橙色、蓝色隔离缥缈波纹，银河！不错是银河！如此壮观的景象带给我强烈的视觉冲击，宛如进入仙境般的不真实感。

我如梦呓般自语，几十年前，连绵雨后，晴空的夜晚，与爷爷奶奶在坡上乘凉，那洁净夜空中的满天星斗，蟋蟀的鸣叫声，偶尔几声蛙鸣、蝈蝈声，我问爷爷："那最亮的星星是城里？""瓜娃娃，那是天上的银河。"夏日乘凉的童年已随时光消逝……

抵达北京首都机场，已经是 2019 年 2 月 27 日。

利用转机间隙，我抓紧时间统计了这次南美、南极之行，空中飞行里程 44976 千米。

经过一个多月的异国之旅，我稳稳地回到祖国怀抱。归来，安好！

北　欧

Northern Europe

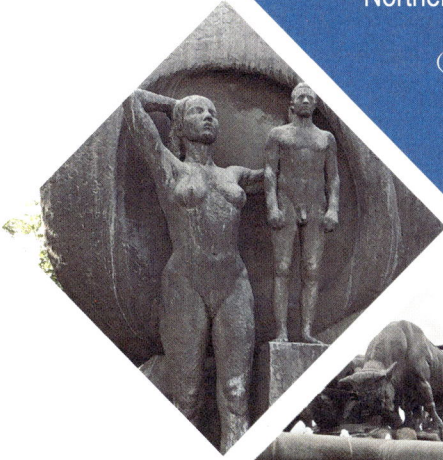

（上）

成都→上海
2019 年 8 月 18 日

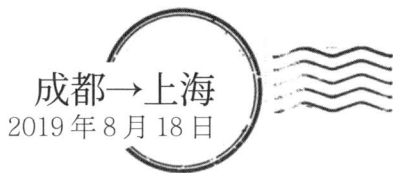

2019 年 8 月 18 日，农历七月十八，星期日，红日高挂，伴着微风拂面，在这样的天气远行，心情大好。

11:00，女儿将车停在双流机场航站楼旁，"即停即走"几个大字提醒来人卸完行李及时离开。

活泼可爱的小孙女迅速推来行李车，先生左右手各提一个行李箱不偏不斜地放到小推车上。我瞅准两位不急于赶航班的青年，请他们帮我们拍照，记录远行前的一家三代人。

保安催促声起："请立即开走，立即开走！"

女儿说："我把车开到停车场，爸，你送妈去大厅……"

"不用不用，我又不是第一次出远门，送君千里，终须一别。"

望着家人的背影，目送他们匆匆上车。女儿扭头对我说："注意安全，照顾好自己，一路顺风。"

脑海里浮现出台湾著名女作家龙应台的《目送》，写尽了母子、亲人之间一次又一次的目送……此情此景与作品的语境、心境惊人地契合。

独自推着行李步入机场大厅，办理手续，托运行李。进入候机厅，找到 169 号登机口，11:50 缓缓登机，坐到了 36J 座位，自顾会心一笑，出门、登机这一路如彩排过般顺畅。

机舱与登机口广播响起：各位旅客请注意，由成都开往上海浦东的 CA1948 航班马上就要起飞了，请没有登机的旅客马上登机……

12:30，雄鹰展翅，直冲云霄，望窗外，蓝天如滤过般湛蓝。

思绪回到 2015 年 9 月北欧五国之行。首站是俄罗斯的克里姆林宫，18 世纪初彼得大帝建于圣彼得堡的夏宫，极其壮观的宫廷建筑，别致的园林景观，极尽富丽堂皇……芬兰、瑞典、挪威、丹麦，各国最具代表性的景点不断涌入脑海。

这次远行与四年前不同，从挪威去北极，经北极返冰岛，再到芬兰、瑞典、丹麦。

15:30，飞机降落在上海浦东机场。电话铃声响起，接机师傅 50 分钟后在约定地点接我。我慢慢去取行李，找到指定出口，与接机师傅碰面后上车，向浦东郊外的酒店而去。

17:45，入住酒店。我站在 8 楼窗口向下望，一条窄而幽长的小巷充满烟火味。沐浴更衣后我步入那条小巷，一家刚开的五谷渔粉店干净整洁，25 元一碗，我点了一份，静静地享受美食。

上海→挪威
2019 年 8 月 19 日

上海飞往丹麦首都哥本哈根的飞行时间是 10 个半小时，当地时间 6:35 飞机降落哥本哈根的卡斯特罗普机场。转机时间两小时，在候机口找了个安静座位"预习功课"。

将要抵达的奥斯陆是挪威的首都，欧洲的北部城市，位于挪威的东南部。奥斯陆不仅是挪威首都和挪威最大的城市，也是欧洲著名的历史古城，建于公元 1050 年（中国北宋鼎盛时期的宋仁宗年代），1814 年起成为挪威首都。

奥斯陆，挪威人称它为"上帝的山谷"，又有一种解说为"山麓平原"，因其坐落在奥斯陆峡湾北部大面积的山丘上。

国外转机，切不可粗心大意，要时不时观察自己的航班登机口或楼层有无改动、电子屏幕上显示飞机是否延时起飞。

果然，广播通知北欧航空公司的航班 SK1472，哥本哈根前往挪威奥斯陆的班机更改了登机口。

顺利登机，找到我的 17 排 B 座，此时已是北京时间 2019 年 8 月 20 日凌晨 3 点过，特别困，眼睛实在睁不开，闭眼很快入睡。

当地时间 22:10，飞机抵达奥斯陆机场，取行李、安检、入关。

地接导游已在一个开放式大厅接我们，与领队做了简单的交流。

导游让大家再次确认自己的托运行李（上海至挪威，人要转机，行李却是从上海直运到挪威奥斯陆），确认无误后两人一排，紧跟导游过马路，对面便是今天要入住的 Radisson 酒店。

众人将护照交领队，导游去酒店总台帮我们办入住手续。

拿到房卡，找到我的 2319 号房间，看一下表，北京时间 2019 年 8 月 20 日凌晨 5:30，奥斯陆时间 8 月 19 日 23:25。

广东、香港团先到，房间已有位同团去北极的团友入住。

我打开行李箱，找出秋装，成都出发时穿的短衫、七分裤也该装箱了。雨，敲打着飘窗,有节奏地滴答、滴答,对面机场庞大候机厅斜射过来的灯光穿透玻璃窗,雨线如水晶抽成的细丝挂在窗户上,晶莹剔透,似断犹连。沐浴后,躺在床上观雨景,渐入梦境。

维京海盗船博物馆
2019 年 8 月 20 日

　　铃声惊醒梦中人，一个多小时的深度睡眠让人踏实安稳，全无异国他乡的陌生感，倒像躺在自家床上，伸个懒腰惬意地走向卫生间梳洗。当地时间 9:30（后文未作说明均为当地时间）出发，参观挪威奥斯陆几个具有历史意义的景点。

　　酒店宽敞的餐厅正中摆放着各种食物。没时间了，我喝了两杯现磨咖啡，吃了一小块比萨、一根香蕉，赶至大堂集合。

　　王导游引领我们穿过酒店花园到后门上车。经过处，矮丛树木修剪得如一个大大的植物球，每枝芽伸展似一朵朵绿色百合花，无数朵集成绿球，经昨夜雨水冲洗，每片叶片洁净到像刷了一层油漆般碧绿光亮。

　　雨后的阳光在蔚蓝的天空中迸发出热情的光芒，这是难得的，要知道挪威一年中仅有三个月可见到珍贵的阳光。

　　道路整洁，车少人稀，行驶半个小时便到了维京海盗船博物馆。导游迅速将大家聚集在博物馆门前，简明扼要地介绍了这座博物馆在挪威甚至北欧航海史上的价值，强调说进馆后不允许大声讲话，不允许触摸文物。

　　博物馆放置着公元 9 世纪纯手工制造的 3 艘原木海盗船，其中"科克斯塔德

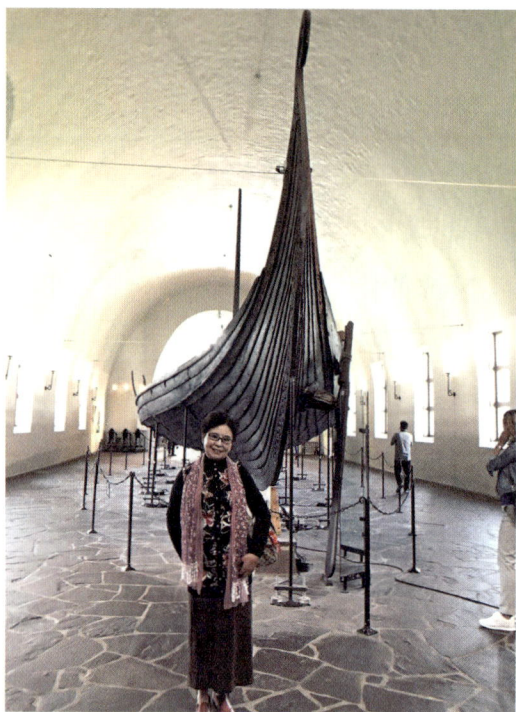

海盗船

号"海盗船总长 24 米，是陈列馆内最大的海盗船。船首尾尖细上扬，船身镂雕纹饰精致，两侧累积设着 64 块圆形盾牌，船头设有可拆卸安装的怒目突眼、张着血盆大口、面目狰狞的怪兽头，传说船在海洋遭遇强敌时才安装上怪兽头。这如燕子造型的文物竟然是凶悍的海盗头目的座驾。

"奥赛贝利号"海盗船更具传奇色彩，船头似天鹅颈，优雅而雍容华贵，船身的外侧浮雕镂纹与装饰奢华之至。这艘海盗船的拥有者是公元 9 世纪的奥莎女王——挪威哈拉尔德国王的亲祖母。奥莎女王强势、尊贵，为替父兄报仇雪恨，派刺客杀了她的丈夫……

这两艘海盗船是目前世界上保存最完好的海盗船，具有重要的历史价值。

奥斯陆的雕塑
2019 年 8 月 20 日

　　一小时海盗船博物馆的参观结束，思路还停留在海盗、维京文化、船身精美的木雕工艺之中。十字路口，橙色信号灯亮起，从大巴车前开过一辆大红色双箱加长公交车，箱底至车顶的酒广告如同浮雕刻在公交车车身。鲜亮的红车，在背景为绿树森林（挪威森林覆盖率高达 40%）的城市中穿行，途经的街道规划得整洁而美观。隔不多远，树丛间，小公园里，一尊尊雕塑点缀着城市风景。

　　王导介绍起奥斯陆的城市雕塑。挪威人对雕塑，特别对人体雕塑的喜爱可追溯到遥远的古挪威时期。无论私家住宅、花园还是公共场所，必见雕塑陈列，供宾主欣赏、品味。作为首都的奥斯陆，雕塑佳作随处可见，称奥斯陆为"雕塑世界"丝毫不为过。

不足半小时，我们来到弗罗古纳尔公园（又称"维格兰雕塑公园"）。公园地处奥斯陆西北部，占地面积约 50 公顷。

维格兰雕塑公园，是挪威著名的雕塑大师维格朗花 20 年心血精心打造完成的。雕塑与浮雕选用花岗石、铜、铁材料制作而成，园内近 200 座神态迥异的人物裸体雕像，大小共 650 个人物浮雕，遍布公园。该雕塑公园在世界上也声名远播。

导游给出的参观时间为一小时，大家迅速下车，按公园中轴线匆匆前往主雕塑群。

通过"生命之桥"，桥上站立着雕塑"愤怒的小孩"（园内知名雕塑之一），人物面部表情愤慨，龇牙怒吼，双拳紧握，右腿上抬着用力跺脚，惟妙惟肖。河道丝绒般的绿草坪上，一雕塑是父亲满脸自豪地左右手各搂着大、小两个儿子，全不顾两个儿子惊吓得手足无措。另一座雕塑"父与子"好似在耍杂技，父亲左肩站着一个欢呼雀跃的幼儿，右臂上两个小孩旋转滚动，右脚背托着一小男孩，娃娃做俯卧撑状，动作夸张到极致。

"生命之泉"已近在眼前，公园中圆盘基座上一群雄壮的男子齐心协力地使劲将一口大锅托起。蓝色的天幕飘动着团团的云层，就在我赶路间，一大朵游云飘在锅口上方，像四川人喜爱的美食——雪白的发糕，又似小孩爱吃的棉花糖。我停下，抓拍下这一刻的美景。周围还有一组组雕像立于山洞里、树丛中，形态各异，攀爬、游戏、聊天、恋爱、沉思。群雕下的石头围栏还有一幅幅浮雕。这些雕塑后是双层喷泉，洒向人间的甘露润泽周边的草木。

"生命之柱"位于公园高

公园

处，圆台阶中央高耸着一根粗大的圆石柱，石柱上雕刻着 21 个不同姿态的男女老少。远远望去，石柱近似中国古时的汉白玉华表，是园内最精美的雕刻作品，维格兰花了 14 年的时间才完成。与"生命之柱"合影，留下"到此一游"的证据。圆台阶周围是匀称的 36 座花岗岩石雕，中央高耸着"生命之柱"，无论在艺术技巧上还是思想内容上，都算得上维格兰雕塑园中最具代表性的杰作。"生命之柱"其意在表达人生的历程，像"生命之轮"。母亲分娩，婴儿呱呱坠地的第一声啼哭，初为人母的欢笑，孩子牙牙学语、蹒跚学步，渐渐走过幼年、少年、青年、壮年、老年，一个个生命，从生到死的生命旅程如此石柱从上到下的雕刻。

耳边凿击敲磨声此起彼伏，大棚中，雕塑家正在修葺残损的石像。两侧树木茂盛，翠坪蝶舞，让人心旷神怡，我沿坡道朝停车场走去。

一座爬满青藤绿叶的长方形植物房露出一道铁艺花门，草地上精心培植的鲜花，环环团团在阳光下争相怒放。走近，有浅紫色、藕荷色的勿忘我花果，火红的海棠，深吸一口气沁人心脾，真想在这里多享受一些时光。

奥斯陆市景
2019 年 8 月 20 日

车行没多一会儿，餐厅到了。10 人一桌，中餐与自助餐结合，自助区仅 3 排 12 种菜供选，旁边的另付费。有炒卷心菜、炒青菜、烧鱼、洋葱胡萝卜烧牛肉、红烧豆腐、白菜炒肉片、西红柿炒蛋、凉拌黄瓜……

在奥斯陆仅两夜一天，北极归来将游览北欧另外几国了，随便扒拉几口走出餐厅，想再看看这座城市。

对面小公园里几个青少年正在玩滑板，精彩的动作引来玩伴的尖叫声。我心揪紧，真怕他们摔着。一个穿格花衫的男孩，果然狠狠地摔在距雕塑不远的树干上，躺了会儿又慢慢爬起来。

对面街边花台旁有位妙龄女孩在遛两只狗，或许是人累了，或许是小狗走不动了，女孩抱起小狗坐在她健美的腿上。狗的头有点像马，四条腿特别细长，它转头看向我，金色瞳孔对着我的镜头发光。

从街口望过去，奥斯陆城市建设以六七层红砂色楼宇为主，浓郁的中世纪以来的北欧风情，很多建筑以齿形石头垒壁。街区、游园、整齐的草坪、奇花异草，灿烂绽放，绚丽夺目。不远的街心花园，四五个园林女工在拔草，补种萎去的花朵……

挪威国家大剧院又称"奥斯陆戏剧院",是一座洛可可风格的古典建筑,正面两侧安放着挪威最具代表性的戏剧作家的青铜像,一位是易卜生大师,另一位是比昂松。

挪威人自豪地称易卜生大师是为挪威留下浓墨重彩的艺术家、剧作家。他笔下的惊世剧作《玩偶之家》《群鬼》让世界认识了挪威,让挪威走出北欧,走向世界。挪威人特别喜欢向外国人介绍易卜生大师的奇闻轶事,大师遭受过三次中风,仍拖着病体坚持创作,直到 78 岁,平静安详地离世。

挪威王宫,1825 年由国王卡尔·约翰奠基建造,是挪威王室的办公地,也是部分王室成员的居所,庄严肃穆地矗立在首都奥斯陆市中心一座山岗上。沿红砂铺就的大广场往上屹立着杏黄色的王宫。建筑正面的石头座基上骑在高头大马上的是国王卡尔·约翰的青铜像。石阶梯两旁是从上至下的弧形石围栏,碧绿的草坪在阳光下分外耀眼。

游人纷纷走上台阶的宫前,王宫的卫士严肃地挺立于宫门侧的圆圈中。游客可以与士兵合影,但不能踏进圆圈。

9 世纪,挪威形成统一王国,逐渐兴盛,历史上曾受丹麦统治,1397 年与丹麦、瑞典组成卡尔玛联盟。挪威人前仆后继地奋斗,却在 14 世纪中期遭到鼠疫袭击,致使国家衰落。1814 年,挪威被丹麦割让给瑞典。1905 年 6 月 17 日挪威独立,成立君主共和国,1954 年 10 月 5 日与中国建交。如今的挪威是已拥有现代化工业的发达国家,也是世界上最宜居的国家之一。

正欲拍一张以整个王宫为背景的照片留念,恰无合适的人帮忙。旁边 5 位姑娘追赶嬉戏跑过来,用生硬的汉语招呼我:"尼(您)哈(好)。"对好镜头,请姑娘们帮忙拍,另外 3 个妹妹过来,自然地将我拥于中间,留下难忘瞬间。

市政厅广场
2019 年 8 月 20 日

15:00，到达奥斯陆市政厅广场。前方这座砖红色、"凹"字形的建筑是该市的政治中心，也浓缩了挪威的历史文脉，展现了挪威的方方面面。

这座海洋城市，称市政厅为"红砖双塔"，闻名于世的诺贝尔和平奖颁奖仪式于每年 12 月 10 日在市政厅举行（诺贝尔文学奖在邻国瑞典举行）。

市政厅前修筑了一个大喷泉，水雾缭绕。顺着两旁台阶拾级而上走进大厅，宽阔的空间，四周大型壁画的色彩及装饰搭配得恰到好处，内容大多出自《圣经》和北欧神话故事。左上方雕刻着雷神奥汀和他家族天神们的传说。另一层的房间里摆放着有年代感的家具、桌椅、相框，镌刻年月的壁画、油画述说着这座城市的变迁。

一个小厅里陈列着世界各国领导人访问挪威的欢迎照及两国元首的会谈合影。

市政厅内外，由挪威的艺术家们从 1900 年至 1950 年不断地装饰和润色才得以完工。它全面向人们展示了挪威的历史、文化以及挪威人的工作和生活。这座砖红色的建筑于 1950 年为庆祝奥斯陆建城 900 年而建。

阿克斯胡斯城堡
2019 年 8 月 20 日

离开奥斯陆，乘车前往邻郡的阿克斯胡斯，参观位于阿克海海角的古城堡。

司机挺关照大家，为了让大家少走段路，在距城堡进口较近的一座过街桥停车，让大家快下车。

阿克斯胡斯是挪威历史上喻康五世国王，他为抵御外来侵略在 1300 年开始修筑城堡。城堡修建历时 8 年，1308 年国王去世前不久城堡终于竣工，而且成功地抵御了瑞典埃力克公爵的进攻。之后多次反入侵的战斗验证了这座城堡易守难攻、坚不可摧的本色。于是，后来的国王将其中部分建筑进行改造，把室内装修得极尽奢华、富丽堂皇，成为皇家府邸。1999 年前的 60 年间，挪威国王在此居住。

著名建筑大师汉斯·斯汀文克在17世纪对这座古堡融入大规模的文艺复兴时期的建筑元素和装饰艺术，使之成为中世纪最具代表性的北欧建筑之一。

走过一段砖石铺的路，加快脚步向前，看到一尊显示男女不平等的大女人、小男人的雕塑。三级台阶的主基座上站着一位强壮高大的大女人，右手托着高昂后仰的头，左手放在小男人背后。小男人站在一块垒在圆柱上的方形石块上，才与大女人一般高，可男人的大腿比女人的手臂还细一圈。在北欧的社会里，女性是高于男性的，这座雕像也正是挪威现代女权主义的象征。

团友们走过一道坡又迈过一道坡，不少人已汗涔涔地喘着粗气，终于远远地看见如皇冠的帽顶，再走一会儿，圆筒形碉堡、楼宇、高墙已不远。腿长的几位男士加快步伐想捷足先登，先睹为快。嗯，咋又停下来？大部分人走近才发现这并非实景，是与建筑物一比一制作的巨幅高仿真图。接下来3幅图是古城堡护卫营房，橘黄色的墙，砖红色的坡顶，烟囱，鱼鳞状的瓦和斜铺在房顶的长方形玻璃亮瓦，墙上还开着双扇木窗。还有圆筒身子、4幢尖帽碉楼和6层4方的钟楼，顶尖造型接近中世纪士兵戴的高帽子。很多年来，那口大钟尽职尽责准点发出浑厚的声音。虽然是图，却以假乱真，让人们联想到古城堡的建筑风格与格局。

站在城堡的城墙上，奥斯陆的中心地带、市政厅红砖双塔尽收眼底，似乎就在不远处。古城按期以修旧如旧的方式维修，除向人们展示中世纪建筑特色，还用来接待外国元首及贵宾。

在古堡的另一城墙俯瞰，苍茫大海，起伏的山峦，森林一望无际，风光无限好。好几只游艇驶向奥斯陆，这些是奥斯陆市民的家庭游艇，挪威人的血脉中的"维京血脉"热爱大海，将海上泛舟视为最大乐趣，特别在节假日，全家乘游艇出海，穿峡湾、到邻国、游瑞典、玩丹麦或到某森林氧吧享受自然风光都是常有的事。节假日，奥斯陆港口五彩缤纷，各式游艇将大海装点得格外漂亮，真是令人赏心悦目的另类海滨城市风光。

北　极

Arctic

奥斯陆→朗伊尔城
2019年8月21日

今天离开挪威首都奥斯陆乘机前往北极熊王国，斯瓦尔巴群岛的首府——朗伊尔城，开启我为期8天的北极之旅。

凌晨4点，再次检查行李，把到朗伊尔城需要的服装及用品放入能随机携带的小行李箱，必备品装入随身包。

5:30，酒店餐厅用餐，面包多样，果汁五颜六色，新鲜水果及各类干果，还有特别为中国人熬的粥。大早上来了一杯浓咖啡提神，再吃两小块可可蛋糕、少许水果了事。

7:15，导游点名，集体离开酒店。团友们在导游的带领下，像小朋友放学的队伍，整齐地走过马路到对面的机场。

高大英俊的空乘在统一、合体的制服包装下显得更为挺拔矫健。空姐无论是黑皮肤还是白脸庞，各个身材婀娜、曲线优美，匆匆与我们擦肩而过。酒店与机场隔路而建，大约是机场人士的"签约"酒店，上下电梯或用餐随处可见空乘和空姐。

7:20，我们的队伍已排队等待托运行李，领取登机牌。

找寻电子屏幕，仔细寻找我要乘坐的航班号，确认登机口，用手机拍下（这是我乘坐国际航班的经验）。没走多远，习惯性再看看屏幕，登机口从2楼改到5楼再改3楼，司空见惯。

还有点时间，我找到机场银行事务所换了点挪威克朗备用。

9:15开始登机，预计起飞时间9:45。有一位乘客安检耽误，9:55，飞机起飞。

待飞稳当后，我习惯性地取出纸笔在桌板上开始今天的记录。

12:58，飞机降落在朗伊尔城机场。空中飞行时间是2小时零3分，飞行距离2125千米。

下了飞机，眼前就是世界最北端的斯瓦尔巴机场。别小看这座微型机场，每周会有定期的航班从奥斯陆和特罗姆瑟飞抵这里。

旋转的行李带上方，一只憨态可掬的北极熊专注地望着来来往往的世界各国的旅客，欢迎大家的到来。很多游人为了拍摄这只北极熊模型而忘了提取行李，致使某段时间要拍好一张它的照片很难找到最佳角度。

一则醒目的"游客须知"映入眼帘：不准乱丢垃圾、不准采花、不准迁移树木、不准捕杀或惊动鸟兽、不准破坏文物……一条条禁令告诫着每一位来岛的人。但无论多少禁令都抑制不住人们对这里的好奇心。

北纬 78 度 13 分，东经 15 度 33 分，这里是世界最北端的城市。

机场外，一辆大巴车载我们去朗伊尔城。等待上汽车的那么一会儿，寒风拂面，隐有刀尖刮似的感觉，我连忙用围巾裹住头脸再用防风镜压紧双目。

车到了一处紧闭的原木大门前，这是我们今天午餐的餐厅及周转的朗伊尔城能接待团队游客的酒店。

餐厅里不是想象中的窗明几净，而是光线昏暗，设施陈旧。进门靠右摆放着一排食物，往前几步是厨房。旅客取了鱿鱼或其他肉类，厨师可现场烧烤。桌上放着一大瓶冰水，也有饮料、果汁。我简单地吃下两片面包，那些看不明白的食物不敢尝试。

朗伊尔城虽说是斯瓦尔巴岛的首府，但仅有一条街，街上有购物店、邮局、咖啡馆等。好奇心驱使我小跑上街，风嗖嗖地从耳边掠过，我只顾埋头伛背往前。街上的商店关门闭户，人都在店里。首府约 1100 人，人口密度约 0.04 人 / 平方千米。

商店后面一条小公路，一片枯草田园，山脚下一排色彩斑斓的小木屋格外醒目装扮着世界最北端的这座迷你小城。我赶快抓紧时间拍照，欲与这些小屋同框合影，苦于路无旁人。等了好一会儿，从小路走出一位姑娘，我跑步向前"求助"。这是位可爱的俄罗斯少女，热情地为我拍了几张照片！

一辆汽车从身边急驶而过，我跳到田边。地里大量的草枯黄了，少有一些绿色的在风中东倒西歪，看到一种白色的毛茸茸的植物，我弯下腰仔细观察。那俄罗斯姑娘赶过来急得直摆手，口中不住地说："NO！NO！"我立即停住，想起机场禁令中的一项：不准采花！好吧，那我看看总可以嘛。

上了汽车，我身旁坐的是一位公司老总。他常年往返于北极、南极旅游路线，对朗伊尔城十分熟悉。汽车路过几乎荒芜的"田园风光"，他读出我的眼神，说："这里的草枯了，花凋零了也不允许移动。挪威法律保护这里的一草一木，保护斯瓦尔巴独具特色的自然生态及荒野地貌。草木，虽死犹生，一视同仁。北极地区给予植物最高的尊重。"

不解的禁令——禁止死亡
2019年8月21日

16:30，我们眼前似被一堵蓝色高墙挡了路，这便是HONDIUS·红士游轮，我们要待8天的"家"。快步走向岸边，拍下我到北冰洋的第一张照片。

登上游轮，到前台领取我的房卡。房间是小巧的标准间，卫生间、淋浴玻璃门。五横式钢架贴墙而立，摸摸温度挺高的，这是提供给客人的烘干机，挺适用。贴着窗户能看见蓝色的海水、岸边多彩的小屋和远处的雪山、棕灰色的矿山。

红士游轮

18:30，广播通知所有人到多功能厅上救生知识课，要一一点名，必须到场。

19:30，晚餐，菜品十分丰富，除了米饭、面条，还有挪威鳕鱼、三文鱼、鱼排、牛排、焖杂菜（茄子、胡萝卜、西兰花、玉米粒）、意大利粉、各种口味的面包，以及核桃仁、花生仁、腰果等近 10 种坚果，还有橘子、香蕉、李子等多种水果。

晚上，通知大家领登陆靴，需要带上毛袜去试穿。我领到的靴子应该有八九成新，干干净净的。若靴子脏兮兮的，得劳神清洗一阵。

听到另一个团的团友与他们领队小声讲，他们团有位女士不知是否中午吃了不消化的东西，已经吐了好几次了，脸色苍白。领队面部表情严肃，说："若吃了药还不见好转，趁着船还没开动最好送回朗伊尔城医治（朗伊尔城只有一家医院），如果还不见好，考虑明天飞回奥斯陆治病。"

不就肠胃不舒服，水土不服吗？多大点事，有必要送回奥斯陆治病吗？我可不想再遇到游轮返回这种事了。

后来方知：斯瓦尔巴群岛，这世界最北端之城还有一项禁令——禁止死亡！这个规定令人匪夷所思。任何前来这里旅游的游客或是当地居民生病了，甚至患上重病或绝症，将会安排专人护送病人乘船或乘飞机转至挪威治疗，或是在其他地方度过最后时光。当地老人在 60 岁后会被送到别的城市养老，目的就是避免老人在城内去世。若遭遇厄运或猝死，这里没人会来安葬，会有人用裹尸袋把遗体运往挪威或其他地方处置。

这方冻土，尸体不会腐烂。1918 年，西班牙大流感曾在美国爆发，并迅速席卷全球，当时至少有 5000 万人因此失去生命。1998 年，美国科学家在阿拉斯加永久冻土层中发现了一具 80 年前死亡的爱斯基摩人，体内的病毒仍处于存活状态。以此可以证明，低温根本无法杀死病毒。如果人类在此下葬，严寒只会导致细菌和病毒进入休眠状态。一旦温度合适，细菌和病毒便会开始大肆传播。数百年前，朗伊尔城就曾因为埋葬了一具尸体最终爆发瘟疫，导致当地大量人口因此感染。所以出于保护的目的，于是做出了这项禁令——朗伊尔城禁止死亡或不接受死亡。

北冰洋的第一个早晨
2019 年 8 月 22 日

清晨，走向游轮甲板，为的是尽情领略北冰洋的独特风光。

拉开第一道通往甲板的门，已觉与房间温差很大，再用力拉开第二道门，迎面劲风似乎要把人掀倒。不由得将被风吹移位的帽子往前挪了挪，并用围巾扎紧。

甲板上已经有人长枪短炮瞄准前方。一位先生问道："冷吧？"

看他打扮，我反问："你不冷？"

"不冷，习惯了。这是北极的夏天，与咱哈尔滨差不多。"

我再问："之前来过？"

他回答："来过几次。对北极熊特别感兴趣，对其他海洋动物也感兴趣。"

这时，见他为相机换镜头，有些好奇地问："你相机很贵吧？"

"不算太贵，三四十万，贵的还有五十多万的，专业摄影师、摄影发烧友还有更贵的。"

不解的我深吸一口冷气，继而请教："这里几月最冷？"

先生缓缓道来："在北冰洋的一年四季中，现在 8 月是最暖和的，平均气温零下 8 摄氏度左右。5 月、6 月是春季，7 月、8 月是夏季，9 月、10 月属秋季。冬季是最冷、最长的，从 11 月到来年的 4 月，长达半年之久。漫长的冬季不仅寒冷而且黑暗。从 11 月 23 日起将近半年完全不见太阳的影踪，温度在零下 50 多摄氏度。11 月、12 月和次年 2 月是漫漫黑夜，又称'极夜'。除当地人认为这冰天雪地的'极夜'是一种另类的幸福生活，外来者绝对无法适应。4 月中旬至 8 月差不多 4 个月时间是'极昼'，太阳不落，全天白天。"

我说："怪不得晚上 12 点都不见天黑，如国内傍晚 5 点的天色，我拉上窗帘才能睡觉。"

前方，无边的冰雪，洋上表层是大面积无边无际的海水，仔细看，又发现浮冰在慢慢地漂移。

北冰洋，世界最小、最浅、最冷的大洋，也是地球上唯一的白色海洋。

冷得受不了，我返回房间，用热水暖了暖手，一刻钟左右才缓过来。赶往餐厅，吃过东西我才感觉暖和些。

早餐十分丰盛。听其他旅友说挪威的燕麦片在世界排名靠前，牛奶又香又浓，冲燕麦片营养极好。走近柜台看，除麦片外还有多种多样的杂粮制成的颗粒物，冲调牛奶挺不错。各种冷水鱼片、面包、蔬菜、沙拉等。保持个人旅游习惯，不熟悉的不吃或少吃，只要了咖啡、牛奶、面条、少量水果和坚果。抓紧用餐，讲座及今日安排不容错过，这对登陆至关重要。

日程安排：

07:45，叫早。

08:00，早餐（4层）。

09:00，5层咖啡厅举行"强制性"AECO（北极探险船协会）和冲锋艇安全说明会，每个人都必须准时参加。请一定带上房卡。

10:30，新奥尔松登陆。

短途徒步，途径有名的历史遗迹和海滩。每10分钟有一队出发。两队分别于11点、11点10分在阿蒙森头像雕塑处集合。这里的纪念品商店接受挪威克朗、欧元和信用卡。请将手机调至飞行模式，注意一定只能在石子路上行走。

12:00，全体回船。

12:30，午餐（4层）。

15:00，登陆和冲锋艇巡游。

18:30，每日总结和船长欢迎会（5层休息区）。

19:30，晚餐（4层）。

宽阔海洋探险队
2019年8月22日

9:00，探险队全体成员见面会。

探险队的名称：OCEAN WIDE EXPEOITION（宽阔海洋探险队）。

他们分别来自英国、美国、德国、南非、俄罗斯、阿根廷、冰岛、荷兰、中国、克罗地亚。

这支队伍中有：

联合国环境专家，外号"云霞"（南非）。

海洋生物学家Shelli和枇杷（英、德）。

海洋生物学及海洋地理学研究专家罗斯丽（德国）。

对南极有丰富经验，并有150多航次经验的帕布洛（阿根廷）。

2014 年起每年前往南极"报到"的马丽拉（阿根廷）。

2015 年加入探险队往返南、北极的 Jerry（美国）。

足迹遍布 80 多个国家的国际导游（中国）。

研究北极地区人类活动和北极探险史的彼奥尼（冰岛）。

学习地球科学、海洋地质、冰川、冰河世纪地质学的约翰（荷兰）。

潜水向导，多次前往南极的卡瑟琳（英国）。

2016 年参加该探险队的野生动物保护志愿者萨拉（克罗地亚）。

致力于将医药、医疗及旅行相结合的船医安德烈（俄罗斯）。

睿智、幽默的探险队队长将 13 位队员及其特长分别为游客做了介绍，最后为大家做了一个自我介绍。

队长：Adam（亚当）（英格兰）。

英格兰乡村长大，9 岁开始航海，12 岁就在当地河上工作。16 岁用自己的一艘小渔船去码头接游人去海豹栖息地观看海豹。后参加海军驻守北爱尔兰，并参与肯尼亚执行行动。2002 年成为一名特警。但 Adam 一直有个梦想——成为他叔叔一样能在南极工作的人。2014 年他毅然辞去警察工作，去到英国南极科考队管理船只的部门做了一名官员。他曾在南极爱德华国王岛、南乔治亚群岛工作。2017 年入选皇家地质协会，现为协会向导及顾问，同时兼海事活动、多项户外活动教练等。

Adam 队长——介绍探险队队员时，他机敏幽默的谈吐让游客们不时发出欢愉的笑声。

去北极、南极不是一件容易的事，需要专业保障，极地知识学习需要来自专业学者的指导。

北极必修课

2019 年 8 月 22 日

严肃的课堂告诉每位游客必须遵守的规定：

承诺在北极地区有良好的行为；

遵循我们的指引、指令；

清楚您自己的极限；

1945 年以前的物品受法律保护；

如果有鸟类俯冲攻击，请原路返回；

严禁使用无人机；

禁止踩踏植物、苔原，只走在石子路上；

注意筑巢的鸟类；

禁止使用无人机；

……

　　探险队队员按屏幕上方的文字、画面仔细讲解。对 8 月 21—28 日这 8 天的安排虽然做好了规划，但由于北极地区及北冰洋不可预测的气候变化，行程安排会根据当日天气进行调整。

　　接近一小时的课程大家认真听着，直到探险队队长宣布：请大家稍事休息，前往新奥尔松。

　　我抓紧时间回房间放松，凭去南极的经验，极地登陆，铁定没有卫生间可上。

　　新奥尔松，是比斯瓦尔巴群岛的首府朗伊尔城更北端的小镇，有 30 位居民，是人口最稀疏的小镇。10:30，我们到达新奥尔松，视线立即被色彩斑斓的房屋所吸引，枣红色、橙红色、锈红色、绿墙砖、红顶或棕红墙、蓝色房顶……在白雪皑皑的山峰下，我们恍若进入七彩的童话世界，内心激动，自己似乎年轻了许多。

　　本次探险队领队宣布集中时间、地点后，我直奔北极探险史博物馆而去。

北极航线探险史
2019 年 8 月 22 日

　　北极探险史与中国有着密不可分的关系。马可·波罗的中国之行，让西方人深信中国黄金、白银、奇珍异宝遍地，珍馐佳肴，美女如云，是真正的人间天堂。

　　从挪威如何寻找到最近的航线到达中国？当时的欧洲人众说纷纭。中世纪的北极探险史始于北极航线时期：北冰洋东北航线和西北航线。

　　1500 年，葡萄牙人考特雷尔兄弟俩，沿着欧洲西海岸一路北航到达纽芬兰岛。

　　1501 年，考特雷尔兄弟俩继续北上，他们深信能到达中国，终成西北航线第一批探险者。

1595 年，西欧北部的荷兰人巴伦支 3 次北极航行，两年后发现斯匹次卑尔根岛，并且到达了北部 79°49′的地方。他创造了人类北进和在北极越冬的新纪录。不幸的是，第二年，1597 年 6 月 20 日终因饥寒交迫、过劳成疾，他死于一块浮冰之上，终年 37 岁。

1610 年，英商业探险公司雇员，英国人哈德森驾驶"发现"号冲击西北航道，并将到达的海湾以哈德森名字命名。最终，出发时的 22 名探险队仅有 7 人活着回到英格兰（15 人被冻死、病死、他杀）。

1616 年春，巴芬再次指挥"发现号"北进，这只小船 15 次驶入西北未知海域，发现了宽阔的巴芬湾。

1725 年初，彼得大帝任命丹麦人白令任俄国考察队队长，并下达任务：确定亚洲大陆和美洲大陆是否连接在一起。白令领命，率 25 名队员离开彼得堡，由西向东横穿俄罗斯，旅程长达 8000 多千米，才抵达太平洋海岸。再次登船向西北航行，试图完成彼得大帝交代的这项艰巨任务。白令在 17 年艰难曲折的探险航程里，于第一次航程中绘制出勘察半岛海图外，还顺利航经阿拉斯加和西伯利亚险阻航道——现今的白令海峡。14 年后的 1739 年，白令率队开始第二次航行，先后到达北美洲西海岸，发现了阿留申群岛及阿拉斯加。这一重大发现使俄国对阿拉斯加领土要求得到国际承认。这两次探险，100 余人献身。这当中，探险总指挥白令也死在第二次探险途中。

1819 年，来自英国的船长帕瑞，力排众议冲击北极冬季冰封的海域，即将打通西北航道，然以失败告终。虽败而求得一极其重要真理：北极冰盖在不经意地缓缓移动。冰层上行走 61 天，计 1600 千米，但真正的里程数才 270 千米。这缺失的 1330 千米到哪里去了？原来，冰盖移动与他们行走方向正好相反，他们北行浮冰载其向南漂移，致使帕瑞船长一行到达了北纬 82°45′的地方。

1831 年，英国著名探险家约翰·罗斯与詹姆斯·罗斯探险途中发现了北磁极。

1845 年 5 月 19 日，大英帝国军部派北极探险家约翰·富兰克林第三次北极探险。三年多时间，129 人死于饥饿、寒冷、疾病，无一生还。这便是北极探险史上最为惨烈的探险。而富兰克林爵士的献身精神为后世所钦佩。

1878 年，芬兰籍瑞典海军上尉路易斯·潘朗德尔率俄国、丹麦、意大利三国海员 30 人组成国际探险队，首次打通东北航线。

1905 年，征服南极点的挪威探险家罗阿尔德·阿蒙森成功打通西北航线，为寻找东方之路画上圆满句号。

登上北极点第一人

2019 年 8 月 22 日

一个世纪前，英国政府为激励北极探险者，下令拨发专项基金奖赏第一个到达北极点的探险家。消息传出，探险家们摩拳擦掌，都幻想着成为第一个登上北极点的人，从而获取载入历史的殊荣。

几年之中，欧美探险家总结分析上百年探险先驱勇闯北冰洋东北航线和西北航线成败经验，制订多套方案和可行性计划冲刺北极点。最终由美国海军中校，54 岁的探险家罗伯特·皮尔里成为第一个抵达北极点的人。

1902 年，罗伯特·皮尔里在前往北极之前便策划：在北纬 80°（度）建造仓库，囤积所需物资，同时为前往北极点的探险路途减轻辎重，更好保存探险队队员的热量和体能。第一次的北极探险，凛冽劲风多少次让他们晕头转向，恶劣的北极环境让他们不得不无功而返。皮尔里不应该说第一次就完全失败，他获取的经验为再一次出发奠定了重要基础。

1905 年，50 岁的皮尔里重组北极探险队再次前往北极。这次在设备上做了改良——船只装置了锋利的螺旋穿刺，过冰冻的北冰洋洋面，比第一次到达了离北极点更近的地方。狗拉雪橇无法再让他挺进。凭借海军指挥官的功底，缜密的思考后，皮尔里招来了解和熟悉北极的因纽特人加入探险队。改变路线，乘坐从纽约出发的"罗斯福"号船前往北极。

1906 年 2 月，探险船到达赫克拉岬地。皮尔里发挥他的聪明才智，让因纽特人建立冰上补给站和冰上航线，最大限度节约探险队队员向北极点冲刺的体能。因纽特人用尽全力，航线和补给站难以建成，皮尔里计划中的第二次探险终止于北冰洋严酷的气候。

1908 年 7 月，在北极的夏季，皮尔里选乘"罗斯福"号轮船从美国北进格陵兰岛。途中，在离船后陆路上行走约 144 千米，经埃尔斯米尔岛上的哥伦比亚角。皮尔里将探险队分为几个小分队，各自承担不同的任务。起初，几十人的探险队伍中有 17 名因纽特人、19 只雪橇、133 条狗。半年左右他到达终点时，除皮尔里和亨森仅留下 4 个因纽特人。

1909 年 3 月 1 日，皮尔里再次重组北极探险队，以他海军指挥官的眼光在众多招募者中严格筛选出 4 位彪悍的爱斯基摩人和探险队队员组成补给梯队，选择从哥伦比亚岬地启程。皮尔里与黑仆马休·汉森及几位有经验的探险队队员组成一支冲刺北极点的突击队。5 辆雪橇载 6 位队员，40 只狗拉着雪橇向着北极点方向前进。一路上穿越 240 千米的冰原（每一千米都难以想象的艰难），黑人助手寸步不离陪伴着皮尔里，历经 36 天艰辛跋涉，皮尔里率领的探险队终于到达了多年来多少探险家们梦寐以求的北极点。皮尔里测定方向和位置，他们一行清楚看到北极点没有陆地，是结满坚冰的海洋。于是取出一面美国国旗，在国旗的一角写上：1909 年 4 月 6 日，抵达北纬 90°，Peelle LEE（皮尔里）。

抵达北极点是多少探险家一生的梦想，为了这一梦想，多少人葬身北冰洋。

中国北极黄河站
2019 年 8 月 22 日

黄河站，坐落在挪威斯匹次卑尔根群岛的新奥尔松，是中国在北极建立的首个科考站，是中国继南极长城站、中山站之后的两极中第三座极地科学考察站，也使中国成为第 8 个在挪威斯匹次卑尔根群岛上建立科学考察站的国家。

北极所有陆地分属于环北极 8 个国家，分别是芬兰、瑞典、挪威、丹麦、冰岛、加拿大、美国、俄罗斯。中国作为《斯匹次卑尔根群岛条约》缔约国之一，拥有条约规定的科考相对权，并具有在新奥尔松、北极科考热土上建立科考站的法律依据。

黄河站租用了原挪威王湾公司一幢 20 世纪 40 年代修建的混凝土结构楼房，双方签订改造合同，于 2003 年 9 月完工并正式投入使用。至此，中国在北极有了固定的科考基地。

2004 年 7 月 28 日，中国在北纬 78° 55′建立起黄河科学考察站，五星红旗飘扬在北极的蓝天下。

中国虽然是极地科考的后来者，但中国科学家在近 20 年在北极研究中取得了可喜的成绩。北极黄河站目前已拥有全球极地科考规模最大的空间物理观测点。

我们在两只汉白玉狮子台阶上举着五星红旗与"中国北极黄河站"的牌子同框合影，胸中激情荡漾。黄河站负责人拿出黄河站印章为我们留下纪念印迹。

在探险队队员荷枪实弹的护送下回船。可别误解，因为斯瓦尔巴群岛人口仅3000 人，总面积约 6.2 万平方千米，最接近北极点的可居住地区有 5000 多头北极熊，比当地人还多，还有北极狐、北极狼等食肉动物。游客必须在探险队队员的指引下进行户外行动。

北极黄河站

　　到达船边，我看见探险队队员把各自的枪放进大枪箱里锁好后再背上游轮。此时的我还不急于去4楼餐厅，而是直接去6楼甲板，为的是看餐厅哪一边窗户的观景位置更佳。找好位置后，我再下到餐厅，取餐后返回6楼甲板，一边品尝美食，一边欣赏风景。远处的雪山在阳光下闪着银光，蓝天是那样洁净，白云反倒显得浅灰。离船最近的冰堤，长得看不到尽头。太阳光大约在40度角的侧面洒下，在北冰洋上，哪怕是正午，也看不到太阳高挂的景象。

　　原计划15:00登陆和冲锋艇巡游。14:30广播通知：因风力太大，冲锋艇在北冰洋中行驶不稳会出现安全隐患。游船将改道去风向稳定、景观更优美的航道。

　　在南极、北极的旅行中，一切必须听从国际海事局、探险队和船方安排。其实在这茫茫大洋之中，到了哪儿、没到哪儿，我压根搞不清。

多彩北冰洋
2019 年 8 月 22 日

游轮驶入一座峡湾，速度放慢。人们涌向甲板，呼吸着寒冷的空气，欣赏船前方宏伟的沿岸风光。"咔嚓、咔嚓"的拍照声不绝于耳。

湛蓝的天上白云变幻着模样，有鱼鳞状的，有似或密或疏的浪花的……

山峰被冰盖压紧，如戴着雪帽的绅士挺拔屹立。旁边也有身披雪褛的枯黄色群山。山峦间是气势恢宏的庞大冰川——这是冰川学家讲的谷河冰冰川，终年冰封，终年积雪，受冰河之间强大的物理压力而移动，历经漫漫岁月的挤压，变得紧密而坚硬。远处是乳白色，走近看渐变为水晶般晶莹剔透。冰山在水中的倒影将山水相连，犹如宏伟的巨幅画卷。蓝天映入碧水，海水仿佛比天空更蓝，像晶莹的蓝宝石。一只海鸟凌空飞过，让画面愈加生动。一块块形状各异的浮冰"随波逐流"，闪烁着钻石般的光泽，恍惚间云影天光，如梦似幻。

曾经只知道地球北端天寒地冻不宜人居，却不知北极的夏天有如此画面斑斓的色彩，这趟旅程领略到了层次丰富的多彩北冰洋。

骤然降温，我不得不进入船舱休息厅，喝下半杯滚烫的可可饮料再返回甲板观光，终因扛不住近零下 10 摄氏度的刺骨寒风，我又重返休息厅。此时，早已进来取暖的旅友，有品着红茶的、有喝着咖啡的、有打瞌睡的，还有一家三口玩起扑克牌"斗地主"的，更多的是在看相机、手机刚拍的风景。

我匆忙回房间，冻僵的双手老不听使唤，连抽房卡都费劲，好不容易打开房门后闪身进门，跺脚、烫手，终于不再感觉寒冷，便急不可耐地写下那些震撼人心的片段，不可能一气呵成，构建起那些难忘的"框架"，待日后补笔书写。

晚上的船长见面会兼欢迎仪式即将开始，为不增加旅途负担，我没携带晚礼服，一套衫裙力求不撞衫。

船长

18:30，主持人宣布：船长欢迎会开始。

船长（雷默特·简·科斯特·马斯特）大步流星走来，面向旅客站定。只见他身高两米以上，身穿黑色高腰夹克，内穿白衬衫，搭配黑色长裤，更显挺拔干练。花白的头发和胡须也掩不住他的英俊潇洒。他浓眉大眼、鼻梁高挺，目光炯炯凝视前方，有点接近好莱坞大片里"007"的形象，坚毅果敢、充满智慧，随时准备应对各种变化。他尚未开口，我已感受到这是一位具有丰富航海经验的船长。

船长右手持麦克风，左手举一盛着橙汁的高脚玻璃杯，说："欢迎大家乘坐红士游轮，希望各位贵宾能在接下来的一周里尽情享受北极，带给你们的奇特景观和更多的视觉盛宴。"简短的欢迎致辞获得了热烈掌声。接下来大家涌向船长要求合影、敬酒，他几乎都热情地答应了。

早有准备的旅客中不少身着华服，好几位女士身着缎面绣花旗袍搭配长丝巾，有穿着面料考究的礼服套装配礼帽的，还有穿着蕾丝珍珠片晚礼服的……一时间休息厅充满时尚、欢乐的狂欢氛围。

旅游公司老总总结今天行程，强调海上注意事项，通知了明天的安排。

晚餐时间到了，我找了靠窗的座位入座，取了几片极新鲜的鳕鱼片。挪威海是世界著名的渔场之一（我们现在游览的斯瓦尔巴群岛是挪威属地），所产的鳕鱼、黑线鳕鱼还有蝶鱼肉质上乘，味道鲜美。洋葱丝、芥末是吃生鱼片的最佳搭配，再来点少量蔬菜、肉、干果、水果，足矣。

夜里开始写今天的随笔，一段写完再写一点，想着天黑便睡，完全忘了8月的北冰洋是极昼，困倦时已是凌晨3点了。

魅力北冰洋

上船第三天早晨，天空蔚蓝清澈，空气清新得仿佛能让人忘却所有烦恼，轻轻地吸了一口气，尽管有些凉意却心生快感，心情格外清爽、舒畅。我站在甲板上，看天上的白云似一只苍劲有力的巨手，将高空与冰海构成扇形。

远方的北冰洋辽阔、深远、宁静。游轮缓缓前行，似乎不愿让波涛惊动这片沉寂的冰海。

北冰洋表层，绝大部分终年被海冰覆盖。冬季海冰的覆盖总面积的73%，夏天的两个月里（7月、8月）海冰覆盖率约53%以上，面积800万平方千米至1000多万平方千米，是地球上唯一的白色海洋。

晨曦初上，完全没有日出东方红似火的模样。这是北极，只有朝霞将天空晕染成橘红色，太阳被白云掩映，怎么也冲不开云层，却形成另一种神奇的天象。层层叠叠的青色、橘红色，把大片大片的白色浮冰染成了蓝灰色，深沉又梦幻的水面反而比天上更加明亮。这帧北冰洋晨曦的小图没人能分得清天空与海洋的界线。

游轮已驶入更为密集的冰域，浮冰增多，海鸟或展翅高飞，或滑翔盘旋，为冰冷的洋面带来了生机。

大块头的浮冰隙离冰床，缓缓流经游轮，底部放射出美丽的蓝光。一块形状如鳄鱼头部的浮冰漂至眼前，两只水鸟飞来冰上蹦蹦跳跳。一只鸟儿刚好停留在"鳄鱼眼睛"上，可谓神来之笔的巧合。

北冰洋，相见恨晚。你是吾生到过的第四大洋。莫负好光景，我要好好地看，把眼前美景尽收眼底。时光荏苒，我已渐渐年老，能在有生之年看到南极、北极这样的冰雪世界，不悔此生。

冰原北极熊
2019年8月23日

我的北极之行真够幸运的，遇到了多种海洋生灵：北极熊、海象、北极狐、海豹、鲸鱼和多种北极海鸟等。斯瓦尔巴群岛号称"北极熊王国"。话虽如此，也有特别来看北极熊的团队与北极熊无缘，遗憾离开的。

我们船行北冰洋上，大家欣赏着形状各异的浮冰。海鸟，飞到浮冰上蹦跳往返，偶尔两只对啄，是亲吻还是问候不得而知。别看小鸟在洋上显得渺小，却让浮冰和海水平添一种生机。

广播响起：请大家往15:20方向看，两只北极熊就在我们面前。有人激动地指向前方说："看见了！看见了！"一只毛色米白、身材魁梧的北极熊，前肢抵住冰面，昂首傲视远方。它是在寻找食物还是已经发现了猎物？咦，莫非看到同类准备拉开武斗的架势？北极熊直立站姿，龇着牙，发出沉闷的吼叫声，想让对方退让。这种方式一般说来挺奏效。一旦武斗，双方都有损失。

另一只看得特清楚，侧卧冰上睡得正酣。有位团友用望远镜观望着说："睡得那么香，难不成冰塌是席梦思？"其实北极熊除了冬眠，夏天也有夏眠的时候。有人高声喊道："看，还有一只，一共是 3 只。"往远处望去，但距离太远，只能见有一团毛茸茸的东西在冰上移动。

一位女士借过望远镜向冰上张望观察。随后，望远镜被你传我，我传他，我也趁势接过望远镜朝睡觉的北极熊仔细观看。呀，北极熊呼吸时，肚皮、颈项起伏看得清清楚楚，好像打呼噜的声音都隐约在耳畔响起。接下来两天，大家在斯瓦尔巴岛和杨马延岛又见过几只北极熊。

探险队把讲座穿插在观察北极熊的间隔中，生物学专家讲授的北极熊知识让我受益匪浅，如果只是单纯地看北极熊，真应了"知其然，不知其所以然"这句话。

24 日下午又看到浮冰上有 3 只北极熊，一只北极熊的嘴在浮冰上舔着什么。那浮冰像一座大转盘，一圈圈螺旋的冰痕像在旋转。另外一只北极熊头朝着前一只的反方向站在浮冰边缘低头喝水。北极熊的身影倒映在碧蓝平静的海水中，构成一幅天然大美的风景画。喝过水后，只见它伸出粗壮的右前腿向另一块浮冰跨去。旅游团的摄影发烧友吴老师早已守候多时，拍下这精彩的一刻！

北极熊

鸟崖观鸟

2019 年 8 月 23 日

极地鸟类学家的研究显示：北极地区的鸟有 36 种左右，细分为 160 多种，其中不乏珍稀鸟类，如萨宾的鸥、红嘴王羢鸭、红嘴角红脚红蹼的大西洋海雀等。自 1973 年以来对北极生物保护出台了很多措施，使各类物种得以更好繁衍生息。

10:00 在冲锋艇等候区集合，全船游客陆续登艇前往斯瓦尔巴群岛鸟类聚集栖居的鸟崖观鸟。

冲锋艇驾手不是探险队队员，是斯瓦尔群岛当地的一名居民，有旅友说他是因纽特人，熟悉北冰洋水域变幻莫测的水道及遇到意外时的应对手段。

出发后差不多 20 分钟，冲锋艇的速度并不快，但迎面而来的嗖嗖冷风吹得我额头似被针尖刺一样痛，只得拉低棉帽檐防寒。冲锋艇慢下来，在冰块中游走。眼前的浮冰不像前两天的样子，大多如透明的巨大冰砖。若冲锋艇速度太快，艇身会被冰隙尖锐的角刺破，后果不堪设想。要知道，人若落入北冰洋，几分钟后就会因体温急速下降而死亡。

半小时左右到达鸟崖——斯瓦尔巴群岛鸟群最为密集的地方。

只见陡峭的悬崖间，层层叠叠岩石上，立着密密麻麻的海鸟，数量之多，有密集恐惧症者定会眩晕。眼前，黑、白、灰相间的崖体像极了钢筋混凝土修建成的高楼大厦，鸟群栖息在"大楼"上，有准备觅食的，有梳理羽毛的，有眺望大海发呆的……

爱鸟人士已举起长枪短炮，跪在冲锋艇内，紧靠艇沿对着几座悬崖拍摄。探险队队员指着崖壁讲："眼前崖上的鸟叫厚嘴海鸦，是一种群居性鸟类，它们筑巢在悬崖峭壁上是为防止北极狐偷袭。它们的种群相当庞大，北极地区有 10 万多对，斯瓦尔巴群岛约 6 万对。"

一根如冲天柱的岩石上，黑白色的鸟叫刀嘴海雀，全身白毛的是象牙鸥、雪鸥，也有大黑背鸥、小海雀。

远处一座悬崖上站着一群黑额、白颈、白肚、铁灰衣背的鸟儿，厚嘴海鸦们目不转睛地盯着它们。这是北极贼鸥，是另一族群，这一族群分 4 种：北极贼鸥、长尾贼鸥、中贼鸥、大贼鸥。贼鸥追逐海鸟，偷袭北极燕鸥。三趾鸥尤其喜欢攻击厚嘴海鸦，猛扑进密集的厚嘴海鸦群中总有收获，即便扑空，对方留下的食物也够它们饱餐一阵。

北极浮冰上的小生灵

    讲座视频介绍了一种漂亮的鸟——瓣蹼鹬，雌鸟的体型比雄鸟大，毛色也更鲜艳，在斯瓦尔巴群岛时颈部和整个肚皮至下尾呈现美丽的枣红色，黑白相间的翅膀、黑白眼圈、黑头顶、金黄喙，一旦飞离斯瓦尔巴群岛（迁徙越冬时）羽毛就变成灰色。北极鸟儿们会因迁徙而改变羽翼颜色，这为研究鸟儿们的科学家们增大了追踪难度。

    北极燕鸥是地球上迁徙距离最长的鸟。当北半球是夏季的时候，北极燕鸥在北极圈内繁衍后代。当冬季来临时，沿岸的水结了冰，燕鸥便出发开始长途迁徙。它们向南飞行，越过赤道，绕地球半周，来到冰天雪地的南极洲，在这儿享受南半球的夏季。直到南半球的冬季来临，它们才再次北飞，回到北极。每年在两极之间往返一次，行程数万千米。

    这里只有一种叫环颈鸻的水鸟年年在斯瓦尔巴群岛越冬。它们在冬天穿一身白色羽翼，夏天羽翼变成暗褐色，非常漂亮。

不期而遇的北极狐
2019 年 8 月 24 日

    几只冲锋艇上的摄影发烧友和爱鸟人士变着角度拍摄鸟崖上的鸟儿。我把手机拍照的焦距调大，当成望远镜使用，从左至右，从底部到顶部，把鸟崖看了个遍。在看到一处崖洞时，无意中发现一小团白毛绒球时隐时现。好奇心驱使我盯紧它，看究竟是何鸟。

当我后颈部有些发酸，准备放弃这种姿势观鸟时。突然，一只北极狐飞快窜出崖洞，张口含住一只正在打盹的厚嘴海鸦朝另一侧崖壁跑去。北极狐偷袭得手，惊得上百只鸟快速扑棱着翅膀飞走。

此时我的心跳也加快了好一会儿才平静下来，赶紧翻看手机照片，拍到了！看着北极狐含鸟逃窜的画面，忍不住喜上心头，我第一次拍到这场面。真应了老话"踏破铁鞋无觅处，得来全不费工夫"。很多人刻意去拍北极狐却失望而返，我若不细看那深深洞穴也拍不到如此场景。在斯瓦尔巴群岛，北极狐这个种群数量不算太小，但若想拍到比较满意的动态场面真不是件易事。

北极狐一般体长在50多厘米，尾巴长度占体长约三分之一。体型肥而偏小，短嘴、短圆小耳朵、短腿，冬季体毛呈白色，夏天毛呈灰或黑灰。即便如此，尾毛似白色而且特别蓬松。黑眼睛，黑鼻子，特薄的黑嘴唇。它们脚掌上的长毛比身上有的部分的毛还长，这样在冰上行走或跑步都像安上了防滑垫一般稳当。很早之前，有人偷猎北极狐，它的皮毛保暖效果好（北极狐能在零下50度冰上行走数十千米），做成披肩气质高贵。蓬松的白尾巴是西方上流社会贵妇身份的象征。北极理事会出台了一系列保护野生动物严苛条例，北极狐数量因此逐年增多。

水上觅食的象牙鸥
2019 年 8 月 24 日

象牙鸥，属鸥科海鸟。海鸥，一般以灰白色、浅褐毛色居多。北极象牙鸥的特点与海鸥不同，全身羽毛雪白，在北冰洋海水中看到纯正的象牙鸥也不容易。

见过北极狐抓海鸟后，我被一只啄食腐肉的水鸟吸引。先抓拍了几张，为拍更多的画面，我从冲锋艇头晃晃悠悠地走到艇尾，双膝跪下，紧靠艇沿"咔嚓、咔嚓"拍了无数张。旅友笑问："一只象牙鸥你拍这么多张，恐怕你手机内存会不够哟。"经高人指点，这才知道那只锲而不舍还在水中觅食的是象牙鸥。比起站立鸟崖上的厚嘴海鸦、海雀们，眼前这只拥有雪白羽毛的象牙鸥纯洁而高雅，灵动而活泼。

海象与北极熊

2019 年 8 月 24 日

午餐快结束时，广播通知：女士们、先生们，请大家注意，下午我们将航行190海里去往北冰洋另一景点，相信不会让大家失望。

嘿，什么景点呢？居然还卖个关子，不告诉游客，这就勾起了大家的好奇心。

14:00，今天第二次冲锋艇巡游观景。半个小时前，探险队先遣队员在特罗纳斯特发现了一群海象和两只北极熊。临行前强调纪律：第一，全程必须服从探险队队员指令；第二，队伍间距一人，跟紧；第三，到达目的地后保持安静。

在靠水的海滩上，横七竖八躺着十多只海象，深褐色的背部，泥黄色的肚皮，有仰卧的、匍匐的、侧躺的，一群海象挤成一堆堆，看过去像一片层层叠叠的泥堆。冲锋艇驶近了些，看见一只正昂头的海象露着一对米白色象牙，换了口气又躺下睡觉。

冲锋艇靠岸，游客与先我们到达的探险队队员行"水手式"握手，他们将我们一一接上岸。几艘冲锋艇的人到齐了后，前面两位探险队队员背着枪领路，几十位游客踩着海滩小石子向前走，中间、队尾有探险队队员扛着枪在队列两侧保护大家。如遇北极熊，探险队队员会鸣枪惊走北极熊，但不会伤到北极熊。

我们在离海象一定距离处停下拍照，两名探险队队员在队伍前如哨兵站岗，警示大家不可向前。看见成堆的20多只海象，时不时昂头出大气，又随呼吸变换睡姿忽高忽低。没一只能站起来让人看过全身。等了一会儿，眼前这群海象中有些开始活动起来。一只慢慢爬动离开群体爬向海边，我以为它是去喝水，谁知它又躺下来趴着不动了。

远处，一只北极熊，不止，后面还有两只，它们正不慌不忙地向单只的海象走去。那只离开团队的海象也许成了北极熊的目标。除海豹之外，海象也是北极熊的猎物之一。北极熊一般不会对海象群下手，若海象团队还击，那长长的象牙会让北极熊皮开肉绽。那3头北极熊站在海滩，虎视眈眈，看了那只离群海象很久。躺着的那只海象没在意，它时不时昂起头，露出长长的象牙向北极熊示威。北极熊徘徊许久，始终没敢向那只离群海象靠近。

冲锋艇绕到另一处海湾。这里碧海扬波，天空格外晴朗，北冰洋浮冰全无踪影，就几小时，简直有改天换地的变化。眼前出现一座座连绵起伏的山峦，那色彩斑斓的神奇地貌简直妙不可言，难以描述。如火烧过的丹霞岩层，似泼满色彩的巨幅画卷。那磅礴的气势，一时找不出合适的词语来形容大自然鬼斧神工的壮美。一阵咔嚓声响起后，大家都不约而同地静静享受这份美妙。

它们的别具一格之处在于没有那种蜿蜒起伏，几乎像座平顶山，又像海边筑起的防洪高堤，或通往海中的栈堤，灰色的顶，深绿色流纹直入海岸。从山顶到海岸三分之一处是一排排浅棕色石柱。黄色、赤色的土地，隐约可见苔原地貌。那裸岩远看像石刻的千佛雕塑，屹立在风雪中，守护着这座山、这片海。这地貌是北极风雪的杰作。

天蓝得那么透彻，朵朵白云变幻出各种形态。冲锋艇已开出了好远，我依然回望着这难得的画面。

北冰洋并非全部是被一望无涯的海冰覆盖，要视季节及地区。即使选对了旅游季节，还得看上天会不会变脸。我们旅行时正值夏天，有 47% 的海面呈现多样、多姿、多彩的自然景观。

晚餐时，隔桌笑声惊四座，目光聚集到一位中年男子身上，他捶胸顿足地说："亏大了，亏大了！老弟有午睡的习惯，谁知醒来冲锋艇全部出发了。休假来北极因为午觉而错过了北极熊窥视海象这出好戏，这一生再难遇到了。"

ARCTIC EXPEDITION Certificate

THIS CERTIFICATE IS PRESENTED TO

Wen He

ON BOARD THE

m/v Hondius

HAS ACHIEVED

Seeing the King of the Arctic, the Polar Bear
Reaching 80°47.0' N - 016°05.0' E
Circumnavigating Spitsbergen

Expedition leader   Captain

Adam Turner   **Remmert Jan Koster**

OCEANWIDE EXPEDITIONS

登陆北极探险证书

　　北极熊，又名北熊，最具代表性的北极动物。

　　北极熊体态位居陆地动物第一，雄性身长 2.4 ～ 2.6 米，体重在 400 ～ 750 千克；冬眠前可达约 1000 千克，立姿 3.3 米左右；雌性比雄性体型要娇小一半左右，身长在 1.9 ～ 2.1 米，体重约 200 ～ 300 千克。

　　科学家研究发现：北极熊的视听能力与人类基本相似，但嗅觉极其灵敏，高于犬类的 7 倍。它们的奔跑能力更是了得，时速可达 60 千米，是世界田径百米冠军的 1.5 倍。它们还是游泳高手，一次可游 50 千米左右。但若超过 50 千米，它们的身体温度会降低，因体力不足溺水而亡。北极熊的四爪长着粗硬如刷的爪垫，这为它们在湿滑的冰面行走增大了摩擦力。

　　美国的马尔利姆·亨利关于北极熊的研究结论让人惊奇：北极熊的皮肤与它们的眼睛、嘴巴、鼻子、爪垫都是黑色。简言之，北极熊是黑皮肤。其毛发的构造更让人吃惊，北极熊的毛看起来是白色的，但实际上它们的毛发并不是白色。北极熊的毛发具有很特殊的结构，这种结构使它们能够适应极地的严寒环境。研究表明，北极熊的毛发是透明的，而非白色。每一根毛如一根空心的小光导管石英纤维。这种特殊的结构使得北极熊的毛能够在极端的寒冷环境中具有保温作用，同时也有助于游泳后快速干燥。此外，这些中空的小管道还使得北极熊的毛发非常轻盈，帮助它们在水中游泳时减少阻力。

　　北极熊除捕食海豹，还捕食海象、白鲸、鱼类。食物缺乏期，它们也食腐肉。在夏天，它们偶尔食用浆果和植物根茎及海洋中漂浮的海草来补充维生素、粗纤维与矿物质。

　　全球气候变暖，海平面上升，北极熊及海洋动物的栖息地受到严重威胁。野生动植物学家研究发现，化学合成药等有毒物质严重威胁着海洋生物的生存，化学残留物已逐步进入它们的食物链，受害最深的是北极熊。

　　讲座放映了一幅幅北极熊在北极、北冰洋生动活泼的照片。北极，因它们而生动！

北极熊一家亲
2019 年 8 月 25 日

早晨 7:30 广播响起：请各位注意，轮船左前方发现 3 头北极熊。

原计划去李氏海角的寻鲸活动因北极熊的出现而改变。

9:00，在冲锋艇候艇区集合。我将双脚泡在消毒池灭菌，刷卡记录离船时间。等候中，深吸一口北冰洋上湿润清新的空气，整个人神清气爽。每艘冲锋艇载 10 人，前一艘驶离后再上第二艘。我和 9 名团友上了彼奥尼（冰岛人）驾驶的冲锋艇，他是研究北极探险史及北极地区人类活动史的史学家。

冲锋艇在水中前行，彼奥尼根据沿岸景观灵活地掌握着速度。时而极速前进，时而缓缓前行，拐过一座山，金黄色的植被从山脚铺到海岸，在阳光下犹华丽的锦缎一般。

"北极熊，北极熊！"彼奥尼提速，很快驶到熊出没的岸边，他右手食指放在双唇间发出"嘘"声，要大家小声，别惊动岸上的北极熊。大家会意，屏声静气

与北极熊相遇

观察北极熊的活动。

走在最前面的一只北极熊自顾前行，后面一只体形高大壮硕的北极熊走一段路便回头张望一下并歇脚等待。走在最后的那只明显比前面两只偏小一些。它们走在滩涂上，滩涂上还有未融化的雪。能看见野外北极熊一家的生活动态实属不易！至少当时我是这么想的。

我问彼奥尼："它们是一家三口吗？"

他回答："没有爸爸，只有强壮的妈妈和孩子们。"

旁边一位生物工程师说："北极熊都是单亲妈妈带着孩子们生活。每年3月、4月是北极熊恋爱、交配的季节。雄性为寻找配偶往往会进行激烈粗暴的打斗，胜出者获得雌性芳心，彼此欢爱。北极熊遵循一夫多妻制交配系统。异性相聚时间不长，北极熊爸爸交配后便不见踪影。雌性会将交配的精子储存在体内，视其自身体能状况受孕（这在生物界属个例）。熊妈妈每胎产 1 ～ 3 只熊孩子，独自养大。食物短缺，因此只养 1 只最壮的，余下的自生自灭。北极熊的平均寿命为 30 ～ 40 岁。

驯鹿

2019 年 8 月 25 日

准备返回，彼奥尼突然停下，往山腰望去，然后回头告诉我们那儿有驯鹿。有望远镜的朋友看后说："确实是驯鹿，一群 7 只，走走停停，在啃食枯草。"我又把手机拍照功能当望远镜使，看到一只领头驯鹿往前走，另外 6 只跟着向前。领头鹿一定是雌性。驯鹿家族属母系社会，紧跟后面的是雄性和孩子们。

驯鹿每年在春天离开越冬的亚北极地区草原或森林地带，以惊人的记忆基因沿着祖辈们的路线行进，数千里往北大迁徙，因为几百年的既定路线不变遭到人类有准备的杀戮。

夏天，北极苔藓、地衣、嫩青草是其补充体能的食物来源。更特别的是，雌鹿在冬季受孕后会在春季迁徙，它们会在劳累奔波途中产仔。幼鹿出生后，母鹿用嘴拱起鹿宝宝，小东西身上还附着母体羊水便跟随母亲赶路，一周后，能跟着父母飞快奔跑。驯鹿奔跑速度惊人的快。

驯鹿，听名字好像是人工驯养的，其实这是一个错误认识。北极驯鹿，是纯野生鹿种，驯鹿物种中的唯一品种。

北极经典观光点
2019 年 8 月 26 日

8 月 26 日是这次旅程的高潮，我们将去北极经典观光点——斯瓦尔巴群岛以北两座岛屿。上午冲锋艇巡游博格尔布克塔冰川，下午登陆萨摩恩韦根。

冰川观光，自然联想起今年 2 月南极的冰山、冰川。那千年万年乃至上亿年的冰山、冰盖。那傲视天下，神圣不可侵犯的冰雪世界，南极霸主的雄姿英态历历在目。

冰川形成的必备条件，是必须在年平均气温 0 摄氏度以下的地区，降雪量大于融雪量，大量且不断的积雪经系列物理变化，长时间的终年严寒转化为冰川。地球上南极和北极地区因终年酷寒而形成大量的冰川、冰盖，为人类储存了 70% 以上的淡水资源。

8:55 来到候艇区等候，我们蓝组率先登上冲锋艇。

冲锋艇的驾手是德国姑娘 Rose，海洋生物学家。10 多分钟后，大的浮冰增多，好几座奇形怪状的蓝色浮冰在冲锋艇不远处似动非动。这些大的浮冰锋角棱角分明，撞击磨化时间还不够长，说明它们在裂隙冰川母体还不久。半小时后，4 艘冲锋艇在距离不远的冰川前停下来。周围是密集的浮冰，前方宽阔的冰长城挡路了。

眼前的冰山冷峻而伟岸，给人带来视觉震撼。大家静默地认真拍摄，凝望这令人震撼的冰川。这种景观应是数千万年前积累的固定降水、雪、雾、冰雹聚集海量冰块，再经自然界的物理重力，来自冰河之间的压力随重力从高处向下滑动形成的大型冰川。因为她们孕育生长的故土在一片大陆上逐步壮大，冰川学家称之为"大陆冰川"。

每一只冲锋艇最大限度接近冰川。在探险队队员指点下，不仅能拍到冰川水下雄伟而深邃的部分，还能拍下冲锋艇全景和倒影。

午餐后，来到探险队巡游路线图前认真阅读，看标注，寻找景点萨摩恩韦根。恰遇一旅游公司老总，一位非常有亲和力的文人总裁。他微笑说："下午先乘冲锋艇巡游，再去另一座冰川。要注意保暖哟！之后要登陆一座山，山陡，视体力而为，不行就在山脚岸边观景也不错。"

15:00 冲锋艇停在一座冰川前。侧峰山峦层叠起伏，既有伸展又有蜿蜒转折，苍穹之下那无与伦比的磅礴气势不由得让人震颤。太壮美了！太壮观了！几艘冲锋艇的旅友几乎无言，静静地欣赏眼前绝美壮观的冰川。

一艘冲锋艇飞快向我们驶来，浪花高高溅起，又在我们面前紧急且稳当地停下。正不知何故，只见冲锋艇上的探险队队长亚当笑容可掬，艇内坐着餐厅经理兄弟俩。队长为旅友们倒上了红酒或热饮可可或咖啡，餐厅经理两兄弟再一一地递给各冲锋艇上的朋友们。这暖心行动让大家欢欣鼓舞，艇上响起清脆的干杯声，犹如一场冰上派对。

美酒的香味，热可可浓烈的香气，引来无数的水鸟盘旋于头顶又飞落到浮冰上，气氛热烈生动，打开视频尽情摄像。一群北极鸥飞来，一只停在似一座小山峰的浮冰顶尖，大有"鹤立鸡群"的姿态，我努力用冻僵的双手接连拍了好几张这独特鸟儿的特写，回看，好不令人赏心悦目的冰雪精灵。

登山
2019 年 8 月 26 日

下午 4 点多，冲锋艇齐聚一座山峰海岸，登山活动开始。探险队队员 10 余人出动，引领旅友们上山。

我要不要登山？犹豫片刻，暗自掂量，这可能是我人生中最后一次上冰山了，不管怎么说也要试试，登一段是一段。

这座山遍布石子，石块、石子下面是冰碛，没有一块脚板大的平地，真可谓举步维艰。山势坡度约 40 度，每向上一步就有石子滑落。有一段路，不对，原本没路，我几乎用手抓住身边的大石块——埋得很深不会松动的石块——艰难前行。滑下去，这些石块会让你毁容到面目全非。终于挺过那段最陡的坡，到了河谷冰川前的石场，一对中年夫妻相互搀扶在石滩上艰难前行，不由让人佩服又羡慕。

途中，遇见了几座千岁冰龄的冰川，越往高处攀，进入"一览众山小"的圣境，那千里冰封让人感慨万千……

就在短暂歇脚间，突然被几块大石头间隙的小三角地带中一团鲜艳的花朵所惊喜，在这奇峰乱石间显得如此娇美艳丽。我蹲下来，为它拍照。没走几步，又发现几丛不同的花景，让我格外地高兴。

实在有些走不动了，登顶返回的旅友为我及后面的旅友鼓劲："快了，快到顶了，再咬咬牙就上去了。"不远处，探险队队员、荷兰小伙子约翰和船医俄罗斯小哥安得列，怕旅者有高原反应或突发疾病一路同行。我见安得列手中拖着一根尖

冰川

头铁管，我让他借我用用。我把铁棍当手杖，插入石缝再一步步前行，果然省力一些。我走一会儿，停一会儿，闭上眼睛自我暗示：马上就到了。

终于登上山顶，一座冰川在山下突显。心情激动，眼中含泪，一时间感动不已……不经一番磨筋骨，怎见冰川气势宏？

北极夏花
2019 年 8 月 27 日

2019 年北极之行，有幸看到了 10 余种花草。

不过花草而已，何谈有幸？

那就有必要了解北极，了解北极植物。

北极地处寒带，属地理意义上的高纬度地带。因阳光斜射地面，地面获取光照热量较地球其他地方少了许多，终年寒冷。

6 个月漫长寒冷的冬季，温度在 0 至 -55 摄氏度，阳光全无；2 个月的夏季也很短暂，气温在 -10 至 10 摄氏度之间，太阳不落。北极每年 5、6 月和 9、10 月是春季和秋季，平均气温在 -20 到 0 摄氏度之间。夏天，融冰后露出浅薄贫瘠的土地。植物花草爬过石子拼命钻进土壤，但无论根须怎么努力也超不过 30 厘米，因 30 厘米以下是坚如磐石的冻土层。在恶劣的环境下，它们以独特的方式顽强求生。加之缺乏氧气和营养，生长缓慢。

北极夏花"享受"风寒侵、水寒啸，它们在乱石丛中、夹缝之间拼命挣扎，于薄土层中扎根开花。

鲜艳的花朵顽强地生长怒放。人类的一岁 365 天，北极夏花只有 60 ~ 100 天的光阴。它们在这人迹罕至的北极绽放出勃勃生机。

我在北极有幸拍摄到几种顽强可爱的花朵。

鲜艳的盘状团花，花形如杯，像人为制作的花束。绿色花瓣边缘呈红色，花间伸出花苔，五角形红外衣，橙色双瓣花蕊，绚烂的色彩层次丰富。

再有那红绿相间的花，三瓣一组呈放射状开放，它有雪雾笼罩的朦胧美。这种花属于虎尔草科，有 6 种不同花形和多种颜色。

北极夏花

还有那如蜂巢的花团，细看，再细看，红肥绿瘦，宛若一只大绣球。

还见枯草丛中，细石子堆上，碧绿叶芽里开放出紫色奖杯状小花，那金色花芯似酒会上燃烧的蜡烛。

荒地上那一苗苗黑色穗儿，"青少年"时期的它像狗尾巴草，名叫山蓼。

枯而不朽的雪绒花、羊胡子草，它们像人类的勇者，自强不息，可敬可爱。

一次，我正在拍花，只见一块尖锐石块压在花身上，俯身，想挪开石头，不

料探险队队员约翰前来阻止，要它们（石头与花）保持原貌，这是斯瓦尔巴群岛多条禁令中的其中之一。

荒芜矿城
2019 年 8 月 27 日

朗伊尔城，仅有一条三车道的步行街道，被当地人称为"人气十足的闹市区"。这条街的中心广场正中屹立着一尊雕塑，也是朗伊尔城的地标——煤矿工人。

9:00，专家开始介绍朗伊尔城的近代史和发展概况，午餐之后安排参观。

13:30 全体游客乘冲锋艇前往码头，好在路程不远，不足 20 分钟就到达。

深绿色木墙配上白色窗户，这便是邮电局。侧门外墙上安置了一台颇具年代感的挂式电话，电话线长长地拖到地面。木制地板脱落、垮塌，使整个台阶倾斜。房外一只铁锚向人说明当年的邮件等是用船送到这幢木楼的。门窗紧闭，设施破败，这里已经是荒废的"文物级"建筑。

拾级而上，约 100 多级阶梯的实木栈桥通向山坡，拉着铝制扶手走了一半，右侧出现能容纳上百人的平台，栈桥两边木制的厂房早无人居住。再往上走，一堆铁块、铁件，其中几块上面有大写的英文铸字，像极了一座钢铁坟墓。走上土路，眼前呈现七八幢厂房办公楼。5 层高的大楼还不算陈旧。前面粉绿墙体、红顶的二层小楼较为别致。总体格局还算不差，却了无人气，除了我们这波外来客，没见有当地人出入……

一座八角楼顶，十字架立于正中。轻轻走上楼梯，推开虚掩的门，从摆设看出这是教堂。

一辆皮卡车开过，尘土飞扬，我急跑下坡，无意间看到用红漆钢管、粗铁丝封闭的矿洞口，这是早年的煤矿遗址。

参观完后，我返回码头。途经两幢一楼一底的木质小楼，木条拼嵌的板壁，分别用锈红与白色油漆刷过。两扇白色窗户，四周镶着简单的木刻纹饰，门紧锁着。

正要离开，耳边传来"嘎叽、嘎叽"的响动声，回头看见一俄罗斯青年迈过脱落的地板大步朝前走去。我紧随其后进入那扇门，原来是一家俄罗斯商店，约300 平方米。斯瓦尔巴岛风大，因而有的店仅开一扇小门营业。对着门最显眼的货架上，摆放着很多排神态各异、色彩绚丽的俄罗斯传统工艺品，极富民族特色的俄罗斯套娃，一个个表情夸张，俏皮可爱。慢慢往里逛，多款男女式帽子或长筒靴，还有苏格兰风情的大格花呢男式裙子，陈列了好几个货架。欧美风情的织花毛衣，旅行包、烟缸、烟斗、茶杯垫、袖珍北极熊等工艺品。拐角处挂着几件T恤和运动套装。货柜中几款明信片吸引了我的目光。正面是由不同年代的四位漂亮女演员饰演的安娜·卡列尼娜。

1948年，费雯丽饰演安娜·卡列尼娜，漂亮、优雅。

1967年，塔基娅娜·萨莫伊洛饰演安娜·卡列尼娜，眼神中多了几分幽怨。

1977年，苏菲·玛索饰演安娜·卡列尼娜，一排整齐的刘海，东方女人范儿浓了些。

2012年，凯拉·奈特莉饰演安娜·卡列尼娜，充满英伦风情的扮相充斥着无奈、迷茫。

我比较喜欢费雯丽、苏菲·玛索饰演的安娜·卡列尼娜。

俄罗斯售货员走过来，微笑着又拿出压在下面的几种，同样出自托尔斯泰名著改编的电影剧照，有《复活》《战争与和平》……

朗伊尔城的由来
2019年8月27日

走出俄罗斯商店，迎面过来一位欧美外貌的青年男子。不承想，陌路相逢，还会有陌生人与我微笑招呼："嗨！您好！"

我礼貌回应："您好！您会汉语？"

青年回答道："我的汉语很好，我还上过中国的'桥'。"

我好奇地问："哪里的桥？"

他拍着脑门想了想，笑着说："哦，《汉语桥》，不过到决赛被中国评委给'毙'了。"他说着还用手比了个手枪的姿势。他一边走一边说："我叫John，汉语叫约翰。美国人，学汉语3年了。我看见附近很多亚洲人，一路走，一路说，就知道你们是中国旅游团。"

我和他聊了聊，他给我介绍了朗伊尔城的由来。

1904年，美国人约翰·朗伊尔来到斯瓦尔巴群岛，从一个挪威老板手中买下一座煤矿。1906年，朗伊尔带着几个人在煤矿附近选了一块地建了第一座房子，又招募了一批煤矿管理人员。受高薪诱惑，很多挪威、俄罗斯等国的矿工背井离乡来到这里，与严寒抗争，成为最早的岛民。

这里原本叫什么已无人知晓。煤矿管理者起了好几个名字都不合适，后来干脆就用老板的名字朗伊尔为这座城命名，沿用至今。从建造第一座房子开始，这里逐渐发展成世界最北端的小城——朗伊尔城。

朗伊尔城在煤矿附近建造了杂货店、旅游商店、三家酒吧、三家酒店，供人们生活娱乐，后又陆续又打造了游泳馆、网球式壁球场馆、攀岩墙、体育馆等，后来又修建了教堂和剧院。剧院仅在星期日上演戏剧，教堂定期举行宗教活动，后来还创建了斯瓦尔巴大学中心。

朗伊尔城主广场那尊煤矿工人的雕塑是为纪念100多年以来促使城镇不断发展的矿工们。

世界种子库
2019年8月28日

8:30退房，精彩的旅程即将结束。

回首320号房间，2019年8月21—28日，你带给我稳稳的温暖，此刻与你道别。

在等待5号车来接时，团员们与探险队队员、酒店经理微笑着挥手再见。这趟旅程因他们的辛苦付出才能顺利而圆满地结束。

北冰洋，再见！红士游轮，再见！

9:30，汽车出发，前往朗伊尔城机场。

行程中，领队告诉大家，再有一会儿还有最后一个景点，但是不能下车，可从车窗观看。

山腰一幢长方形条状水泥建筑物体，十分突兀，没有一星半点装饰，与沉积岩山体极其相似，这便是世界种子库，又称"植物基因种子挪亚方舟""全球种子银行"。

力求最大限度让山体四周远离"尘世"，行人、车辆禁止靠近！

种子库修建在这座沉积砂岩山下约131米深的地下冻土层中。总长度120米，洞穴高于海平面130米左右，洞内面积约1000平方米，分3座储藏室，每个储藏室可存放150万颗样本，每个样本又保存了500粒类种子。截至2018年年底，这里珍藏全球各种基因种子5000余类，几乎均有接近90万份种子备份，囊括麦类、稻、栗、豆……人类赖以生存的农作物种子备份。这是为防止世界因战争、地震、火山爆发、南北极冰雪消融等变化甚至毁灭，为全世界人类备份的植物种子。

种子库可储存22亿5000万颗植物种子，种子库里终年在零下18摄氏度恒温中。小麦、大麦、燕麦种子可保存1000年，高粱种子保存时间可达19000年！

我想：种子库里肯定有我们中国"杂交水稻之父"袁隆平院士研究的多季稻种或者盐碱地稻种。他和他的团队不仅解决了中国人的吃饭问题，还为发展中国家的老百姓提供了帮助。

种子库属于全世界，只有经过科学家严苛的一道道检测、消毒才能进入。

不准停车的山路上，我们的汽车在坡道起步时因换挡不给力停火了。我们只好下车，却不能走动。大家（10多位）在这条可以说"世界上不寻常的山路"上拍下种子库侧面和透气窗的模样。

世界种子库在这里，是科学家经过大量论证的。这里气候寒冷，岛屿位置偏僻，无污染，山洞内冻土层常年温度零下18摄氏度，是一个天然的恒温大冰箱。经过科学严谨测算结论：倘若冰川消融，海平面上升也能确保种子库不被淹没，种子不致被冲走。

祈愿种子库的种子永不向人类分发……

13:25，广播通知：朗伊尔城飞往奥斯陆的旅客请登机。

13:59，飞机准点开始滑行，从舷窗告别朗伊尔城，我的北极之旅就此落下帷幕。

明天飞往冰火之国冰岛，接下来是芬兰、瑞典、童话王国丹麦，开始北欧五国梦幻之旅。

北极归来
2019年8月29日

闷雷惊醒异国客，又一阵闪电划过，大雨急猛倾注而下。今天要离开奥斯陆，告别挪威前往冰岛。

此时才凌晨4点过，被惊醒后，郁闷、烦躁甚至压抑的我在床上煎熬地翻动身体，多想再睡会儿咋就这么难？闭目静听雨声，雷声消停了，可无奈酒店对面的机场上起起落落的飞机声音也不比雷声小多少。灰蒙蒙的云团在天空游动，雨线似绳布满窗户，但愿出发时能停下。

我不情愿地起床，有点不放心地再检查了一遍托运行李，另三样随身旅行背包、资料袋、挎包拴在一起，挂上一个红色的平安符，前往餐厅用餐。

雨丝细绵，温柔软连。

由于8月20日初到挪威时光顾过餐厅，还算略知食物的陈放位置。

因挪威冬天长，燕麦、马铃薯在雪地里生长缓慢，因而醇香且营养丰富。盛少许入杯盘，配上浓香醇厚的现磨咖啡、色泽鲜艳的鲜榨果汁，慢慢享用。

8:00大堂集合，导游举起一张长纸条让大家辨认清楚，这是北欧航空公司挪威奥斯陆飞冰岛托运行李标签，一会儿到机场后是自助式托运，机场有旅游公司的人在自助机前等候大家。

领队举起一支杆，杆头挂了只泰迪熊，告知全体：认准这只泰迪熊，我们团的机舱座位分散，抵达冰岛先下飞机走到通道宽敞处集合，等大家到齐了才去取行李。

马路对面便是机场，雨丝飘飘洒洒，个个如行军般快步赶到机场。

三个托运柜空无一人，将护照放在柜上指定位置，再把托运行李提上履带上过秤，旁边滑出一张电子打印条，扯下，挂到行李箱顶部拉手上。若超重，会亮起红灯并发出"叽叽"的响声，让旅客"减重"。

我反复检查，总担心这种自助式托运会因个人失误到不了冰岛或被运到他国……

北 欧

Northern Europe

（下）

冰岛篇
Iceland

挪威→冰岛
2019 年 8 月 29 日

透过候机厅的玻璃看宽阔的停机坪，大雨点用力地拍打着坚硬的地面又反弹向上溅起。那雨似从天空倾倒而来，雨雾笼罩着远处待令起航的飞机。航班在如此气候下延误、取消皆有可能。我移开视线，眼不见心不烦。

信息屏上，登机口不停地变换。

翻开一本机场杂志，转移注意力。

广播突然响起：SK4787 飞往雷克雅默克的旅客，您的航班将在 20 分钟后起飞，请从 9 号门登机。真是惊喜！

前舱门口，热情的空姐让怀抱孩子的母亲先进入机舱，我退到舱门左边。

飞行舱口，一张胖胖的笑脸转头向左，是机长。我与他四目相对，赶紧拿起手机拍照，把机长、副机长二人的笑容收入镜头……

广播响起：20 分钟后，抵达奥斯陆。

我连忙掏出机票，在票的背面写上：朗伊尔城——奥斯陆，奥斯陆——雷克雅未克（两次飞行使用一张机票）。当旅客匆匆下机，我等在飞行舱门口，待机长跨出舱门，我递上机票和护照说："先生，我需要这两次飞行的空中飞行距离和时间，能请您帮忙写在机票上吗？"机长接过机票返身进入飞行舱，让副机长打开已关闭的飞行记录及电脑备份，为我填写上两次空中飞行距离和时间。也许，他们难得遇上一位像我这样执着的旅客。机长诚恳，毫无敷衍，认真的态度让我感动。征得同意与机长、乘务长合影留念。人一生中，遇到过的每个人都是缘分。

雷克雅未克
2019 年 8 月 29 日

11:30，抵达冰岛首都雷克雅未克机场。

地接导游早已在此等着我们。机场距市中心需 50 分钟车程，小伙子将冰岛国情娓娓道来。

"冰岛的全称为冰岛共和国，首都雷克雅未克，国土面积为 103000 平方千米，全国人口仅 30 多万，大多数为冰岛人，日耳曼族。超过 85% 的民众信奉基督教路德宗。官方语言是冰岛语，通用外交语言为英语，冰岛人几乎人人会讲英语。冰岛的货币为克朗，1 元人民币可兑换 16 冰岛克朗。需要购买冰岛特产的，每一单消费超过 6000 克朗可退税。这里有 100 多座火山，且靠近北极，国土面积 11.5% 被冰雪覆盖，是世界温泉最多的国家，所以被称为'冰火之国'。你们刚才抵达的雷克雅未克机场，原来是美军基地，美军几年前撤离后改为民用机场，所以离市中心较远。"

汽车向前行驶着，道路两旁风景越来越漂亮，翠绿的草坪、艳丽的鲜花点缀着市容。

导游郑重提醒大家："冰岛的花草树木，每一棵都是从国外进口的！曾经从某国引进的植物花草，到了冰岛后'水土不服'，枯萎了，国家又从他国引入。为美化城市，国家可没少花心思和费用，请大家务必爱护冰岛的一草一木。"

团友中有人提问："现在冰岛处于什么季节？"

"今天及你们去芬兰的这 3 天，是冰岛的夏末，最高温度 22 摄氏度左右。雷克雅未克的 10 月至次年 2 月温度在 0 摄氏度至零下 5 摄氏度。不过得看在冰岛哪个地方，地区之间温度相差很大。冬天，冰岛有的地方白天仅有 4 小时，不太适合旅游。"

天味酒家与冰岛羊肉
2019 年 8 月 29 日

13:00 左右，我们到了今天午餐的中餐厅门前，黄底红字，红条框边，名"天味酒家"。

导游说："冰岛全国仅有 4 家中餐厅，雷克雅未克占了 3 家。冰岛的中餐厅受食材限制味道稍有欠缺。"

10 人围桌而坐，陆续上菜：凉拌三丝（卷心菜丝、胡萝卜丝、海带丝）、拌海带、清炒卷心菜、卷心菜炒肉片、炒土豆丝、土豆烧肉、洋葱炒肉丝、洋葱烧鱼、清蒸鱼、粉丝虾和正宗冰岛羊肉汤。

主人指着营业执照旁边的一块标识牌说："羊肉是冰岛纯正的羊种，肉质鲜嫩味美，入口浓香，令人回味无穷。"

导游讲解："9 世纪，维京海盗在海洋中历经生死磨难，带着粮种、牲畜，远涉重洋在冰岛定居下来。这种羊是 1100 多年前'首批定居羊的直系后代'，它们耐寒性能强，生长期长，生存在纯净无污染的环境中。火山岩层中长出的牧草是羊的主要饲料，喝的是冰雪融化后的水，2016 年冰岛工业创新部明确禁止使用转基因羊饲料，确保冰岛羊肉、羊毛品质。冰岛人民热爱冰岛，自律意识和社会责任感强，政府相关部门每年监察到位，使每一位消费者能享受到地道的冰岛羊肉美味。蔬菜、水果以邻国进口为主。"

品味羊肉汤，听着千年来冰岛定居人和羊的故事，雷克雅未克这第一顿午餐内容丰富、味道鲜美。

饭后，几位团友对酒柜里的海参很感兴趣，这种海参有别于国内沿海城市的海参。店家介绍，冰岛这种紫红干海参受冰岛火山岩影响，生长过程中摄入的海洋生物使之营养丰富，富含多种微量元素，服食可增加免疫力、抗衰老等。

趁有时间我出门转转，隔几间门店有家旅行社，工作人员见我进去，摁下开关发出"欢迎光临"的中文。电脑边走来一位姑娘，说："您好！"

"你是中国人？"

"嗯。"

"哪里人？"

"上海，冰岛大学经济学交换生。您跟团来的？"

我点点头。

姑娘递给我一份有中文介绍的旅游小册子，我说着谢谢接过册子，见团友走向大巴车，紧随上车。

上车后，翻开冰岛旅游小册子，上面写着挺有用的信息，包括紧急求助电话、警察局电话、医疗协助电话、中国外交部电话等。翻阅中，一张雷克雅未克地热游泳成人票滑落下来，1000 克朗一张，折合人民币 62.5 元。

前方一名警察示意大巴停车，他要上来检查每位旅客是否系好安全带。

导游再次强调："冰岛为保证游客乘车安全，上车必须系好安全带。"

2017 年 12 月和 2019 年 5 月，在冰岛发生过两次中国旅游大巴车翻车事故。有的游客因坐车时间长了感觉不舒服，解开安全带，最终导致重大人员伤亡。冰岛汽车上路，无论白天还是晚上，必须打开车灯。

汽车经过一座很大的湖，导游讲这是托宁湖。远远望去，很多建筑，包括市政厅、议会大厦、雷克雅未克大教堂等都环湖建造。议会大厦是冰岛最为古老的石头建筑群。

汽车停在停车场，距海边不远处有一座三层白色小楼，在空旷的草坪中十分

显眼，这是著名的霍夫迪楼。

1986 年，时任美国总统的里根和当时的苏联领导人戈尔巴乔夫在冰岛这幢霍夫迪楼举行峰会，题为"削减战略核武器"，为尽快结束冷战铺平道路。里根与戈尔巴乔夫这次峰会既没选择在美国，也未选择在苏联，两国元首共同决定在北欧最北部的冰岛举行会议。为结束冷战，这是一次具有重大意义的历史性会谈，霍夫迪楼也成为结束冷战的标识性建筑。

珍珠楼是冰岛首都雷克雅未克的热水供应公司，建筑外形如一朵巨大的半球状蘑菇，采用 1176 块玻璃如拼积木一般组成了半圆形的玻璃穹顶。特殊的反光材料使这座建筑物无论是在阳光下还是月光下，都闪烁出童话般耀眼的光芒，酷似无数颗珍珠在天幕下闪闪发光。

进入一楼大厅，一座清澈碧绿的大池中飘过阵阵朦胧的水雾，平添一种淡淡的仙气。很想在此闭目停留一会儿，静心呼吸，可没有给我足够的空余时间来享受。

乘电梯来到第四层，站在一个六角形的观光平台上放眼眺望，可从不同角度看到雷克雅未克首都全市的风景。通过投币可以使用的望远镜能够瞭望到冰岛更远的西人岛。

哈帕音乐厅、太阳航海者
2019 年 8 月 29 日

哈帕音乐厅是冰岛首都雷克雅未克又一建筑杰作。它既是冰岛的综合音乐厅，也是会议中心。

建筑占地 28000 平方米，位于雷克雅未克一处僻静之地，这里可以看到一望无际的大海和周围起伏的群山。它的设计灵感来源于冰岛冬季之夜，神秘莫测的夜幕中的极光和火山爆发的色彩。设计师、建筑师用数以千计的不规则的几何形玻璃砖砌成，整个建筑的外形及内部好似一个无比巨大的万花筒。随着四季和天气的变化，建筑会折射出迷人多变的瑰丽色彩。

建筑外墙是用六边形的玻璃砖修建而成的，汽车经过，特别是夜晚，汽车的灯光反射出五彩斑斓的如彩虹般夺目的色彩。音乐厅背靠大海，倘若轮船经过，船灯映照粼粼水波，音乐厅会像一座海市蜃楼倒映入海，从路上看过去，音乐厅又像极了一座璀璨的水晶宫。

进到厅内，每一层的设计都让人心动，令人感叹。无论平视还是仰望，音乐厅总能让人感受到无穷的魅力。在这里，你可以尽情享受冰岛交响乐团演奏的美妙音乐，还可以观赏冰岛戏剧和各种音乐演出。如果玩累了，你还可以到休息厅或者咖啡店休息一下，享受片刻的宁静。

海岸边一座圆形平台上安放着一架模型，近距离观看是一条宛若大鸟的船，首尾高高上翘，前后桅杆挺立，整个架身刚劲有力，冲击着游客的视觉。

眼前这尊银白色的雕塑名叫"太阳航海者"，是一条海盗船的骨架，"古维京"船的造型，是北欧海域地区海盗精神的象征。冰岛人、挪威人乃至北欧其他国家的人，崇尚当年在恶劣气候条件下在海洋中顽强拼搏的海盗精神。

9世纪末，古冰岛人劈波斩浪，利用简单的工具，克服重重难以想象的艰难困苦到冰岛定居下来。考古发掘出维京时代废墟中的物件碎片，可以还原冰岛当时的历史文化。

宁静的水面，隐约的远山被白雪盖顶，飘逸的云朵一时让人分辨不清云与山的界线。此情此景，难遇难求。

公交车
2019 年 8 月 29 日

走向停车场的路上，远远见一辆公交车经过，国外的公交车、公交站总能激发我的好奇心，它不仅是当地市民出行的交通工具之一，车身、站台的广告也蕴含着许多异国文化。

赶紧咨询导游，他非常谨慎地询问司机（我们的司机是冰岛当地人），告诉大家："冰岛首都雷克雅未克市一共有10多条公交线路，但是周末公交车全部停开（今天星期四）。"众人觉得奇怪，有人问："为什么周末公交车会全部停开呢？"

周末没人乘公交车，冰岛人各家各户都有私家车。有的人家，一户甚至拥有几辆车。

思路猛然回到童年。1952年，成都，为庆祝中国共产党建党31周年，7月1日这天，由16辆旧货车改装的公交车从市中心盐市口开往梁家巷，这条线路由1路车负责运行，市民们奔走相告，有的从远郊早早赶到两处起点站，火爆程度如春节赶花会，车车乘客爆满，售票员在人群中从前门挤到车后售票，每张票4分钱（当时能吃一碗"帽儿头"的素饭——用一小碗装上米饭，反扣入一个大碗中，米饭如一帽顶，配一碟泡菜）。不少低收入者宁可饿一顿饭攒 4 分钱也要赶一次公交车，乘坐过这路公交车的人会"洋盘"、炫耀好一阵子。后来，成都又开了第二条、第三条公交线路，现如今，成都共有 6 个公交公司，每个公司六七个车队，每队有数十条线路……

蓝湖温泉
2019 年 8 月 29 日

　　沿着主干道一路前行，两旁的美景让人目不暇接。道路两侧荒芜幽远，导游说这些是火山爆发后凝固的火山石，散乱方圆数十千米。黄昏中远望，怪石嶙峋，偌大的旷野，没有生命。试想，误入其中，会是怎样的心境？

　　蓝湖是冰岛最美丽的一道风景，是冰岛的天然标志之一。无论是国外游客还是冰岛人，都十分热衷来蓝湖泡温泉。冰岛地热资源丰富，但蓝湖温泉却让人情有独钟。这里的温泉因火山爆发留下诸多矿物质，对人类有护肤、保健、消除疲劳等多重功效。

　　到达蓝湖温泉，导游到提前预约的窗口等待取票，我抓紧环顾四周风景。我们沿着火山堆中间凿出的一条路进入，两侧是火山石堆砌的高墙。

　　导游开始讲解注意事项：毛巾、拖鞋须自带，也可租用；泡温泉时间为 2 小时；注意彼此间不要相隔太远；特别留意温泉底坚硬的火山石，避免划伤或脚一不小心踩入缝隙；温泉岸边有安保人员巡视……

　　取过手牌，踩过消毒池，未到温泉边，眼前已是云遮雾绕般氤氲。定睛一会儿，经过小桥湖水，一泓大温泉位于中央，人们享受着温泉的滋养，蒸腾的雾气把人们笼罩。温泉难见边缘，能见度不足

冰岛蓝湖

一米。踩着柔软的湖底，滑溜滑溜的，抓起一把淡蓝色的泥浆，这就是二氧化硅泥。只见旁边有人挖起一把把泥涂在脸上、肩上、手臂上，做起天然面膜、体膜。我小心地踩着泥，经过一座小桥洞，里面是一座小温泉，水温低一些。池里仅有一对当地青年男女，男子双手反抱住一块火山石闭目仰面斜躺在温泉"石床"上，女子匍匐在男子身上一动不动。我不好打扰，赶忙钻过桥洞返回大池。

泡温泉时间到，返还手牌，取押金，大厅里摆放着林林总总的化妆品、美容用品、皮肤医用品，有女士的、男士的。

泡完蓝湖温泉，大家感觉全身肌肤紧绷紧绷的，相互打趣道："皱纹是否撑平些许？哈哈哈。"

或许是泡过蓝湖温泉的原因，夜里睡得挺踏实。

辛格韦德利国家公园
2019 年 8 月 30 日

由于一大早起来，在途中我又迷迷糊糊睡着了。听见导游、领队催促："下车了，下车了，这里不允许汽车久停。"

揉开惺忪的睡眼，看看时间，9:30，再看见远处石头山峰连着另一座山头，层层叠叠峰峦起伏。

很多很多年前，并无冰岛这个国家，后来，地球板块不断挤压，分裂形成与其他地质板块分离，再后来，诞生了一个新的国家——冰岛。

导游特别强调：凡是有围栏和画有线条的地方，切不可因好奇而进入，乍眼望去像是坡度不大的岩堆却暗藏万丈深渊的撕裂口，一旦误入，无法营救。

辛格韦德利国家公园，又称"辛格维利尔国家公园"，是临近冰岛大裂谷的景点，是欧亚板块与美洲板块的分界线。2004 年辛格维利尔国家公园被联合国教科文组织列入世界自然遗产名录。

走在两峰夹道，脚下如踩着炭渣铺就的小路嘎叽嘎叽，跟着一队游人到达一片石场，旁边一座木制平台，插着的冰岛国旗被风吹得哗哗响，这里是国家会议旧址，素有"世界最古老的民主议会会址"之称。战战兢兢，却又不愿意放弃，我跟着一队欧洲人目睹一条深如沟壑的裂谷带，背脊间一股寒气逼来，心慌、身体发麻。我赶紧抓住一位男士的臂膀离开，虽惊心动魄，又觉得人生到此一游，值得。据说这壮观的裂缝至今仍以每年两厘米的速度向两边移动。

返回路上，对面山峰上的红叶在石头间特别醒目，如火一般燃烧着。

盖锡尔间歇泉
2019 年 8 月 30 日

冰岛蕴藏着大量的地下火山源，地下水流及热能相互挤压造就地热、间歇泉等特别景观。尚未到达目的地，已见山峦之间、蜿蜒河流之上，云雾蒸腾，间歇泉数不清，有的约 5 分钟喷一次，有的近 10 分钟喷一次，喷出的高度也各有不同。热水在泉池里翻滚，旁边小溪流过的都是温泉，泉眼里是 80 ～ 100 摄氏度之间的滚烫温泉。

有一处名为"盖锡尔间歇泉"的间歇泉在山势的烘托下分外迷人，冰岛语为"爆泉"。一个直径约 18 米的圆坑，中央有一个直径十几厘米的喷口，每隔 8 分钟左右就有温泉从这个喷口喷出。突然听到砰的一声巨响，温泉喷薄而出直射天空，高达二十几米。周而复始，十分壮观。在喷泉喷向天空时，游人们发出阵阵欢呼，热浪中，那种奇特、复杂的心情难以描述。

墙上的冰岛史
2019 年 8 月 30 日

景区只有一家能接待团餐的饭店，需提前预约，饭店根据情况安排好时间、餐区。

穿过大厅，我误以为进入了博物馆。这里的墙上挂满了不同款式的相框，里面装着不同年代的老照片，对面墙上的相框里陈列着泛黄的报纸。

团友们已饥肠辘辘，相互催促往里走向用餐区。左侧摆放着水果、沙拉菜品，右侧装着盘盘罐罐的油炸食物，以及各种糕点和乳制品、果酱、芝士、奶酪等。正中是烧鱼块、蒸鱼、牛排、炸鸡块、炸大虾……自助餐，各取所好。预约后的团餐，特别为中国人准备了米饭。忙忙碌碌吃了些耗时不多的菜——牛排、鱿鱼、西红柿、黄瓜，我又返回大厅参观。

来到照片墙，先浏览一遍，再对其中具有年代感的老照片仔细观看。一张照片的背景是人烟稀少的旷野，一男一女身着冰岛古老的服饰，女人穿着宽大的长裙，男人的上衣、帽子像是粗毛线编织而成的，几只羊遮住了他腿部。另一张是开垦的农田和田间劳作的农妇。其他还有举着旗帜的仪仗队照，以及运动员出场照、训练照、获奖照、奖牌奖杯照等。

镜框里是一张公元 872 年的旧报纸，配图是冰天雪地里两位看起来上年纪的男子和两只北极熊幼崽。导游经过我身边，说："你看得挺入神，这么跟你讲，照片讲的是这家餐厅老板的家族历史，剪辑的旧报纸则是浓缩的冰岛国家历史。报上一位是挪威国王，另一位是冰岛早期的统治者，在一次共同抗敌的战斗中击退敌方，冰岛统治者奉送了两只冰上北极熊幼崽给挪威国王以表谢意，挪威当时还没见过北极熊这个物种，特别稀罕。有人说，挪威人是冰岛人的祖先，老一代冰岛人对挪威人特别尊重。也有人说，8 世纪来到冰岛定居点的是北欧海盗的幸存者……"

抓紧休息时间，我来到景区的唯一一家超市，里面有冰岛特产的羊毛大衣，还有各式毛衣、帽子、围巾、手套等，花型、款式都挺不错，看的人多，但买的人少。海苔类小食品和一种黑色火山盐买的人倒不少。

明天就要离开冰岛前往芬兰，打算买一件既不超重，又便于携带的冰岛纪念品带回国。东看看西看看，我相中一款极光冰箱贴。收银处站着两位工作人员，轮到我付款，收银员看着我递过去的一块冰箱贴和一张 5 美元的钞票，停顿片刻后把美金退还给我，但让我拿走冰箱贴。原因是她们不知怎样把美金换算为克朗。

排在我后面付款的是一位亚洲面孔的先生，他帮我付了 599 克朗，并把今天美金、冰岛克朗之间的汇率用计算器算给我看——1 美元大约兑换 135 克朗。这样算来，我那 5 美元能兑换 675 冰岛克朗，支付 599 克朗，还剩 76 克朗。他本不想收我钱，我执意把 5 美元给他，他补了我 50 美分。后来得知，先生是冰岛大学物理系教授，祖籍是中国福州。谢过，彼此告别。

黄金大瀑布
2019 年 8 月 30 日

冰岛黄金旅游圈包括著名的三大景点——辛格韦德利国家公园、盖锡尔间歇泉和黄金大瀑布。黄金大瀑布是所有国际旅行团和冰岛人的必游景点。

海鹦

河流从高处飞流泻下，分为两级，最大落差有 50 多米，最宽处 100 多米，远远看去宛如两条色彩绚丽的彩虹，沿着大裂谷湍急的水流，奔腾着、咆哮着流向远方，场面极其壮观。裂谷及河床富含的矿物质在剧烈的冲击中使河面呈现出金黄色，因而得名"黄金大瀑布"。整个瀑布仿佛是用金子锻造而成的，令游客流连忘返。

经过一千米徒步，从裂谷旁的山上逐级而下，湍急的水流顺势而下，注入峡谷，发出震耳欲聋的轰鸣。除了巨大流水声外，风景并不突出。沿着水流的方向看，只见两道七色彩虹飞架在水流上，配上腾起的水雾，如仙境，光彩夺目，如梦似幻。逐渐聚拢的游客，摄影、拍照，都想把这壮观景象留存下来。排队守候最佳镜头，时间虽不长，但一个个被河风吹得系紧围巾，扣紧帽檐，帽顶再用围巾扎紧，大多等到拍照才露出真容。冰岛的河风硬，仿佛能划开人的衣服钻入皮肤。即使这样，人们也久久不愿离开。返回山腰，有人惊喜叫道："海鹦、海鹦。"黑白分明的身躯，橘红的脚和喙，团友用望远镜看是红、蓝、橙三色喙，嘴里叼几只小鱼，憨萌可爱。

鸭子湖畔
2019 年 8 月 30 日

傍晚时分游览鸭子湖。

之所以叫鸭子湖，是因为在温柔的夏季成百上千的天鹅、鸭子等水禽都聚居于此。而在寒冷的冬季，鸭子湖会排放温度适宜的热水，供水禽们过冬。坐落在湖边的是雷克雅未克市政厅，总理办公室的窗户朝着美丽的湖面。湖周围环绕许多冰岛的历史建筑，教堂、美术馆等，是市民最喜欢的活动场所。

市政府为保证雷克雅未克生态平衡从国外引进了许多水鸟，有海鸥、海鸠、黑背鸥、极地候鸟鹬和欧绒鸭等，湖上时而也有它们的身影。

湖的另一边是城市博物馆。博物馆在冰岛文化中占有重要地位，全国各地博物馆数不胜数。其中，雷克雅未克海事博物馆记录了冰岛与英国的三次鳕鱼"战争"的海岸警卫船；世界上独一无二的雄性博物馆已经拥有包括人类在内的，来自 90 个物种的 261 个生殖器官，其中最大的是来自抹香鲸的生殖器，长 1.7 米，主要供生物学家、医学家、解剖学家研究。除此之外，还有露天博物馆、海事博

冰岛鸭子湖

物馆、艺术博物馆、摄影艺术馆、植物博物馆、花卉博览馆等。

极光
2019 年 8 月 31 日

凌晨 3 点，急促的电话铃声响了一遍又一遍，不得已翻身起床。

8 月 31 日，凌晨 4 点离开酒店，关上房门前，对这间四星级酒店客房充满眷恋，特别是窗户外的异域风景让人怀念。

多数团友在车上都迷迷糊糊。汽车驶在一片旷野，空气清新爽朗，远山深处出现一抹淡绿色，尾部略带紫色，迅速绚烂地闪烁、消失。"极光！极光！"有人兴奋的声音惊动了大家。极光舞动的身影如彩绸在天空飘过。等大家清醒过来，想寻找她的身影，想目睹她起舞，却无法寻觅其魅影了。北极光通常在每年 9 月至次年 4 月的晴朗夜空或黎明出现。这次能见她一眼，虽不太灿烂，但也算是一种幸运。极光，以另一种方式为我们送行，为我们留下了一抹美好的念想。

到达机场，时间还早，翻出资料，整理几天的见闻。好在每天的游程提纲，经过之处均有记载，闭目回味，将一些细节补齐。

冰岛，一个紧靠北极，火山多发，地热丰富，又常年被冰雪覆盖的"冰火国度"，能踏上也实属不易，虽然仅仅 3 天，但不虚此行。

芬兰篇
Finland

芬兰
2019 年 8 月 31 日

  芬兰，4 年前来过，北欧最东边的国家，喜欢它大面积被森林覆盖而充满富氧离子的清新空气。从舷窗往下望去，湖泊、雪山、森林越来越多，一块块翡翠大小，密集又分散。

  经过近 3 小时的飞行，我于 13:30 飞机降落在芬兰赫尔辛基国际机场。安检严格，早上用过的化妆水误放入挎包被"缴"了，水果、熟鸡蛋都不允许入境。两小时后进入芬兰，如沐初夏阳光。

  9:30（芬兰时间比中国北京时间晚 6 小时），趁排队的时间，赶紧完成两件事：记录芬兰驻中国大使馆电话、报警电话，到机场兑换处用人民币换些 5 欧元、10 欧元、20 欧元、50 欧元和 100 欧元的钱币备用。

  "欢迎祖国亲人来到芬兰！"导游笑容可掬地几乎对每位游客复述着。

  上车后导游自我介绍："本人姓汪，31 岁，来自中国上海，大学毕业后从事通信技术工作，第 3 个年头因一个与芬兰诺基亚公司合作项目而来到芬兰，今年已经 7 年了。"小伙子看起来精神、干练，热情又不失分寸，看上去不过二十六七岁。

他介绍完自己，接着介绍芬兰。

"芬兰，全称为芬兰共和国，国土面积 338145 平方千米，是冰岛的 3.28 倍多，人口是 547 万，包括圣诞老人（这句话逗得大家哈哈大笑）。芬兰族占总人口的 84.3%，瑞典族占 6.1%，萨米族占 9.4%。官方语言分别是芬兰语和瑞典语。很多人，特别是年轻人，都会讲一点英语。芬兰的货币为欧元。宗教信奉基督教路德宗，约占民众的 78.5%，11% 居民信奉东正教。有一点需提醒大家，如果有信基督教的朋友，对教堂供奉的神像不要轻易发表意见。

"芬兰首都是赫尔辛基，全国划分了 18 个区和 1 个自治区，每年 12 月 6 日是芬兰独立日。芬兰 1919 年成立共和国，1950 年 10 月 28 日与中国建立外交关系，至今与中国保持着良好关系。

"地理位置和自然方面，芬兰三分之一的国土面积处在北极圈内。1989 年 9 月，在芬兰政府提议下成立了'北极理事会'，又称'北极协会'，北极八国包括：美国、俄罗斯、加拿大、芬兰、瑞典、冰岛、挪威、丹麦。八国派出代表参加召开的第一届北极环境保护协商会议，讨论通过国际合作保护北极环境。1991 年 6 月，八国聚集芬兰罗瓦涅米签署了《北极环境保护宣言》。芬兰，从提议到签署宣言的几年中发挥了积极的撮合作用，出台每两年召开一次的北极理事会会议。主席职务每两年轮流由八国之一的国家担任。第一任主席国：加拿大；第二任：美国；第三任：芬兰；随后分别由冰岛、俄罗斯、挪威、丹麦、瑞典担任主席。"

汽车行驶在森林间的公路，汪导滔滔不绝地介绍着芬兰："芬兰的森林覆盖率高，森林为芬兰工业的发展起到至关重要的作用。造纸、林业机械制造业为支柱产业，纸张、纸板出口居世界第二位，纸浆出口居世界第四位。信息通信产业发展迅速，是诺基亚手机及移动网络、因特网介入比例最高的国家之一。芬兰特有植物研发的木糖醇、胰岛素居世界领先水平。"

公路两旁，时不时见到黄色牌子，中间是一只奔跑的梅花鹿。

汪导问大家："看见牌子没？"

"看见了。"大家异口同声地回答。

"刚才讲到芬兰人口 547 万，梅花鹿数量也是 500 多万头，或许比人更多，凡见鹿牌，汽车必须减速行驶。鹿角所提炼的鹿茸丹每年为芬兰创造可观的财政收入。"

"纸张、纸板、纸浆出口，这些都需要树木，会不会造成过度砍伐，影响生态平衡？"有人向汪导提问。

"不会的，芬兰森林覆盖面积广，科学砍伐，树与树之间留出间距对树木生长更加有利。如果大家早一个月来芬兰，北部地区有好几个星期可见举世闻名的极昼现象，几乎 24 小时太阳不落。9 月中旬会有极夜。"

休息了一会儿，汪导又说："你们的行程稍做调整，把芬兰波尔沃古城的参观调到今天。明天是星期天，芬兰附近的国家会开车来波尔沃古城购物、休闲，人太多会影响大家参观游览。"真是个热情、开朗又体贴的导游！

波尔沃古城
2019 年 8 月 31 日

汽车停泊在古城停车场。

站在桥中央，左岸碧荫斜坡上排列着参差不齐的彩色木屋群落，橘色、绿色、酱色、红色，有的房顶尖斜，如同彩色条花帽顶，使这片建筑更加妖艳。河水荡漾着碧波，在蓝天下涌起一层层蓝色涟漪，拥抱着冲我展出一波波细浪，眼眶有些潮意。举目右岸，鲜花柔媚，装扮着护城河岸，河中停泊桅墙船只，紫红丁香水草、秋草黄在河上轻轻摇动，发出絮语般的温柔声响，波尔沃以多情的色彩迎接你。

芬兰波尔沃古城

这座建于 13 世纪的古镇是芬兰目前唯一保存下来的中世纪建筑，花岗石路面，实木建筑结构是中世纪城市生活的缩影，被人们称为"露天木质建筑博物馆"。河流带来的水上贸易吸引人们沿河修建码头，波尔沃古城从 1346 年设市交易至今，逐步从稳定走向繁荣。

这里，还有俄国沙皇留下的行宫……

为保留中世纪遗风，波尔沃所有房屋的建筑外观由芬兰政府专款维护、维修，个人无权改动。室内装修可由个人负责。

小城故事
2019 年 8 月 31 日

通往小城中心，花岗石铺就的上坡小路，两侧木屋不久前进行了刷新，风中隐约飘过油漆特有的味道。一条主商业街独具特色。

左顾右盼，我沿街找寻 2015 年 8 月曾在这里遇见的一位摆摊的老太太。记得那时，老太太在家门口晒着太阳，织着毛袜，摊上每一双袜子都钩织着不同的图案，有鹿、小木屋、白雪公主和小矮人。我埋着头仔细观察老人的编织手法，老人家抬头扶了扶鼻梁上的水晶眼镜，露出慈祥的笑容，一双白皙的手把编织物递给我。我连连摆手又摆头婉拒。那一刻我仿佛回到了少女时代，想起邻家奶奶的音容笑貌……那年、那月、那一天，没有语言却胜过语言。

小城原来的空地上新建了一些木屋，都打造成了商店，卖耳环、项链、帽子等装饰品，胸针插在软木板上对着窗外挂着，商品按编号价格出售。

卖木制玩具的小玩具店聚集了不少小朋友，那些推磨的、敲鼓的、弹奏的小玩意引来"洋娃娃们"阵阵笑声和家长的购买热情。

坡上有一处露天集市，遮阳棚下的摊点摆着各种物件：一个摊位的一面主要售卖陶器花盆、各式烟缸、卡通造型的小挂件、摆件、兽头、鸟首和各种鱼类，棚顶挂着毛线围脖、短袜、长袜，另外一面挂着各种提包。一位英俊的少年摆摊卖的全部是毛绒玩具，其中一个"山妖"玩具特别吸引人，除此之外还有各种大的、小的、特袖珍的动物玩具，引来不少游人光顾。他棕黄的头发微卷，一件白色短袖 T 恤，五官精雕细琢、脸颊棱角分明而又透着清纯和稚气，干干净净的美少年。

另一边是露天咖啡、饮料店，桌椅摆放紧凑而简单，把小小的场地运用到了极致，几十人拥挤交错坐在一起，品咖啡、聊天、看市景，惬意地享受时光。默默喝咖啡的，观察市场物件议论的，聊天的，互不影响，尽显北欧的市井气息。

山顶教堂传来钟声，向上走，隐约听到"唱诗班"婉约平和的歌声。我打算去教堂看看究竟。一段陡坡石头路，每迈出一步都必须脚下留神，那些花岗石质地的圆卵石稍不留神就容易让人崴了脚，假如在冬季，连当地人都必须穿特制的鞋（鞋底有抓齿式），在积雪和石头表面带冰的路上行走，那种"行路难"外地人很难适应……

婚礼轶事
2019 年 8 月 31 日

终于到达波尔沃山顶教堂，一场婚礼已接近尾声。新娘与姐妹们在教堂外的广场上合影，然后是新郎与他的兄弟们合影，一般情况下外人不能参与。

征得婚礼中一位美丽的芬兰少女及一位伴郎同意，分别拍下两张喜庆的小照。婚礼结束后，男男女女、老老少少都离开这热闹的广场。记得 2015 年 8 月，我在教堂参观时，氛围可是肃穆中带着一种高冷，而今天的教堂氛围格外地热闹温馨。

脑海中，不同国家的婚礼、婚庆、婚纱照如幻灯片般浮现。

在塞尔维亚，一对身着礼服的青年男女到古兵器存列城堡拍照，周围环境与婚纱极不搭调，两人却笑容灿烂。

匈牙利的新人在教堂中举行了婚礼，男女双方亲人在教堂外拍全家福，身着枣红色连衣裙的 4 位少女为新人献花。

在斯里兰卡的一场婚礼上，男女双方的长辈在礼堂门前为宾客登记并收贺礼，来宾们去到一座彩棚里，里面摆满、挂满了新人的照片。

在非洲工作的一个星期天，我在赞比亚首都卢萨卡一个风景优美的广场上，看见一对黑人举行婚礼。伴郎、伴娘、童男、童女前呼后拥来到广场，汽车边挂着米白色、奶黄色、浅绿色、浅蓝色气球，没有红色，甚至粉红色都没有（国外很多国家认为红色不吉利）。我与朋友走过去，他们热情与我们合影。

在日本的一场婚礼上，我见识了新人身穿和服的庄严、隆重的婚礼。

我曾参加过一次基督教婚礼，教堂里所有嘉宾屏声静气聆听牧师为一对新人主持婚礼（天主教由神父主持婚礼），见证他们的幸福时刻，然后教友们一组组手举白色蜡烛到新人面前唱祝福歌。

印度人的一场订婚仪式让我记忆深刻。几位美丽的印度少女簇拥着一位美若天仙的女孩，每一位身上的纱丽都色彩鲜艳，房间中一棵树插满了各种鲜花和植物，英俊潇洒的印度小伙一身印度正装，新人幸福地接受大家的祝福，但其实挺辛苦的，得从早到晚地接受祝福。大院临时搭起几个大棚，接待参加庆典的男人们。女人们则在几个房间等待，再后来，统一安排庆典、进餐，也是男女分开。我们被安排在贵宾桌，几位漂亮的印度女人为我们敬上粉红的、绿色的自制饮料，甜品有胡萝卜蜜饯，晶莹剔透，拔丝西红柿如同雕花，精致得不忍入口。

波尔沃的巧克力
2019 年 8 月 31 日

波尔沃有一家制作手工巧克力的专卖店，声名远播，无论是来自世界各地的游客还是芬兰人，只要来波尔沃必然光顾这家店。据说店主家已几代人在小城自产自销的巧克力，不断创新，如今有几十种不同风味的巧克力。不算太宽的店里摆着一层层、一格格巧克力，顾客品尝后购买。品尝区，你想吃多少都无人干涉。这家巧克力店深受好评，人流如潮，但老板的经营之道多年不变，邀请他合资扩销路一概免谈，就连动员他到赫尔辛基（芬兰首都）开店的都被老先生拒绝："要吃我的巧克力，到波尔沃小镇来。"这家店包装袋的样式，老爷子坚持用了几十年，牛皮纸袋太精致了！

有时，可爱的老头会给买巧克力的顾客额外送一些其他口味的。

不同的肤色、不同的面孔的人，带着波尔沃的香甜巧克力飞往世界各地，带去他乡（香）。

小城庭院咖啡，多味冰激凌店聚集着不少旅行者。

不舍地离开古城，来到河边，悠悠的波尔沃河与河边的木屋相互映衬，木船点缀其间，静谧安逸。

公路旁的河边，摆着古老的大炮和几台颇有年代感的武器，诉说了芬兰曾被瑞典、俄罗斯轮流占领的历史。

在从波尔沃去赫尔辛基的途中，汽车经过基础地势较高的山路，从这里向下俯视，能看见很多美丽的湖泊。汪导介绍："芬兰内陆水城约占全国总面积的10%，拥有 18.8 万座湖泊，因此芬兰又有'千湖之国'的别称。"

西贝柳斯公园
2019 年 8 月 31 日

　　西贝柳斯公园位于芬兰首都赫尔辛基市中心西北方向，为纪念芬兰伟大的音乐之父西贝柳斯而修建。公园中的两座雕塑具有芬兰的民族特色：一座是大师头像；另一座是由 600 根长短不同的钢管参差排列组成的一座类似管风琴的雕塑，风吹过，管风琴发出不同分贝的声音。这两座充满浪漫主义色彩的雕像出自芬兰著名女雕塑家艾拉·希尔图宁之手，她的这两座作品得到芬兰雕塑界的好评，也深受芬兰人认可和喜爱。公园内成林的松树四季荫绿，夏天更是草木茵蕴，生机盎然。家长和音乐老师常带领孩子们来公园演练西贝柳斯的伟大作品。学习绘画和雕塑的莘莘学子来公园研究学习艾拉·希尔图宁的艺术技巧与手法风格。

　　来到公园旁边的海湾边，午后的阳光斜入水面，水面像一块蓝色的镜子反射蓝天，这里是芬兰著名的"波罗的海"的一座港湾。今天，它宛若沉思的少女般宁静。曾经这港湾因发现了玛瑙、蜜蜡，引来许多淘宝者"光顾"。

　　路旁一个高大黑人卖鲜榨果汁，框里有西柚、橘子、苹果，新鲜的果皮像上过油。

　　4 年前途经这里，我同样遇到一个黑人，那会是他父亲吗？

芬兰西贝柳斯公园雕塑

波罗的海之夜
2019 年 8 月 31 日

去酒店的路上，经过了一座又一座湖泊，湖面泛起细浪微波，偶尔间，晚霞射向湖面，水面荡漾着层层金色。芬兰的傍晚，眼前的云影天光，平静、梦幻、旖旎。

赫尔辛基三面被波罗的海所环绕，如同母亲怀抱着女儿，因此赫尔辛基又称为"波罗的海的女儿"，多么浪漫、多么温馨的名字。

傍晚到达 Hilton 五星级大酒店，坐落在浅坡上，红砖垒砌的巨弧形五层楼，阳台和窗户面朝波罗的海。

放下行李到酒店大堂想对一下时间，总台的墙上有六个挂钟，显示伦敦时间（英）、纽约时间（美）、赫尔辛基时间……询问得知，我团原本不是安排在五星级酒店，芬兰为促进旅游而升级的。中、芬关系升温，惠及中国旅游者。

大堂有些空旷，设有名贵首饰柜，还有价值不菲的山地自行车。墙上挂着几件冰球冠军的 T 恤衫，经过的芬兰人都会驻足观看。绕行弧式酒店，进入对面的餐吧，洁白的桌椅，靠海一边窗下坐着不少客人，预留桌上摆着一种像红辣椒一样的花，让人知道此处"名花有主"。海岸咖啡吧里，人们喝上一口醇香咖啡，再细品波罗的海的湖光山色与灿烂晚霞，多么浪漫……

夜，降临了。眺望远方的晚霞，橘红色的霞光边似伴着燃烧过的灰色斑，那晚霞有的变成红色，天边出现一片片、一朵朵火焰，闪烁、移动，汇集又散开……各色霞光在波罗的海浪中由远及近，又退回大海与天空，众人纷纷沉迷其中。

我在美丽的暮色中走向海滨，又经林中小径，刚才还见到银灰色叶背，现聚缘暗黑，另一种树有着光溜溜的粗壮枝干，能承载一个人坐在上面，树枝如手臂向上弯曲。林中面积最大的是一大片红松林，黑压压不见尽头。松树滴下的松油入土，若干年后变成了珍贵的琥珀，也或许成为蜜蜡。

飞机如流星般拖着长长的白尾划过长空远去，两只热气球飘在蓝色空中，一种挂满红色小果的矮树在海风中摇曳，这里的一切祥和安静，多么美好的夜晚啊！

乌斯别斯基东正教堂
2019 年 9 月 1 日

清晨的天空像巨型蓝宝石，幽远而迷人，遥远天边，长虹绚烂、耀眼。

眼前这幢建于 19 世纪末的东正教堂像一件巨大的艺术品。建筑墙体砖红色，房顶、帽尖和窗户的拱形装饰全部采用蓝绿色。整个建筑有 5 个金圆顶，与红砖搭配显得格外严肃，也是俄罗斯风情渗入芬兰的历史见证。这里是斯堪的纳维亚半岛上最大的东正教堂，芬兰人称其为"俄罗斯教堂"。

走下东正教堂高高的阶梯，发现教堂的几个穹顶在阳光的照射下特别漂亮，对好镜头留下人与景。

水之见
2019 年 9 月 1 日

耳边传来童语，寻声而去，看见一座幼稚园的娱乐场。幼儿们的天真烂漫，总能激发出愉悦感，几个孩子特别的举动引起了我的好奇。我站在场外观察他们，四五个 5 岁左右的孩子，估计刚吃过东西，人手拿一个小瓷杯，喝一口水漱口，每人上前一步将漱过口的水吐到一个塑料小桶里，杯里剩余的水也倒进小桶。这时出来一位青年女老师，只见她接了一瓢自来水倒进小塑料桶，叫出一个高一点的小男孩，男孩舀起小桶里的水去浇墙根下的花，老师让另一个漱过口的小女孩重复小男孩刚才的动作。浇过花后，孩子们继续玩跷跷板、玩沙……

无需语言解释，也懂这是节约用水从小抓起的一幕。芬兰，从幼童抓起的节约用水教育，利国利民，更有利于孩子自身成长……

　　总统府，典型的俄式建筑，雪白的墙体，圆柱托起中央的圆形主建筑，蒜型绿帽顶上是金色十字架，正中一个绿色的挂钟与圆帽色泽统一，前面三角形的顶端站着身着长袍的神父。

　　广场中央台基站立着群青铜像，手持长剑、盾牌，随时准备战斗。台顶是沙皇亚历山大二世铜像，塑于 1894 年，纪念这位给予芬兰充分自治的俄国统治者。

　　原来，总统府系俄国沙皇办公的地点多年，沙俄建筑成为一种文化被保留下来。

　　芬兰独立之后，这里成为芬兰共和国总统代表处及官邸。

港口自由市场
2019 年 9 月 1 日

　　码头上，停泊着大型的国际游轮，来自不同国家的游轮各具特色，海上的千帆万影在温柔的海浪上轻轻地摇动起伏。

　　这里的露天自由市场，商贩云集，商品分区售卖，称其为一座宝库完全不夸张。

　　各种奇花异草，鲜艳绚烂。用干花、枯叶、树皮甚至干苔藓制成的装饰花框，给人一种生命死而犹生的浪漫。芬兰传统工艺品如台布、围裙、头巾、帽子、茶杯垫等制作精美。新鲜的瓜果、蔬菜摊前不少人光顾，只是那红红、绿绿、黄黄的苹果大小差别太大了。这里购买水果、蔬菜，是以塑料小框或不锈钢杯子为量具，不用秤称。芬兰水果绝不施农药，让果子、蔬菜自然生长。一位母亲买了两小框苹果递给身边两个儿子，孩子马上啃起来。香蕉一把五六个拴着卖，西红柿、蓝莓、草莓、珍果等，都装在长方形小塑料框里售卖。

　　蔬菜区的生菜、萝卜、卷心菜是论颗出售。一位摊主的卷心菜只有两颗，大的似足球，小的如拳头，一样的价格。见一女子买下 2 颗卷心菜、5 个西红柿和 2

根茄子，完全没讲价，买完骑着自行车离开。有一种珍珠番茄比较贵，以杯出售，小杯2欧元，中杯3.5欧元，大杯4.5欧元。鱼类品种多样，论条售卖。羊肉、牛肉居多，分别用块、片、丁装盘出售。

各种蔬菜、水果汁，各种味道的冰激凌，商品琳琅满目。3个金色卷发小女孩在妈妈带领下来到摊前，看着天使般的洋娃娃，向她们母亲做了两个手势（双手大拇指与其余各四指向中间比一个框），夫人为我拍下与孩子们的合影。

古旧物品摊前游人不少，不少白人老者专门带上放大镜鉴别古董。咖啡杯、红茶杯、剑鞘、匕首、戒指、项链等，一旦发现刻有字母的物件，他们会毫不吝惜时间反复从不同角度求证这是否是没落贵族定制的绝版器皿……

市场有一个现象，摊主是芬兰人，而小工多半来自爱沙尼亚、拉脱维亚和立陶宛。芬兰上班族月收入较高，而爱沙尼亚、拉脱维亚和立陶宛的国内工资收入不足芬兰人的1/5，他们非常乐意来芬兰打工赚钱。

来到旅游商品摊位，看过画片、画框、书签、旅行包、帽子、旅游背心、多袋裤、雪杖等。由于圣诞老人的故乡就是芬兰，我选了一款圣诞老人的冰箱贴。质朴的桦木板上是一个圣诞老人，侧靠芬兰地图，地图上贴满了小颗粒的琥珀碎粒，小巧精致。

波罗的海的女儿
2019年9月1日

露天市场还有一处花市，出售昂贵的鲜花。在那里有一座著名的阿曼达铜像，被称为"波罗的海的女儿"的雕像。她被四头海狮环绕在喷泉正中，一手托着腮，双目深情地凝视着芬兰湾。铜像建于21世纪初，她已成为赫尔辛基市的地标建筑和象征之一。每年4月30日，芬兰大学生都会在阿曼达铜像旁举行隆重的"戴帽节"狂欢活动，载歌载舞，欢快的气氛吸引了不少芬兰人前往庆祝，如同"波罗的海的女儿"的生日庆典般热闹非凡。

赫尔辛基大教堂
2019 年 9 月 1 日

　　赫尔辛基大教堂是芬兰最著名的建筑，建于 1852 年，是一座路德派教堂，建造精美，气宇非凡，堪称芬兰建筑艺术的精华。

　　赫尔辛基大教堂以白色为主，配以淡绿色的圆顶，因此也被称为"白教堂"。据说，冬日大雪覆盖了教堂前的广场，暖暖的灯光亮起，整个教堂一片圣洁。这里不仅是芬兰首都的地标，也是路德宗教徒们的精神寄托。宏伟的建筑内有很多精美的壁画和雕塑。每当教堂钟声响起，整个广场一片肃静，众多游人一同静静感受着这种唯有宗教才能带来的让心灵宁静的珍贵一刻。

　　学习建筑、雕塑、艺术门类的学生、建筑师远道而来，就为观摩、研究大教堂宏伟的建筑细节。今天有活动，大教堂已超员，不再准入，我们只好在外面欣赏。

赫尔辛基大学
2019 年 9 月 1 日

　　赫尔辛基大学位于芬兰首都赫尔辛基，北欧著名的高等学府，学校已有 300 多年历史，是芬兰最古老的大学，1640 年创办在旧都图尔库。学校坐落在芬兰首都市中心会议广场旁，大学的建筑群与高高耸立的绿顶白壁的大教堂和对面的政府办公楼构成一幅和谐的巨幅图画。学院图书馆的立面材料采用的是玻璃和红砖，呈现出典雅古风，内部中空，打造出一个椭圆形的开放空间，体现实用性。学校有：神学院、法学院、医学院、文学院、理学院、教育学院等 8 个学院。芬兰制造的用于治疗糖尿病的胰岛素，植物提炼的木糖醇，在国际享有好评。甜菜、麦类开发的多种食品、保健品很多来自赫尔辛基大学。

　　2006 年 7 月，芬兰首都赫尔辛基与中国北京正式建立友好城市关系，赫尔辛基大学开设了汉语专业，设立汉语教授职位，颁发汉语硕士学位。

　　汉语言专业学生普遍认为汉语是最难学的语种。芬兰人学汉语已普及到市民、小孩子，大街上随时有人会对你说"您好"。

岩石教堂
2019 年 9 月 1 日

岩石教堂，是赫尔辛基市区的标志性建筑，其非凡和不同之处在于它位于住宅街之中，也是世界上唯一一座建在岩石之中的教堂。当初也许出于赫尔辛基教友们的宗教需求，炸开一块巨大的天然岩石，再向深处挖掘，最终打造出一座设计理念卓越的、新颖巧妙的、别具一格的、与其他教堂不雷同的新型基督教教堂。圆形的顶部，由 100 条 3 寸放射状红铜梁柱支撑，镶上透明玻璃，使教堂采光效果更佳。

进入教堂，特殊的建筑方式让人震撼，凿开的空间安放着条形靠背长椅，凹凸不平的岩石保持原本样貌，没用其他任何材料抹平、弄齐。墙壁表面保留了许多造教堂时候留下的痕迹，圣坛和地板是用抹平的花岗石和混凝土筑建成的。教堂所有的座位都是用桦木制成的。整座教堂如同着陆的飞碟一般，趣味独特。芬兰人崇尚自然古朴的审美与情感在此得到了充分体现。岩石教堂内的中心区域有一个圣坛，与玻璃屋顶所射下的自然光相互辉映，尽显圣坛的神圣。

曾经
2019 年 9 月 1 日

自由活动时间，抓紧弥补几年前的遗憾——重走浅色花岗岩建筑和街道。

濒临波罗的海的赫尔辛基，古典与现代共存，走在这里，能感受石头古城的浪漫和国际大都市巧妙混搭的情调。

芬兰最初是瑞典的领地，在瑞典语中叫"新发现的地方"，而芬兰人自称为"苏米人"，瑞典国王古斯塔夫一世当年为与汉沙同盟的塔林城争夺贸易，于是在公元 1550 年在塔林城对面波罗的海海岸贫瘠的不毛之地修建了一座城，命名为"赫尔辛基"。之后的 150 多年间，这座小城的发展不尽如人意。

1710 年，城市惨遭一场瘟疫劫难，好转不久又经历一场大火，城中 1/4 的建筑被毁。1808—1809 年，俄、瑞最后一场战争俄国胜利，此后合并芬兰，成立自治的芬兰大公国，赫尔辛基成为发展中的主要城市……

正边走边想着，突然看到庭园酒店街沿边摆着一排桌椅，一个现象引起我的注意：一男一女坐在一起喝咖啡、啤酒或饮料都是女生付款。一位中国男士与芬兰的女性贸易伙伴用餐。只见男士刚掏出皮夹，女子啪的一声，率先拿出几张 100 欧元放桌上示意服务生收钱。芬兰一般是女士请男士，且男士不可硬争。

转头看到自行车大军在斑马线前停下。芬兰人酷爱自行车，与荷兰人对自行车的喜爱不相上下。绿灯亮起，自行车上的人如参赛的运动员翘起臀部，双手压住车龙头俯冲。赫尔辛基街头也设有共享单车点，放车的人十分遵守规则，前车轮压住白线，几十辆车摆放得非常整齐，一位少年已下街沿发现旁边几辆车倒了，返身扶起，摆整齐才离开。

随后，我去了一家糖果店，花花绿绿的纸质包装袋挺讨人喜欢，各色各样的裸式糖果五花八门。

赫尔辛基也是时尚之都，服饰、鞋、帽、围巾、手套、提包甚至袜子都国际范儿十足。从芬兰商店的橱窗和进出口贸易服饰风格上可看出，芬兰如同那些黄岗岩石建筑，崇尚古朴，材质讲究又不花哨。

芬兰→瑞典
2019 年 9 月 1 日

15:30，我们离开芬兰首都赫尔辛基，16:00 到达码头。我们将在这里乘游轮穿过波罗的海前往瑞典首都斯德哥尔摩。眼前的庞然大物有一个温柔浪漫的名字——诗丽雅小夜曲号，我们将在游轮上度过一个浪漫的夜晚。

到达游轮码头，我傻眼了，几十级钢铸阶梯让我望而却步，空手登梯都会气喘，何况还带着 20 多千克的行李箱和背包。我让过一位又一位旅客，没人能提供帮助，也请不到任何人，无奈只得鼓足力气，咬紧牙关，双手提起行李箱，一梯一梯往上挪动。好不容易终于上到游轮的第 7 层，我精疲力竭，感觉肢体快散架，恨不得躺在地上……张开嘴，做了几次深呼吸，好一阵才缓过神来，往下看，这游轮足有 10 余层楼高。这里是第 7 层，乐队演奏着交响曲，欢迎旅客上船。我们团每人领到一份中文版的游轮介绍和房卡。

乘电梯上我所住的第10层，拖着行李，双脚如灌了铅一般沉重。找到房间，犹似溺水者抓到救命稻草，确认我的床号，头靠床边，闭上双眼席地而坐……

房间电话铃声响起，传来亲切的、标准的中国声音："尊贵的旅客您好！欢迎您乘坐诗丽雅小夜曲号，从芬兰首都赫尔辛基穿越美丽的波罗的海前往瑞典首都斯德哥尔摩。为让您在游轮上度过一个美好而浪漫的夜晚，请您注意仔细阅读游轮实用信息，以免耽误您的宝贵时间。芬兰和瑞典之间有一个小时的时差，芬兰比瑞典快一个小时。游轮的启程及抵达时间皆以当地时间为准。

"总服务台提供货币兑换（只限欧元与克朗），以及与客舱升级等有关的服务。总服务台还向游客提供赫尔辛基和斯德哥尔摩的旅游景点信息、公交时刻表、观光巴士票等服务。在总服务台，您还可以找到邮寄明信片的信箱、贵重物品寄存柜以及随船护士的联系方式等信息。"

搁下电话，翻开上游轮发的小册子择要阅读，下意识从兜里掏出房卡，如身份证大小的卡片可是这17个小时在游轮上的"通行证"。不仅进出舱房门要用它，今晚、明早用餐要用它，购物要用它，楼层之间上下电梯也要用它（靠左舱房卡去右舱刷不上）。不小心丢失房卡麻烦就大了。诗丽雅小夜曲游轮共13层，客舱房间共986间，铺位3001张，载客数量2852人……

17:00，电话铃声再次响起，领队通知到6楼用晚餐。

简单梳洗后下楼走向6楼餐厅，在餐厅外排了十几位旅客。进入餐厅，被大圆桌上摆放的各色精致小糕点所惊叹，有紫色、粉色、黄色、棕色、绿色，有圆形的、方形的、花瓣形的……诱得我垂涎三尺。桌子正中的双向食架供客人方便取拿，里面有卤牛肉、卤鹅、卤鸡、卤排骨……对面是油炸鱼块、炸鸡腿、炸大虾、炸丸子……

从甜品区走向熟食区，一时半会儿我不知先取什么好。看到冰激凌区，我并不吃冷饮也不食冰激凌，却被它五颜六色的颜色所吸引，几个外国小朋友举起各色的火炬式冰激凌跳着、闹着。

忍不住再往前走，边走边看各类美食。蔬、果类菜品挺受外国人青睐；豆荚炒西红柿，红绿搭配，格外诱人；还有卷心菜、紫甘蓝、蘑菇片、黑木耳混炒、烧蘑菇、炒蘑菇、小番茄炖豆腐等，多种蔬菜沙拉，橙子瓣、苹果丁、香蕉段、草莓、蓝莓，还有叫不出名的水果。

现场烹制区站立一男一女两位大厨，可为客人现做地道的北欧美食，旁边摆放着挪威生鱼片、挪威鳕鱼，以及太多叫不上名的鱼类让人眼花缭乱。有芬兰、冰岛、丹麦、瑞典、俄罗斯菜品，还可现场制作法式料理、德国料理、日本料理、中国的麻婆豆腐（中国进口的专制调料）等。这像是半条街长的各国美食长廊，汇成一顿饕餮大餐。

看过美食，忍不住每一样都想品尝一口，却又怕吃不完浪费。

夹上一小方块糕点，黄白相间，再取几片蘑菇、几朵黑木耳、杂菜沙拉、生鱼片、鱼块酱汤、橙子瓣、什锦果丁。其实享用晚餐不用着急，晚餐时间从 17:00 至 20:00，如果有足够的耐心和胃口，可以慢慢品尝。但有一点要注意，食客只能进一次餐厅，出去后便不能再次进入。

用餐区分好几处，很多位置陆陆续续已坐了客人。有两排靠舱边的座位还空出四五个，我端着盘子走到舱边窗下，刺目的阳光让人难睁双眼。我赶快调整方位，背对阳光，难怪这几个座位无人。忽见一人餐毕离开，我连忙坐在那靠窗的景观座，口品美食，眼观美景，享受美好时光。

坐在尚未启航的诗丽雅小夜曲号，放眼望去，蓝色的波罗的海泛起微微碧波，夕阳洒下一道道金色光芒，海面升腾起蒙蒙烟雾。波罗的海海面被金色的霞光、夕阳烘托出灿烂的光辉，艳得让人惊叹，莫名兴奋……

游轮在轻轻启动，视线前方出现码头、帆影，集结的各型船帆起起伏伏，摇头摆尾似的向我们挥手道别。

尖顶绿色、砖红色、深灰色、深绿色的房顶，白、灰壁墙，塔形、钟形、箭头形的屋顶装饰，繁茂绿树林，伸入海中的栈桥，远方还有一只快艇疾航。游轮转舵，这时波罗的海变换成蔚蓝色。

落日余晖照射的一边，海面被染成金黄，树木披上黄金叶，船上桅杆也被染成金黄，迷人的金色如梦幻一般，这一幕就如电影画面，印在脑海中。

瑞典篇
Sweden

瑞典王国
2019 年 9 月 2 日

　　瑞典，全称为瑞典王国，君主立宪制国家，位于北欧斯堪的那维亚半岛东南部，面积 449964 平方千米，人口 975 万，官方语言为瑞典语，首都斯德哥尔摩，通用货币为瑞典克朗。

　　9:30，离开诗丽雅小夜曲游轮到达瑞典首都斯德哥尔摩。一位姓赵的导游热情迎接。

　　瑞典是北欧综合国力最强的国家之一，斯德哥尔摩也是世界最大的城市之一，拥有 200 多万人口，由 14 个岛加半岛，70 多座桥连接，靠波罗的海有一万多个岛屿，

瑞典街景

10万个湖泊，约15%的国土在北极圈以内。斯德哥尔摩处处散发出海的气息，且森林覆盖率达54%以上。

经过一段林荫大道，在一条三岔路口几条街道上的汽车全部停下来，斑马线上4位老师带领着17个幼儿园小朋友过马路。孩子们身穿果绿色马甲，手牵着手，两人一排，步调整齐，可爱极了。

路上车少人稀，十分清静，转弯就是瑞典的"中央电视台""中央人民广播电台"，这也是瑞典城市地标之一。马路旁绿树婆娑，繁花似锦，偶见园区雕塑，一尊又一尊。

靠窗的旅友是个摄影爱好者，咔嚓声不断。经过一座桥，又见一泓湖水，不等看清她的"尊容"，已到下一座岛，下一面湖泊。斯德哥尔摩被称为"北欧的威尼斯"，算理解了。

大教堂
2019年9月2日

斯德哥尔摩大教堂是市区内最古老的教会，建造于13世纪，与斯德哥尔摩这座城市同龄。后经历火灾被毁，又因多种原因数经改建，直到15世纪后叶，最终确定将意大利巴洛克建筑样式的艺术风格作为建筑外观。大教堂里有历代皇家骑士的徽章，还有一座著名的圣乔治屠龙木雕。这座刻于1489年的木雕是北欧最大的一座木雕，雕刻家以华丽又细腻的雕刻技法显示出了木雕艺术的美。可惜今天教堂不对外开放，游客们只能围着教堂领略这伟大的巴洛克建筑风貌。

瓦萨（沉船）博物馆
2019年9月2日

从露天广场依次进入博物馆，里面光线昏暗，一时半会儿眼睛还不能适应。经过检测门，导游小赵将大家召集到舰船左前方一个角落，指向眼前的庞然大物——瓦萨号沉船，介绍该艘战舰300多年的历史。

我们身处战船的第四层，上到第五层可了解船上生活，走到瓦萨号高层大炮甲板模型上（与原船同尺寸），能仔细观看到战舰上的原始物件，上到第六层能了解17世纪的人们是如何驾驶这样的帆船的……

1626年至1628年，瑞典国王下令造四艘战舰，试图给予丹麦毁灭性打击。

1628年8月10日，瓦萨号战舰却在首航出征仅1300米时舰身侧偏，海水从炮口涌入舰舱而沉入波罗的海海底。

瓦萨号在沉睡海底333年后的1961年被发现，历经10年时间，打捞人员一次次潜入波罗的海海底深处从淤泥中摸出一块块散落的残骸。300多年前的木制战舰，主要材质是北欧原产地的松木、橡木，沉没海底被淤泥层层包裹。由于波罗的海属内陆海，海水及淤泥盐含量较低，散落的各部位残骸碎片经清污、防腐处理后再经文物专家精心修复，还原率高达333年前的98%。

1626年瑞典国王下令造战舰之初，主体舰高为三层，并无炮舱一层。瓦萨号施工近半，瑞典国王获悉，丹麦正打造两层炮舱的战舰。唯恐瑞典失利败给丹麦，国王召集督造官员，下令增高瓦萨号舰身，补建炮舱。

瑞典与丹麦敌对多年，瑞典国王更怕失去波罗的海海运航道的控制权，只好在原舰的基础上加高，从而使炮舱不在吃水面造成战舰上重下轻。瓦萨号首航1300米，因上重下轻，在水上无法保持平衡导致侧翻沉海。

瓦萨号包括130余名水手，以及随舰官员、指挥人员、厨师、杂役300余人，总人数400多人，遇难时300多人生还，但30多位舰上机械人员在战舰侧翻被压或被物品挤压致死，有的永远长眠在波罗的海。打捞上来较为完整的人体遗骨保留在底舱层，有兴趣的、胆大的可去底舱观看。

我们观看了幻灯片，由模型演示其整个沉没的过程，了解17世纪70年代的打捞过程，考古人员对残骸的修复，瑞典各时期的官方调查，等等。

瑞典市政厅
2019年9月2日

眼前这座漂亮的红砖建筑是斯德哥尔摩市政厅，建于1911—1923年，历经12年完工。整个建筑两边临水，一座巍然矗立的塔楼与沿水而建的裙房形成强烈的对比，纵向长条窗装饰极致。

斯德哥尔摩市政厅位于瑞典首都的中心地段，坐落在美丽的梅拉伦湖畔，是

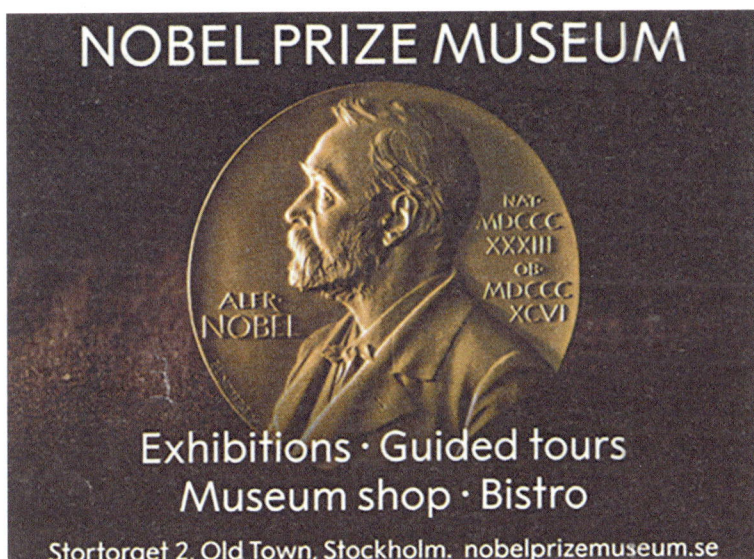

阿尔弗雷德·贝恩哈德·诺贝尔

斯德哥尔摩的代表形象之一。在空中俯视，整个建筑宛如一艘海上航行的大船，宏伟而壮观。

一楼大厅略显宽旷，这是宴会大厅中的"蓝厅"，每年12月10日为诺贝尔奖获奖者们举行隆重盛大宴会的地方。瑞典国王、王后会光临宴会，向获奖者们表示祝贺。

瑞典，诺贝尔先生的故乡。诺贝尔先生是瑞典化学家、工程师、发明家、矽藻土炸药的发明者、军工装备制造者……诺贝尔先生一生的发明不计其数，其中拥有专利的各种发明129项，发明成果用于诸多行业。在世界五大洲、20余国家（欧美为主）开设100余家公司及工厂，使他的专利得以广泛应用。

每年的诺贝尔奖设在12月10日颁发，即诺贝尔逝世周年纪念日，用以纪念这位瑞典巨星，感怀他对人类的杰出贡献。

解说员手指蓝厅中间，说："中国的莫言先生获得了诺贝尔文学奖，中国人第一次走上这个奖台，需要一位既能讲瑞典语又会汉语、英语的人担任颁奖仪式翻译，我有幸被选上。"

一楼楼梯旁是一架精美的钢琴，琴声会通过墙上数百条管音道响彻整座大厅。

二、三楼的办公重地包括市长办公室，只要官员们没有办公，游人可在门外（警示线外）参观。

瑞典王宫位于中央广场旁。

王宫附近不允许停车，但对外国游人网开一面，速下客即离开，很人性化。

记得 2015 年来这里，耳畔忽听马蹄声由远及近，回望，随即见几匹高头大马上有几名靓丽的女骑士，这成为王宫前一道特别靓丽的风景。女骑士们时而勒缰停步，便于国外游客驻足拍照。这是 2015 年那个清晨深刻的印象。经打听，今天，王宫前不再有这风景。

王宫宫墙与宫门雕塑精美，900 年历史的建筑已出现裂纹但丝毫不影响建筑风格。由于瑞典王国未遭第一次和第二次世界大战的"洗礼"，各建筑群陈旧却不失风格，静穆中彰显出高贵。

进王宫参观到的穹顶浮雕，有金碧辉煌的雕塑，记录瑞典历史的油画，尊尊件件极具年代感的物件精致中展现着阴柔之美，很多已属世界文化遗产。

距王宫不远的大广场人头攒动，商店临街设座，密密匝匝坐满人。

紧随导游来到一家咖啡厅，抬眼看去座无虚席。导游让大家两个半小时后在大广场这家咖啡厅门前集合，下午去另一座城市。

皇后大街是瑞典首都斯德哥尔摩最著名的商业步行街，又分为老街与新街，各类商店聚集，世界品牌服装、香包、皮鞋、皮具、化妆品琳琅满目……回想起当年，2015 年 9 月那个清晨，我站在宁静的窄巷、小街，人们尚未从梦中醒来。走在约 1.5 米宽的花岗石小路上，蹑手蹑脚，唯恐惊醒梦中人。一阵晨风掠过，飘过一片落叶。小巷幽深的石头房子已几百年的历史，依然坚固挺立。瑞典王宫附近这种古民居受政府保护，国家会定期保养维护，"修旧如旧"。

我走过几条小街（步行街），街面约两米宽。石块路面十分洁净，两旁是 5 层

楼高的小高层，有的墙面是杏黄色，有的是鲜艳的橘红色、锈红色、宫墙红色等，门与窗户特别简单，几乎没特别的装饰，完全以实用为主。新近刷过的几条街墙透出浓浓的暖意，这种大片的暖色给寒冷的北欧增加了温暖。

另一条小街，店铺紧挨着店铺，但分类成趣，干花店中很多是瑞典的藤条编织成的小花栏、相框，将山上的野花或种植的花卉经脱水、防腐处理制成的很多工艺品极具中世纪复古风。十字绣的桌布、窗帘、头巾做工精致（十字绣工艺源自欧洲宫廷），淡雅中透着一种贵气。这家店不远处有另一家小店别具特色，色彩鲜艳的十字彩线、丝线将一排排货架点缀得如一道道彩虹般夺目，再里面陈列着各种长短、粗细的手工缝纫针，还有锁针，最难得一见的是顶针，款式有好几种，精巧而实用。

逛着瑞典的小街、小店，有一种强烈的好奇心，店铺在橱窗中摆放着干的松果、松针、树叶，甚至还有栗子壳等，不知有何用意。终于请教到一家较大的品牌店得知：北欧几国冬天长，这些天然的植物虽然干了，但仍然能唤起人们对大自然各阶段的记忆，也是对大自然馈赠的一种尊重。细品，挺有哲理。

驶向延雪平
2019年9月2日

下午离开斯德哥尔摩驶向延雪平市。延雪平市是瑞典三大重镇（斯德哥尔摩、哥德堡、马尔默）之间的三角地带的中心城市，也是瑞典延雪平省的省会。

斯德哥尔摩至延雪平约 325 千米，需要 3 小时 30 分车程。大巴车驶出斯德哥尔摩城区不久，车速明显快了许多。清晨早起，在首都斯德哥尔摩参观了瓦萨沉船博物馆、市政厅、王宫等景点，游走了大广场、窄街小巷，见识了瑞典首都这座北欧发展得最好的高福利国家城市中的烟火气息。对于我这个"菜虫"而言，蔬菜品种太少了。瑞典农作物有谷麦类、马铃薯和甜菜。蔬菜、水果则向邻国爱沙尼亚、拉脱维亚，甚至南美一些国家进口。

旅友们大多已入睡，我却不愿错失沿途风景。汽车沿着蓝色的大海边行驶，时而经过一座座翡翠般的湖泊，海鸥展开双翅在海面飞翔。湍急蜿蜒的河流，隔着玻璃都能听到惊涛拍岸声，闻到水草的味道。

拐了几个弯，公路边是茂盛的、望不到边的森林。傍晚时分，远处那帐幕般墨绿的林带如古战场扎营的营盘看不清树干枝叶，只有靠近公路边的树迎着夕阳余晖轻轻地向着一个方向摆动。路上除我们这辆大巴外，很久才来一辆车。

瑞典丰富的森林资源为国家带来了大量财富，源源不断地向欧洲诸国出口大量木材、船舶、办公用品等。瑞典造纸业也很发达，还有铁矿砂出口，滚珠轴承和冷冻设备等享有较高的国际声誉，高科技的不断更新促进产业迅速发展，也给瑞典人民带来了福祉。

20:00，我们抵达在延雪平的酒店。

延雪平的清晨
2019 年 9 月 3 日

酒店餐厅设在一楼，落地玻璃窗让食客用餐、观景两不误。人行道与机动车道用大型的水泥花盆隔开，盆中花草长势极好，紫色的、红色的、橙红的与绿色草本植物搭配得十分养眼。不远处有一条铁路，用餐间不时有火车飞驰而过。

餐台上摆着五盆鸡蛋，用中文标注着"极嫩""嫩的""半嫩""半老""老的"。还有面包、牛奶、饮料、烤肠、培根、炒蘑菇、意大利面，蔬菜、水果沙拉……

昨晚，几位旅伴去看了附近的那片湖，夜色笼罩，一片漆黑，只得悻悻而归。

入住靠湖且楼层偏高的朋友晨起远眺称那是一座很漂亮的湖。

早餐后匆匆奔向湖边，接近水岸，空气清新、湿润，沁入心脾，贪婪地做了几次深呼吸，隐隐有一种青草味，这是在城市晨练嗅不到的"野味"。蓝色的湖面，远处都是绿色。湖水如镜子般光滑，蜿蜒的绿岸向很远处伸去，重峦起伏，叠嶂如青龙。弯弯绕绕，时间不允许我探寻湖水景深处，停下脚步眺望远方，树木繁茂，湖中一侧大片大片的芦苇、丰盛的水草，一阵风吹过，眼前无论是水生植物还是岸上生长的，灵动妖娆。几只水鸟从芦苇荡蹿出，水面留下一道道波痕，天空片片橙黄的云彩，山峦处有薄霭缥缈的淡紫色云雾，轻轻地、不经意地飘散，这场景就出现了那么一会儿便再未看到。

延雪平大学
2019年9月2日

瑞典延雪平大学在瑞典乃至北欧都称得上是所著名的高等学府，理科、工科、文学、神学，应有尽有。大学校园开放性强（未见校门），一座大礼堂对面高高挂着5面旗帜。棕红色、浅驼色、砖红色的教学楼，有弧形、梯形、方形，教学楼门口有的用瑞典文字区标注专业，有的则画着醒目的动物，文字小到几乎看不清。

参观了一座大型图书馆，有四五层高，藏书不计其数。靠墙，有两位美女坐书桌前，台灯前学生们正静静读书。

我等闲人，不忍打搅这里的莘莘学子，只好轻轻地离去。

丹麦篇
Denmark

瑞典→丹麦
2019 年 9 月 3 日

　　北欧几个国家隔海相望。今天，从瑞典海尔辛堡乘坐摆渡船前往丹麦哥本哈根港。

　　丹麦的全称是丹麦王国，首都是哥本哈根，该国迄今已有 1000 多年历史，也是北欧历史最悠久的国家。丹麦哥本哈根不仅是世界最漂亮的首都之一，而且被称为"最具童话色彩的城市"，对于我，丹麦是最适合亲子游的国家。

　　丹麦，北欧的大门，是重要的港口城市。哥本哈根的地理位置特殊，位于丹麦最大的岛——西兰岛，与瑞典的马尔默隔海相望，城市的一小部分位于阿玛格尔岛上。从地质上看，哥本哈根又位于冰川时期留下的冰碛层上，因而丹麦多数地区是冰碛地质层。

　　哥本哈根入选过"最适宜居住城市"，获得过"最佳设计城市""幸福指数最高城市"等多项殊荣。

　　2019 年初，中国成都大熊猫繁育研究基地，中、丹两国相关部门合作，签订了为期 15 年的《中丹大熊猫科研保护国际合作》。4 月 4 日，成都大熊猫星二和毛二从家乡成都正式进住哥本哈根动物园，两只熊猫作为中、丹交流的友好使者，深受丹麦民众欢迎。

大巴车在瑞典海尔辛堡码头停下来，全员下车，在专人引领下上船。大巴车开进船舱底层，同样坐摆渡船去丹麦，摆渡时间大约 20 分钟。

船舱顶部安放着几排雪白的条椅和条桌供旅客观光海景。海风呼啸而来，没多会儿，旅客们一个个躲进船舱休息室，隔着玻璃，坐在转椅上眺望大海。这里有品咖啡的、看报纸、看书的，小孩在转椅上转圈，我在船的上下楼之间观赏两张照片。听到有人起身离开的声音，我朝船头走去，哥本哈根港口已近在眼前。

开车经过哥本哈根港，在阳光并不明媚的天空下，红砖墙与不同的绿色房顶塔尖上散发出古色古香的魅力。

午餐在一家海逸饭店的中餐馆，半自助式，几样烧菜，土豆烧牛腩、烧鱼、胡萝卜烧猪蹄一桌一份，炒莲白、炒胡萝卜、炒土豆丝、炒洋葱、炸鱼块、炒五花肉自取。

丹麦蔬菜品种较少，主要从欧洲南部进口，少量的还通过海运从南美洲的巴西、智利等国家进口。新鲜水果也主要靠进口。

克隆堡宫
2019 年 9 月 3 日

午饭后先参观离哥本哈根市区较远的克隆堡宫，先远后近的行程安排也为游客节省了时间。克隆堡宫意为"皇冠之宫"，是北欧最精美的文艺复兴时期建筑风格的宫堡。

克隆堡宫又称"卡隆堡宫"，是莎士比亚名作《哈姆雷特》故事发生的城堡。

克隆堡宫壁垒森严，高矗厚筑的宫墙如城墙般坚固挺立，墙下的护城河足有一条河宽，水深难测，墙根下的河水透着暗黑色，死水微澜。跨过一座桥，在宫墙门洞集合，卫队清点人数。这里灯光幽暗，致使每个人看起来脸色灰白，让人有些不寒而栗。卫队以慢腾腾的速度数完 10 人，我快步踏入内门的小院，再进一扇门，便是一座"城"。内宫由克隆堡宫专职导游（旅居丹麦的中国人）引导参观及解说。

齐聚宫院中，跟随解说了解克隆堡宫文艺复兴时期的建筑特色，铜顶的寓意内涵，裸体的雕塑、骷髅头骨象征的隐语。在室内展区，墙上的手织挂毯上展示有宫廷游娱、狩猎、丹麦早期传说故事，还摆放着年代久远的文物、宫廷家具、餐具、茶用品,其中一组中国瓷器完好如新。当年宫廷舞会厅的墙上挂着一幅幅油画,讲述着丹麦的历史故事。

新港酒吧街
2019 年 9 月 3 日

参观市政厅广场,花岗石宫墙,精美的雕塑,台阶上的石柱、建筑线条,都展现着欧洲文艺复兴时期的建筑风格。

走向新港酒吧,路遇红灯停下,见识了丹麦的自行车大军。几名像赛车手的男女,红灯亮起时急速刹车,双脚叉在单车杠间,试图在绿灯亮起时进入新一轮冲刺。几年前就听说北欧人出行特爱骑自行车,既锻炼身体又环保。丹麦政府为提倡绿色出行也提高了汽车的购置税,还建设了自行车快速通道。丹麦空气清新没有污染,蓝天白云,清水绿草,在这里骑车不得不说是一种享受。

哥本哈根新港是一条著名的酒吧街。很久之前,很多来自北欧邻国的船只在

新港酒吧一条街

哥本哈根停泊，在五彩斑斓的小店喝杯啤酒、品品咖啡，来几片丹麦曲奇饼干便心情大好，久而久之，这里聚集的船舶、海员越来越多。再后来，这里人流如潮，已不再单单是酒吧一条街，房舍、小巷应运而生。游客来到哥本哈根，必到新港酒吧一条街一游。五彩缤纷的房子，港口各式各样的船只，石头铺陈的街面，各色人群熙熙攘攘，很多临水酒吧已座无虚席。

丹麦熊猫情
2019年9月3日

大巴车驶过闹市区，来到今晚入住的一家星级酒店，暮色中的晚霞尚有橙红。

找到房间，我站在落地玻璃窗前能一览海面波浪，视野极好。先入住的室友打开电视，屏幕中正放着两只熊猫引来无数丹麦孩子和家长们全神贯注好奇围观的画面。

今天晚餐自理，放下行李，匆匆来到海边找商场或超市，不一定买吃的，主要为满足好奇心。

天色一下黑了，加快脚步却不知超市地处何处。行人稀少，很远才能见到一两个人影，几乎小跑般去接近前面行人。上几十级阶梯，终于找到一家还在营业的商店，好几处店已关门。其他开门的是卖饼干、面包、咖啡的店。

一个6岁左右的男孩子走过来，冲我打招呼："嗨。"我礼貌回应。

"Oh……"孩子像是要表达什么又不知道该怎么说。

妈妈买完东西转过身来，给小男孩说了一番话，小男孩仍然比比画画，一双充满童真的眼睛时不时看向我。他妈妈向我转述儿子的问话："我的孩子想问你家里养了几只熊猫？"

我听后一愣，随后笑了起来："小朋友，熊猫是中国的国宝，有专门饲养和保护的动物园。"

妈妈给儿子耐心解释。

"你汉语讲得真好。"我夸赞这位年轻的妈妈。

原来，小男孩的外公是俄罗斯人，因工作需要在30多年前来到丹麦，小男孩外婆是中国人，在20世纪80年代赴苏联留学，后来与小男孩的爷爷认识，相恋，结婚。这个年轻妈妈的中文是跟她妈妈学的。

"原来是这样。你去过中国吗？"

"去过哈尔滨，那是我母亲老家。我还去过北京、上海、杭州、苏州。哦，您来自中国哪里？"

"四川成都。今年4月初来到哥本哈根动物园熊猫馆的两只熊猫，就是从我们成都熊猫基地运往丹麦的友好使者。"

"哇！"女士埋下头激动地给儿子说着，小男孩拍着小手高兴极了。接下来她告诉我，前不久她带儿子去动物园看熊猫，她自己此前也没看见过真正的熊猫，亲眼看见熊猫那可爱的萌样，她和孩子都兴奋了好久。她给儿子买了一个熊猫毛绒玩具，小男孩每天回家爱不释手，甚至抱着睡觉。我邀请她有时间来成都，能看到很多熊猫。

与他们道别后，我匆匆赶回酒店。

国王新广场
2019年9月3日

广场上矗立着克里斯蒂安十世国王骑着骏马的雕像，这个广场过去是丹麦国王宫殿的克里斯蒂安堡，1794年被大火焚毁后重建，现今成为政府大厦和议会所在地。广场内有巴洛克风格的建筑，现在丹麦国王的王宫阿玛琳堡也颇负盛名，建筑风格堪称北欧一绝。

哥本哈根市政厅钟楼有一座天文钟十分著名，是一台配件复杂、制作精巧、功能齐全的天文钟，不仅走时准确，还能计算出太空中星球的位置，一周中每一天的名称，每日的公历年月，星球运行，太阳时、中欧时和恒星时。这座神秘天文钟的制造者叫奥尔森，是一名锁匠，酷爱天文，耗40年心血斥巨资打造而成。天文钟下，时常聚集来自世界各地的好奇者。

画廊
2019年9月3日

市政厅拐角的一处画廊，近几日正举行一场画展，一名打扮成安徒生模样的解说员正给众多参观者解说这次画展的前言和丹麦当代著名画家的大作。我按自己喜欢的风格观摩，总体上，每幅画都称得上精美。其中不在展品之列的旅游广告画耐人寻味，倡导善待动物。画中，交通警察制止道路上的所有车辆和行人，只为让一只鸭妈妈带领一群小鸭子过马路。这幅《鸭妈妈》由丹麦画家维格·维捏柏设计创作，主题是热爱大自然、尊重小动物。

世界的安徒生
2019 年 9 月 3 日

哥本哈根市政厅附近大街旁有一尊绅士的铜塑雕像——他身穿西装，头戴礼帽，系着领带，右手紧握着一本书，左手拄着一根拐杖，头部向左，庄重地凝望天空。他就是享誉世界的童话大师安徒生，《海的女儿》《卖火柴的小女孩》等童话故事的创作者。

世界各地游人在这里排队瞻仰这位大文豪，争相与他合影留念。有时会看见老师带领幼儿园小朋友到安徒生铜像前给孩子们讲安徒生爷爷的童话故事。

记得我小时候，听《卖火柴的小女孩》哭了一遍又一遍；后来看《拇指姑娘》，好奇地问真有那么小

与安徒生铜像合影

的人吗？再后来《海的女儿》《小美人鱼》《丑小鸭》《野天鹅》《母亲的故事》《演木偶戏的人》《柳树下的梦》……，从自己孩提时期听故事到给儿孙们讲童话故事，安徒生依旧存在于我们的世界里。

丹麦的画展、公园或景点，很多地方能看到装扮成安徒生的演员，解说员为参观者介绍丹麦、哥本哈根，让来自世界各地的游客了解安徒生早期、中期、晚期童话故事的特点。

安徒生的一生在贫苦中度过，从小饱尝生活的艰辛。他父亲是修鞋匠，母亲是家乡欧登塞河边的洗衣妇。从他两岁启蒙到 14 岁离开家乡，他们一家蜗居在几平方米的小屋中。

虽然家境贫寒，父亲在回家后总会给儿子讲外面的见闻，修鞋的顾主大多也是穷人，偶尔也会遇上没落的贵族。有次安徒生给爸爸送饭，见父亲口含钉子，沾上唾沫钉鞋底，起先还以为爸爸饿了……丹麦的冬天特别长，漫天大雪没人光顾父亲的修鞋摊，全家人蜷缩在冷如冰窖的小房中盼着天气转暖，这为他创作《卖火柴的小女孩》注入了创作灵感。

母亲从河边洗衣服回家的途中捡回一个别人丢弃的裂口小花盆。小安徒生到野外挖回一株植物栽到花盆里，常常为它浇水，天冷时将它搬到靠近厨房温暖的地方。小安徒生仔细地、久久地观察植物的枝干和土里冒出的小草芽，这成了他们家的"小花园"，也成为他创作《冰雪女王》的灵感来源。

挣扎在社会底层的一家，父亲在安徒生成长过程中注重培养儿子的想象能力和兴趣，他告诉儿子人要有梦想，要有追寻梦想的热情，长大走出欧登塞去看外面的世界。遗憾的是，为养家糊口，父亲被迫参加了拿破仑在德国的战争，带病返乡，因无力医治而去世。安徒生牢记父亲生前教导，14 岁毅然离开故乡欧登塞去了丹麦首都哥本哈根寻求发展。200 余年前，世界上很多国家多数人还处于贫困，安徒生创作的童话没多少出版商愿出版，这位伟大的童话家终生没有属于自己的住所。

在他去世前不久留下文字："我们旅行时不仅在找寻远方而且在追寻命运。旅行是时间与空间的转换，不仅可以看到历史的古迹，而且可以看到一些个人的私密痕迹。"

丹麦皇宫仪仗队
2019 年 9 月 3 日

午餐刚开始，菜还未上齐，隐约听到敲鼓声，立即放下碗筷走出餐厅。果然，皇宫仪仗队午间游行将途径不远的街道。异国皇家仪式感十足的游行队伍不是想看就能看见的。

仪仗队队长右手执指挥棒，左手直放腿部握着金头尾宝剑，高高的黑绒帽足有两头个长，耳帽有 1/2 个肩宽，帽檐齐眉，帽带扣系于下唇，面部仅露出少许

皇宫卫队游行

下颌，黑色双排扣制服嵌红芽，左右襟各8粒金扣与金领呼应，右肩斜下左腰部一条海蓝宽绶带镶双白边与海蓝长裤镀白条上下色彩对应，前胸一枚大红压金带奖章，绶带上方银花角金芯被两根带穗鼓槌掩去一半，肩章外的一对流苏穗在指挥节拍下与棒上的流苏有序摇动。紧随队长的鼓手敲击着金边鼓，再后是执枪仪仗兵4人一排，长长的队伍，踏着鼓点迈着整齐划一的步伐前进。

街沿上站着观看的路人，观者不允许下街沿，在交警维持下秩序井然，人们静默地拍照、录像。

神农喷泉
2019 年 9 月 3 日

神农喷泉，又称"吉菲昂喷泉"，位于哥本哈根港口不远的长堤公园里，是丹麦创世纪女神的象征。女神左手扶犁、右手扬鞭、发辫飞扬，赶着4头神牛奋力劳作，水从牛鼻孔和犁铧间喷射而出，典型人畜合力创丰年的景象。

丹麦是欧洲农牧产品生产国、供应国之一，富有"欧洲粮仓"的美称，吉菲昂女神创世纪农耕精神提醒着世世代代丹麦人不忘躬耕。

气势磅礴，极具力量，铜雕艺术是丹麦雕塑家昂拉斯·蓬高根据丹麦西南岛的传说故事，1898年至1908年完成的一组铜质雕塑。

一片乌云飘过，在喷泉的雾霭中，隐见女神扬鞭，神牛奋蹄泥土间耕耘的画面。周边卖鲜榨果汁的小贩，抱小狗的女士，驾前斗车带父母游玩的孝子，不断换角度自拍的游人，补妆的女子……构成一幅生动的画面。港口双亭，是国王和王后拜谒女神的更衣间，平时安静到只有风的声音。

海的女儿
2019年9月3日

来到丹麦，小美人鱼铜像是不能错过的景点，她不仅代表哥本哈根，也是丹麦的象征之一。塑像是丹麦雕塑家根据安徒生童话《海的女儿》铸塑的，她静静地坐在哥本哈根市中心东北部长堤公园边的一块花岗石上。雕像的上半身为一少女，整齐的秀发束在脑后，丰满的乳房高高隆起，右手抚在基座的石头上，左手搭在右腿上；下半身似人又似鱼，修长的双腿呈跪姿，腿的下端没有脚，而是细长的鱼尾。小美人鱼背对大海，面朝海岸，头颅低垂，恬静娴雅，但神情忧郁，似有所思。

传说她是安徒生唯一的恋人，女方父母认为安徒生是穷困潦倒的写字匠，强行拆散两人，安徒生痛苦写下《海的女儿》，小美人鱼游入大海，少女忧郁回眸的一瞬让安徒生终生难忘。

郭沫若先生赞丹麦

当年郭沫若先生应邀访问北欧诸国，参观了丹麦这座充满童话气质的国度，留下感慨的赞美之诗：

> 五月晴光照太清，四郎岛上话牛耕；
> 樱花吐艳梨花素，泉水喷去海水平。
> 河畔人鱼疑入梦，馆中雕塑浑如生；
> 北欧风物今观遍，民情最美数丹京。

团友中有对夫妻，女儿考上大学，两人协议离婚，以北欧之旅告别过去。另一对用北极度蜜月的仪式，开启婚姻生活。

安徒生在《看门人的儿子》中说："人生不是一个悲剧，就是一个喜剧。人们在悲剧中灭亡，但在喜剧中结为眷属。"

后 记

　　2019 年初经北美的达拉斯到南美六国，2019 年 8 月 18 日—9 月 5 日，到达北极，游览了北欧五国。

　　旅行中的异国图片、门票、入场券、画片、参观引索，甚至别人丢弃的旧杂志、画报、有价值的资讯都成了我的"宝贝"。

　　在南极、北极跟随多位科学家、探险家、联合国专员登陆冰山，学到的多学科知识弥足珍贵。

　　南极、北极，这两趟远程旅行，今生已不会再有。历经的劳碌奔波、风雨兼程成了弥足珍贵的记忆。

　　悠闲在家，将一篇篇日记静下心来细心整理，撰写成文。

　　旅途，充满风险的未知人生路。看世间烟火，品人生百态，以坚韧意志，增添人生的厚度。

　　感谢旅途中遇到的人和事，尤其是那位"陪着父母去南极"的青年给我和其他的老年朋友留下了极其深刻的印象，让我懂得珍惜，学会勇敢，为人类的美好情感如感恩、孝顺、豁达……一次次热泪盈眶。

2022 年 7 月 18 日